小回忆

增订版

蔡天新 著

生活·讀書·新知 三联书店

Copyright © 2020 by SDX Joint Publishing Company.
All Rights Reserved.
本作品版权由生活·读书·新知三联书店所有。
未经许可，不得翻印。

图书在版编目（CIP）数据

小回忆／蔡天新著．—增订版．—北京：
生活·读书·新知三联书店，2020.8（2021.4 重印）
ISBN 978 – 7 – 108 – 05643 – 6

Ⅰ．①小…　Ⅱ．①蔡…　Ⅲ．①传记文学 – 中国 – 当代
Ⅳ．① I25

中国版本图书馆 CIP 数据核字（2017）第 130709 号

责任编辑　黄新萍
装帧设计　蔡立国
责任校对　安进平
责任印制　董　欢
出版发行　生活·讀書·新知 三联书店
　　　　　（北京市东城区美术馆东街 22 号 100010）
网　　址　www.sdxjpc.com
经　　销　新华书店
印　　刷　北京隆昌伟业印刷有限公司
版　　次　2020 年 8 月北京第 1 版
　　　　　2021 年 4 月北京第 2 次印刷
开　　本　880 毫米 × 1230 毫米　1/32　印张 11.375
字　　数　218 千字　图 94 幅
印　　数　5,001 – 8,000 册
定　　价　49.80 元

（印装查询：01064002715；邮购查询：01084010542）

1974年秋天，这是我童年时期在户外拍摄的唯一一张单人像

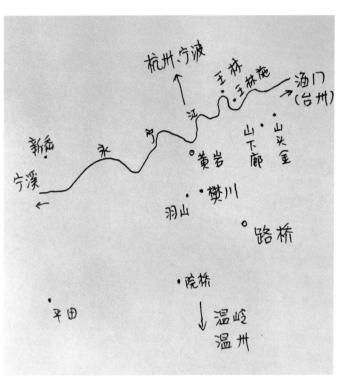

我童年生活过的七个村庄和小镇（蔡天新绘）

1939年,在临海读高中的父亲

1947年夏天,父亲在北京大学

父亲（前排中）与同学在北大

1948年春天,父亲在北平

1948年夏天,父亲(右)与北大同学张友仁在北海公园

年轻时的母亲像(年份不详) 　　1951年,在海门文化馆工作的母亲

1956年,在秀岭水库工地做广播员的母亲

50年代初,外婆和四姨(后排左立者)、大舅母(后排右立者)、表兄、表姐

学生时代的二伯父

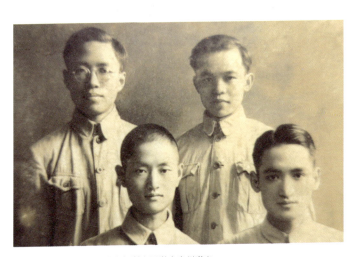

学生时代的二伯父（前右）与浙大同学在贵州遵义

1970年,七岁的我和母亲、哥哥未名

1973年,十岁的我和母亲

1973年,我的小学毕业照

1977年,我(前排右一)与高中同学合影

我(五排左三)的高中毕业照(全班72位同学)

1974年,父亲在海门(椒江)

1974年秋天,我和父亲唯一的合影。子鹏摄

父亲"文革"期间致信北大老同学

70年代末,父亲"平反"之初

我在蔡氏始祖蔡叔度墓前

晚年的母亲在杭州家中

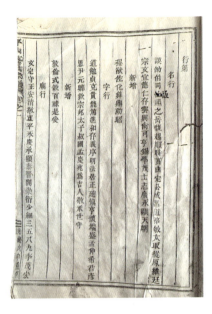

黄岩平田蔡氏家谱中的"名行"和"字行"

黄岩平田村新发现的晋永嘉太守蔡邵墓碑

目 录

新版序言　　*1*

旧版序言　　*5*

Ⅰ（1963—1971）

1. 出　生　　*1*
2. 外　婆　　*12*
3. 河　流　　*24*
4. 水　井　　*36*
5. 温　州　　*45*

II（1971—1975）

6. 迁　移　　55
7. 村　庄　　67
8. 渡　口　　76
9. 飞　行　　87
10. 游　戏　　97
11. 粮　食　　106
12. 电　影　　116
13. 月　亮　　126
14. 广　场　　136
15. 集　市　　147
16. 池　塘　　158
17. 橡　皮　　167
18. 学　习　　176
19. 象　棋　　187
20. 女　孩　　196
21. 父　亲　　207

III（1975—1977）

22. 迁　移　　219
23. 四　姨　　229

24. 母　亲　*238*

25. 疾　病　*248*

26. 偷　窥　*256*

27. 学　车　*266*

28. 出　逃　*275*

29. 领　袖　*287*

IV（1977—1978）

30. 县　城　*298*

31. 金　榜　*309*

32. 远　游　*318*

还乡（代跋）　　*329*

附录　往事深远而奥妙　　*337*

献给母亲,和我们在乡村度过的漫长虚空的时光。

——题记

生命的真谛不是你活得有多精彩,而是你能否记住并描述它。

——加西亚·马尔克斯

新版序言

 2010年春天,《小回忆》由三联书店出版,至今已近十年。很高兴得以修订再版,这十年来,我做了两万多字的润补,丰富了细节和图像。例如,小时候乘船去行署所在地临海,沿灵江逆流而上,有一条支流叫逆溪,它与台州所有的河流不同,自东向西流淌。我发现,在这条小溪流经的一座村庄里,诞生了南宋在位时间最长的理宗皇帝唯一的皇后谢道清;而另外一座村庄,则是早年江青养好肺痨之地。又如1923年故乡的一起被人遗忘的海难事故,似乎比新近拍摄成电影的"太平轮"更像东方的"泰坦尼克号"。

 值得一提的是,我不仅造访了古国蔡国都城河南上蔡,还找寻到了南渡先祖——东晋名臣蔡谟。他本是五朝元老,官居侍中、兵部尚书,后因不愿继续辅政而得罪太后,被贬为庶民,遂秘密投奔任永嘉(今温州)太守的长子蔡邵,最后定居黄岩西部的平田乡。从后辈书法家王献之到唐代宰相房玄龄都对他赞赏有加，在明末清初文学家张岱的名著《夜航船》里，有蔡司徒的多则故事，其中《加公九锡》讲述了他与东晋开国元勋王导的逸事：

> 王导惧内，乃以别馆畜妾。夫人知之，持刀寻讨。导飞辔出门，以左手扳车栏，右手提麈尾柄以打牛，狼狈而前。蔡司徒谟曰："朝廷欲加公九锡。"王信以为实。蔡曰："不闻余物，惟闻短辕犊车，长柄麈尾。"王大羞愧。

这则故事颇有现代意味。夫人持刀去教训小三，王导知道后赶牛车报信。情急之下，拿拂尘柄当鞭子赶牛奔跑。蔡谟听说后用诗意的语调取笑了王导，尤其是末句："我没听说别的呀，只知有短辕的牛车，长柄的拂尘。"据说王导听闻大怒，对人说："我和诸位贤能一起在洛阳游玩时，哪里听说过这个蔡克的儿子！"王导有个爱妾姓雷，常收受贿赂，干预朝政，蔡谟戏称她为"雷尚书"。

蔡谟后人在平田乡住了六代以后，有一支迁居福建泉州，书法家、洛阳桥的建造者蔡襄便是其后裔，他的字（君谟）想必是出于对先辈的敬仰。又过了十二代，另一支向东移居到白山乡五峰村（今属温岭大溪）。其五世孙文莞公有两个儿子。老大蔡镐是淳熙二年（1175）武榜进士，能征善战，并曾受主政台州的朱熹老爷子嘱托，负责新河闸桥群的修建，六座新闸至今仍存四座，系全国重点文物保护单位。

蔡镐后来受宋孝宗派遣,出使金国,不幸"命下而卒"。朱熹听闻痛失好友,写过两首诚挚动人的诗《挽蔡武博正之》,收录在《朱子大全集》第九卷,其一为

老友今何在?翠屏犹自青。
百年尘土梦,一枕白山亭。
策上胡茄落,诏归野草馨。
别来方七载,空忆画中形。

诗中的白山即指大溪白山,而翠屏位于黄岩城北,是黄岩四大名山之一。蔡镐的弟弟蔡存平后来举家南迁至水乡泽国莞渭(即莞渭蔡,今属温岭横峰街道),成为莞渭蔡氏始祖。这两次迁移当年均在同一个县治黄岩境内(按如今均在台州市内)。蔡存平是比兄长晚两年的文科进士,官居朝奉(宋朝有名无职的散官)。1232年,告老还乡的他写过一首还乡诗,描绘了莞渭四周的景色:

水从西山流庄还,
门开葛洪孤岩间。
还乡锄禾常垂钓,
时与渔翁相往还。

诗中的"孤岩"是好风水的象征,惜毁于"文革"后(相传东晋道士葛洪曾在此炼丹)。也正因为存平公的上书,

朝廷念其兄长和祖先有功，才恩准修建蔡氏家庙，同时把附近的大片滩渚批作官渭，赐给蔡氏子孙开发耕种。后因金人入侵，祠堂被搁浅。1516年，即明武宗正德十一年，莞渭蔡氏祖先聚众建祠，才把基础设施筑好，又逢倭寇侵略沿海。直到清顺治年间（1644），族长右申公发动大家捐资，重修族谱，才建成家庙。

这正是2014年秋天我在温岭参加东海诗歌节期间见到的那座黑瓦四合院，门口有两块石碑，记载着家庙的历史和蔡镐的功绩。从1516年第一次筑基算起，已经五百多年了，现已成为温岭市文物保护单位，本书的修订也算一个纪念。更大的意义恐怕在于，我的童年和少年初期，恰逢不堪回首的动乱岁月。而在随后的年代里，淳朴的民风、民俗和乡绅精神逐渐消失，希望能借本书保留点滴。

值此拙作修订再版之际，感谢故乡的文化官员和友人刘东、陈波、黄祥云、喻鸿彪、毛旭、黄保才和陈剑诸君的支持，我先后获赠《黄岩志》《临海市志》和《台州府志》等多部头著作。更由于诸多亲友、同学、邻居甚或微信群友的帮助，我对故乡的人物风情和家人有了更多、更为清晰的了解。最后，我想说的是，明年是家父冥寿一百岁，本书在不经意间，成为又一个纪念了。

2019年岁杪，杭州

旧版序言

每个人都有自己的童年，正如每个人都有自己的出生。尽管地点和时间各不相同，每个小生命的降生过程却大体相似，总会伴随一阵剧烈的疼痛和一声幼稚的啼哭。可是，童年就不一样了，它既带有鲜明的时代烙印，又包含了显著的地域特色，更与父母和家庭有着千丝万缕的关联。

而在我看来，童年与出生的主要区别还在于，前者有着时间上的延续性，后者只是生命这根线段的起点。换句话说，童年是一段历史，犹如王朝的开国皇帝，其来龙去脉和所作所为很大程度上决定了这个朝代的兴衰和荣辱。因此，每个人的童年都值得回忆、探究和玩味。

20世纪六七十年代是一段非常特殊的时期，不仅对于中国，对于全世界也是激荡人心的年代——从"文化大革命"的爆发到尼克松访华，从古巴导弹危机到布拉格之春，从阿尔及利亚独立到越南战争的终结，从戴高乐下台到曼德拉被判终身监禁，从避孕药的使用到女权运动的兴起，从心脏移植成功到阿姆斯特朗登上月球。

而在中国南方乡村，东海之滨的一座县治黄岩，堪称与世隔绝的一块土地上，我被孕育并降临人世，继而在七个村庄和一座小镇长大。可以说，河流、村野、迁移和孤独，构成了我童年生活的主要画面和要素，而自制的地图和白色的肉体则是陪伴我的两道明暗交替的风景线。间或，会有一阵清爽的风从远方吹来。

数学家出身的英国哲学家怀特海在其晚期的代表作《现代科学的起源》里指出："阅读历史的方法有两种，一种是从近代回溯到古代，另一种是从古代向近代按顺序推下来。"他认为，在思想史中这两种方法都是用得着的。我相信，对一个人的成长史来说，这两种方法依然有效。

除此以外，应该还有一种方法，那就是在中年时回忆童年，这样做可以把苦短的人生分成两半来体验。中世纪的意大利诗人但丁便如此身体力行，他在其不朽的名著《神曲》开篇写道（遗憾的是他本人寿命不长）：

"就在我们人生旅程的中途，/我从一座昏暗的森林里醒过来……"

但丁的长诗给了我们自言自语的勇气，可是，它与我的童年距离甚远。相比之下，苏联作家高尔基为我们树立了一个世俗的榜样。由于众所周知的原因，高尔基是我那一代人小时候可以阅读到的少数几位外国作家之一，他的人生三部曲开篇便是《童年》，而写作时的年纪恰好与我现在相仿。

真正启发我写作这本书的,是英年早逝的德国文学批评家本雅明。在他四十岁的时候,开始回忆1900年前后在柏林度过的童年,尽管四年后这本取名为《驼背小人》的自传即告完成,正式出版却要等到作者去世四十多年以后,那已经是1987年了,而进入中文世界则是在2003年。不过,为了免受影响,至今我没有细读过那本书。

《小回忆》从我出生开始,一直写到十五岁考上大学、离开故乡。完成之后有一天,我读到不久前辞世的美国作家桑塔格的一段文字,她这样评论她的前辈同行本雅明:他把自己的童年经历"当作一个能够绘制成地图的空间"。那一刻,我的内心忽然升腾起一种莫名的快乐,因为绘制地图一直是我保存梦想的方式。我希望,《小回忆》的读者也能够与我分享这份快乐。

2009年秋,杭州彩云居

1. 出　生

> 我甚至怀疑，父亲和母亲孕育我的那个暖风拂面的夜晚也是他们最后一次同房了。
>
> ——题记

1

一个人的出生纯属偶然，他或她是一粒精子和一粒卵子的奇妙结合。从概率上分析，这种结合的可能性比起茫茫人海里两个人的相遇更小。而在小生命被孕育之后，分娩地点和日期的选择也带有偶然性，尤其对那些喜好移动的年轻夫妇来说更是如此，阿根廷革命者切·格瓦拉的降世便是一个例子。

切的双亲原先居住在首都布宜诺斯艾利斯，婚后他们搬到一千两百公里以外的副热带地区——密西昂奈斯，在那里经营一座马黛茶的种植园。那个地方位于阿根廷最东北的尖角上，与巴拉圭和巴西两国接壤，与马蹄形的伊瓜苏瀑布近在咫尺，后者是世界上落水口最为宽广的瀑布。

虽然身处世外桃源，但生儿育女乃人之常情。那是在

1928年，随着分娩时间的临近，小两口乘船顺着巴拉那河南下，准备返回首都。那里不仅有家人可以帮助照料，医疗条件也相对较好。说起巴拉那河，它起初是巴西和巴拉圭的界河，继而成为阿根廷和巴拉圭的界河，最后变成阿根廷的内河，并注入拉普拉塔河湾，后者又分开了阿根廷和乌拉圭。

始料未及的是，等他们到达潘帕斯草原上的名城罗萨里奥，切在娘肚子里便待不住了。由于保暖工作没有做好，新生儿患上了支气管肺炎，两岁时就成了哮喘病人。这造就了他多愁善感的气质（写诗和短篇小说），也影响到他后来的专业选择（切上的是布宜诺斯艾利斯大学医学院），同时给他在古巴、非洲和南美洲的革命生涯带来了诸多不便。

新千年的第一个春天，我应邀抵达罗萨里奥参加拉美诗歌节，本想顺便了解更多有关切降生的细节，却没能如愿（未来的足球巨星梅西和天使迪马里亚也出生在此城，只是那年十三岁的梅西去了西班牙的巴萨青训营，而十二岁的天使尚留故乡）。那座人口一百多万的阿根廷第三大城市并没有留下任何纪念切的空间，我甚至无法探听到他降生的医院，虽说那时候切·格瓦拉的知名度在整个南美大陆无人可以匹敌。不过，从切后来的所作所为来看，他也更像是属于游牧民族，只是偶然出生在一个定居点上。

而在欧洲的历史人物中，拿破仑·波拿巴的出生地可能最有意味了。他的父系来自意大利托斯卡纳的一个贵族之家，16世纪移居到地中海的科西嘉岛。1769年，一度独霸地中海但已日渐式微的热那亚人把此岛割让给了法国人。第二年，小波拿巴便降临人世。虽然他的父亲一度参加抵抗组织，可是为了家庭尤其是儿子的教育和未来，不久便臣服于新主子。

作为历史上赫赫有名的人物，拿破仑一生的主要激情是用武力扩张法国的领土，同时建立起持久稳固的行政、司法、财政和高等教育体系，这也是法兰西民族长盛不衰的基石。毫无疑问，假如那桩有关岛屿的交易推迟若干年进行的话，整个欧洲乃至世界的历史有可能重新书写。

2

与拿破仑·波拿巴或切·格瓦拉这样的大人物相比，我个人出生的意义十分渺小，本来不值得一提。但是，每一个小生命的降临均有其独特的缘由，我在母亲子宫里的孕育也不例外，尤其是在"文革"以前那悠悠的岁月里。

这事先得从1957年开始的"反对资产阶级右派分子"的斗争说起。当时我的父亲蔡海南在浙东南的黄岩①县立中学担任主持工作的副校长（校长由县委书记兼任），一度

---

① 黄岩，原为浙江沿海的一个县，以"黄岩蜜橘"闻名。始设于唐代（675），初名永宁，690年改名黄岩。元代升州。1989年撤县设市，1994年又成为台州市的一个主城区。

使得该校的大学升学率达到百分之百,因此受到省教育厅有关领导的关注和器重。据说有一次周恩来总理南巡来到杭州,父亲也在他的接见名单中,但向来不喜欢开会的父亲不知实情,仅派教导主任作为替身去了省城。

作为当年北京大学的高才生和进步青年,父亲在解放前夕回到故乡。他在行署所在地临海的母校台州中学担任语文教员,组建了该校第一个地下党支部,在迎接解放大军南下活动中发挥了作用。后来,他并没有回到大城市,而是留在故乡,做了一名教育工作者,他的同学有不少成为著名的学者。

父亲大学里学的是历史,毕业论文写的是有关中俄外交史方面的,据他的昔日同窗兼同乡好友张友仁教授回忆:"这篇论文在'文革'以前长期作为优秀的毕业论文存放在北京大学历史系的办公室里。"[1]虽然父亲后来担任行政职务,却喜欢研读英文原著,并酷爱古典文学,所留遗墨中就有《红楼梦》里黛玉的《葬花词》。

父亲早年就读西南联大期间,曾修过闻一多先生的诗词课。他在晚年"平反"之初写过一篇回忆诗人的文章《从象牙之塔到十字街头》,发表在现已停刊的台州文学期刊《括苍》杂志上[2]。父亲出众的才华(成就)和率直的个

---

[1] 参见经济学家、北京大学教授张友仁(1923—2015)撰写的《怀念蔡海南》,载《黄岩中学纪念文丛》(2000)。

[2] 另载清华校友网和《西南联大校友通讯》第38期(2010年3月)。

1948年春天,父亲(中)在老北大与同学合影(左一为张友仁)

性,使其无法逃脱政治运动的冲击,他被扣上了"右派"的帽子,并转变成为一个体力劳动者。

关于这次运动的来龙去脉,我直到很久以后读到一本《往事并不如烟》的书才弄明白。该书作者章诒和女士的父亲不是别人,正是"钦定"的头号大右派章伯钧。他因为提出"政治设计院",即"两院制",而与提出设立"平反委员会"的罗隆基一起被斥为"章罗联盟"。1961年冬天,第一批表现良好的右派分子被"摘帽",父亲位列其中。

父亲之所以能获得这个"荣幸",是因为他在下放的农场饲养的奶牛头头肥壮,戴上了大红花;他还潜心研究水稻栽培,使当地粮食增产一倍以上。这一点让我颇为惊讶,尽管早年祖父开垦了不少农田,还办了一家米厂,父亲也曾身体力行地干些农活,但他毕竟是一介书生。

次年初春,父亲回到黄岩中学,做了一名普通的教师。虽然卸下了校长之职,毕竟在五年以后重新走上讲台(直到"文革"来临),其兴奋之情难以言表。初夏的一个周末,当母亲带着九岁的兄长从三十里外的小镇院桥赶来探望,他禁不住春心摇荡的诱惑,和母亲一起孕育了我。值得一提的是,那年四月以前,黄岩隶属温州专区。事实上,在长达七年半的时间里,台州专区并不存在。

待到1963年阳春我于黄岩第一人民医院(现台州市第一人民医院)呱呱坠地时,父亲已四十有二,母亲也到了不惑之年。这在那个年代当属颇为罕见的高龄产妇了,足见父母生活的艰辛和感情的淡漠(我从未见过他俩的合影)。我甚至怀疑,父亲和母亲孕育我的那个暖风拂面的夜晚,也是他们最后一次同房了。这一点对我来说颇有意味,至少它把我的性启蒙给推迟了。同时带给我一个间接的后果是,初恋失败或无疾而终。

3

很久以后我才明白,父亲和母亲的关系,正如西方和东方的关系。一个学识渊博、举止优雅,另一个勤劳聪慧、朴实无华。他们唯一的共同之处在于,双方都是极有主见的人,再加上历次政治运动的无情冲击,使得他们日后长期分居两地。

1940年，十七岁的母亲出嫁，其时初中毕业的父亲在故乡——东海中的南田岛（今属宁波象山县）上的一所小学教书。那年，存在了二十八年的南田县治被撤销，成为新成立的三门县（隶属台州）的一个区。撮合他们的媒人是爷爷家的一个长工，这位长工从前经常光顾邻村樊岙（原为南田县府所在）我外祖父的小商铺，对谭家三女儿印象不错。但据母亲回忆，举行婚礼的那天晚上，突然刮进来一阵大风，吹灭了堂屋里的一支大红蜡烛，那似乎是个不祥的预兆。

地理书上说，南田是宁波第一大岛，在浙江也仅次于舟山、玉环和岱山（分别为市府和县府所在地）诸岛，加上岛上土性肥沃，因此得以在民国元年置县，管辖附近的

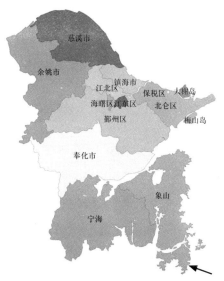

南田岛在宁波的位置

几座岛屿和列岛。可是,历史上它却有五百多年无人居住。原因在于,明代朱元璋称帝不久,为防范沿海军阀余党、海盗残余和私人出海从事海外贸易,厉行海禁,南田被列为"封禁之地",不准百姓进岛垦荒。1479年,甚至保存在岛上的郑和七下西洋的航海记录也被彻底销毁。

  明末清初,浙江沿海出现了以张苍水为首的抵抗运动。张苍水本是宁波鄞县人,曾官至兵部尚书,南田是其活动据点之一,附近的小岛花岙是他最后被清兵捉拿之地。故当沿海诸岛于康熙年间陆续解禁时,南田仍为禁域,直到光绪元年(1875),经浙江巡抚杨昌浚①奏请,始获准开禁。

  我的祖父母是民国初年从老家温岭横峰移居南田的。温岭南接温州乐清,它与北边的黄岩共同组成的温黄平原是台州的粮仓,其面积在浙江仅次于杭嘉湖和宁绍两大平原,今天仍是浙东经济最为活跃的地区之一。南田解禁之初,百姓仍不愿移民岛上。祖父是个勇敢的人,他响应政府的号令,率先雇人在岛上开荒种地。待拥有一定数量的农田后,再全家迁入岛上。

  而我的外祖父原先在老家黄岩城内的千年古巷——东禅巷口开一家南北货店,日子过得也算可以。偏偏发生了一场大火,家产付之一炬;与此同时,与他人合雇的一艘

---

① 杨昌浚(1825—1897),湖南娄底人。1869年任浙江巡抚,1877年因"杨乃武与小白菜案"被革职。

开往上海的茶叶船遇到台风沉没了。为躲避债主讨债，外公携带着三个年幼的孩子和新婚的外婆逃亡到了南田，他们在岛上可以说是白手起家、重操旧业，依靠的是勤劳和过去年代积累起来的商业经验。

我的母亲出生在南田，父亲虽出生在温岭，但在襁褓之中，便被奶奶抱着随家人迁至南田，我的小叔和小姑是在岛上出生的。父亲仪表堂堂，在我的记忆里，唯有电影演员赵丹可以与之相比。这一点从留下来的照片里也可以看出，在他和同学于北大红楼前的诸多合影中，他总是处在中心位置。相比之下，母亲并非天生丽质，脸上还有些许雀斑，但她聪明善良，个性鲜明。

母亲上小学四年级时，岛上有个富家女孩被送到大陆念书，不久那女孩放假回家，因为打扮入时引得乡邻议论纷纷。于是外婆就认为女孩子书念多了不好，让母亲辍了学，帮着家里开店。父亲和母亲婚后有过一段幸福的生活，直到父亲在母亲的鼓励下到台州中学念书，仍鸿雁传书（母亲因此练就了一手清秀的毛笔字）。后来，父亲曾担任台中学生自治会主席，其时正逢抗战，台中西迁至仙居北部的广度、三井，借寺庙上课，后又迁至临海西部张家渡（今括苍镇）的显恩寺。1943年，父亲从台州中学高中毕业后，沿陆路徒步走到福建西部的古城长汀，考取了厦门大学，却放弃了。

之后，父亲继续向西，穿过江西和湖南，到达贵州时生了一场病，幸好得到在遵义就读浙江大学外文系的二伯父的照料。病愈之后，父亲在伯父的引荐下，在浙大图书馆做了大半年的助理，他的名字"蔡显福"因此被刻印在湄潭浙大西迁纪念石碑上。

　　第二年，父亲继续向西南行进，到达昆明后考取了西南联合大学。直到抗战胜利后的1946年，父亲才转到北京大学。我一直不能明白，祖父一辈子务农，又是在偏僻的海岛上，何以能有两个儿子考取名校的人文专业？多年以后，我在温岭见到大伯父的儿子、年长我二十多岁的堂兄光宇，提出了这个问题。

　　光宇是师范学校的毕业生，做了一辈子中学语文老师。他告诉我，晚年的祖母曾不无夸口地告诉他，蔡家的文脉源自于她。祖母娘家在祖父温岭老家的邻村，她的父亲比我祖父更早派人上南田岛开荒，因此可以说是"富二代"。据光宇回忆，祖母年轻时不仅相貌出众，且擅长交际，虽不曾念书，听人诵经时常常过耳不忘。而祖父的特点是勤劳和仁慈。光宇告诉我两则故事：其一，有位长工活干得好，祖父便在自己的土地上为他盖新房娶媳妇；其二，家中老黄牛干不动活儿后，通常农民会宰杀或卖掉，祖父却养它终老并葬之。

　　我的母亲自信（八十多岁时仍喜欢指指点点）、能干（续弦的外婆的长女）、果断（那使她失去很多）。据光宇回忆，1948年，蔡家迁回温岭以后，南田的土地和庄稼就交给她打理。另一方面，由于读书太少，又造成她压抑、多疑和不服输的复杂心态。她的粗心使得比我早十九年出生的姐姐幼时夭折，同时也为我来到世上提供了理由。而母亲的坚强则是一笔无形资产，始终激励并保护着我。

言归正传。我降生那天恰好是三月三日，连日阴雨的天气突然放晴。当天父亲便从杜甫的诗作《丽人行》中获得灵感，为我取了"天新"这个名字，那首约作于753年的七言古诗开头一句是这样写的：

三月三日天气新，长安水边多丽人。

长大以后我才了解，杜甫的诗歌大多是忧国忧民的，《丽人行》也是一首批判诗，开头几行应该算是例外了。20世纪90年代初，我在北京海淀区中关村的中国科学院数学研究所访问。有一天，我从《北京晚报》的中缝广告栏上得知，东城区有家影院在放映一部名为《丽人行》的老电影，便大老远换乘好几辆公交车赶过去，结果却被告知临时换片了。

2. 外　婆

> 外婆见过我和表弟之后，对母亲和四姨说的第一句话是：生这两个小孩有什么用场呢？
> ——题记

1

有些汉字在英语里没有确切的对应词汇，外婆或外祖母就是其中一例，grandma 的含义比较宽泛，既是祖母，又是外祖母。同样，外孙和孙子在英文里也合用一个词 grandson。这是否说明，西方人比起中国人来不那么重男轻女呢？天知道。

现在我要说的是幼年时期的一次"旅行"，这个如今在报纸广告栏里随处可见的字眼在那个年代却十分罕见。准确地说，那次"旅行"是我在哺乳期对外祖母的一次拜访。同时，那也是我头一回搭乘长途汽车，以往我只是在黄岩县城和母亲工作的小镇院桥之间做过几次短促的移动。

1963 年夏末的一个清晨，母亲怀抱五个月大的我，从黄岩城关坐上一辆北上的长途汽车。如果车站没有搬迁过，那么它与十五年后我第一次远行——出发去上大学应该是同一个地点。汽车穿过一条叫外东浦的马路,便向右拐上一座百米来长的大桥,桥下那条混浊不堪的河流叫永宁江。

说到永宁,这正是唐代上元二年,即675年,黄岩初置县治时使用的名字。进入新千年以后,这条江由于下游截流,不再受涨潮海水的影响,复又变得清澈了。在那个年代,桥北就算是郊区了,那儿只有一家冷冻厂。城东北还有一家罐头厂,主要制作橘子和枇杷产品。长大以后我才得知,除了声名远播的黄岩蜜橘以外,故乡的枇杷产量也在全国名列前茅。

大约二十分钟以后,汽车便开到高高的黄土岭下,那也是黄岩和临海两县的分界线。自从我记事以来,每次过这座岭我都会晕车,会吐掉早餐时吃下的所有食物。这一天生的弱点直到后来我在美国考取驾照、有了私家车以后才得以克服。那一回我就记不清了,很有可能还没有从睡梦中醒来。假如是这样,接下来的两三个钟头里我还可以伴着车轮的节奏继续酣睡,直到汽车出了临海县界,太阳爬得老高时才睁开眼睛,把小嘴伸向母亲的乳头。

不一会儿,汽车抵达了隶属三门县的三岔路口——高枧。在高速公路四通八达的今天,高枧这个地名逐渐被人们淡忘了,正如黄土岭上的盘山公路早已长出青草,种上了树木或者蔬菜。可是,在20世纪六七十年代,高枧却是浙东远近闻名的交通枢纽,从这座小镇分出去的三条公路分别通往浙江仅有的三座城市:杭州、宁波和温州。我们

我的第一次旅行——从黄岩到南田

在通往宁波的方向走了一刻钟后,便到了另一个更小的分岔点——岭口,从那里笔直向东,就可以到达三门县城了。

2

如果不是在十岁那年灵机一动,按比例尺认认真真地画下第一幅旅行图,稍后,又依照母亲和自己的共同回忆,描绘出生命中头一个十年的行踪,我就不可能如此有把握地加以叙述了。话说我们到了三门,这里是两条名字动听的溪流——海游溪和亭旁溪的交汇处兼入海处,外面是盛产青蟹的三门湾。对经常遭遇台风袭击的浙东渔民来说,那也是一个天然的避风港。

说到三门,我的小叔正好在县城海游米厂工作,他和大伯父继承了祖父的老本行,即从事水稻的种植、收割和加工,而排行老三的父亲和二伯则上了大学。虽说小叔从事体力劳动,与我父亲的关系却十分密切,对我母亲也相当敬重。他的个性热情,虽身处基层社会,生活却多姿多彩,不乏悲情故事,晚年儿孙满堂。那次我们抵达时已近中午,以母亲的个性,不大愿意无端给人添麻烦。我可以想象,母亲在海游街头买了几个馒头充饥,然后抱着我换车去海边的健跳港(那时恐怕需要一两个小时的车程)。

遥想1916年,孙中山先生从海路北上,也曾到过健跳港。开阔宁静的水面令他心情舒畅。可是,他不了解港湾的水文地质和陆路交通的关系,妄自断言将来此地会成为

"东方大港",并列入他的建国方略,至今仍时常为地方官员和文人所引用。当然,三门至今仍是浙东经济较为落后的县之一。由此我可以推想,一身正气的中山先生在位时间为何如此短暂,他是个理想主义者,也因此为后世所景仰。

母亲带我来健跳,是因为那里有轮船开往她的故乡南田岛,这条航线一直存在,直至21世纪初,每天对开一班,据我的堂姐斐介绍,沿途风光极其秀丽。遗憾的是,当我于2014年春节期间驱车携家抵达健跳时,它已经永远地停航了。这些年之所以客源充足,一是因为陆路绕道很远,二是因为20世纪40年代,南田岛一度隶属三门县,造成两地之间亲友众多。说到石浦,它每年都吸引众多美术生前来写生,如今也以海鲜馆名闻遐迩。民国初年,南田县曾短暂拓展至象山县东溪岭以南,并迁治石浦。

南田西邻高塘,此两岛与北部的海岸线构成的天然港池即为著名的石浦渔港。那时南田有两万多居民,设鹤浦镇和樊岙乡,后者曾是南田县府所在地,也是我外公外婆的老家。鹤浦因其形如鹤立水边而得名,作为岛上的主要港口,它与石浦之间每日有数班渡船往返。

樊岙地处内陆、靠山,位于南田岛的中央,离鹤浦有十多里路,也是我们此行的目的地。外公当年在樊岙开了一爿商店,大舅成年后分了家,跑到鹤浦开了分店。据说外公爷爷的爷爷是皖南卖宣纸的小贩,有一次来浙江做生意,在黄岩城里遇到一个未出嫁的大脚秀姑,入了赘,把

南田的鹤浦码头。作者摄

他故乡的妻儿置于脑后。

在那个年代里,人们相互交流的机会并不多,以至于外公的小店兼做了乡邮电所。店里卖的大多是南货,其中就有松花蛋(俗称"皮蛋")。我记得小时候母亲反复讲述的一则故事:由于她和妹妹们从小都很懂事,很节俭,为了鼓励她们吃零食添加营养,外公有时会故意让皮蛋掉碎在地上。

这件事说明了外公的豁达和开明。而他的死亡也悄然无声。有一年夏天,外公喝完老酒,躺在自家院子的竹椅上乘凉,有位乡邻路过时还听到他的招呼。可是,等到这位乡邻从内河码头上取回海鲜,却发现我外公已经停止呼吸。外公享年七十三岁,死时脸上仍是红扑扑的。

我见到外婆的时候,外公已过世多年,她老人家也到了古稀之年。比外公年轻二十多岁的外婆聪明能干。她本是家里的独女，因为到了二十岁还没出嫁，便做了外公的续弦，她只比大舅年长七岁。我对外婆自然是一点记忆都没了，她的画像我也是很久以后才看见的，虽然是缠足的农村妇女，却有着不一般的深邃目光。

据母亲回忆，由于家中开过中药铺，外婆懂得一些医术，能看头痛脑热的小病。邻居有媳妇生孩子，她会送去面和鸡蛋。有一次选举乡长，竟有不少人提名外婆，却被外婆坚决拒绝。因为外婆的开明，我母亲和四姨、小姨都没有缠足。说实在话，她老人家做到这一点并不容易。有一次我回到黄岩，特意到外婆的娘家——离黄岩县城几十里路的宁溪镇（与仙居、永嘉两县邻接）王家村，发现那里堪称深山老林。

那次我们去外婆家，和母亲关系最好的四姨也相约从长江北岸的小城江都赶来，带着比我小两个月的表弟。曾听母亲说起，那时外婆已经有些糊涂了，她不仅没有见到外孙的喜悦，反而在女儿们面前嘟嘟囔囔。外婆见过我和表弟之后，对母亲和四姨说的第一句话是，生这两个小孩有什么用场呢？

自从小舅去台湾以后，外婆再也没开心过。外公过世，姨母们接连离家，"土改"和其他政治运动更是让她心烦意乱（她自己成了教科书里人人憎恨的地主婆），这无疑加速了她的衰老。不过，那时候我还是个婴孩，自信心没受到任何打击。我对外祖母的第一次拜访也是最后一次。

3

那年夏天我和母亲在樊岙的有限日子里,去过五里开外的小村枫树脚塘。那是我爷爷奶奶的家,就在从樊岙到鹤浦的路上。我爷爷曾经是乡里首富,该村又称"蔡万仓",这个俗名今天仍为岛上的人所熟知,虽说蔡家六十多年前便已迁回温岭。不过,枫树脚塘在地图上的名字叫南五村,这或许与它和鹤浦的距离有关。"土改"时爷爷被划为地主,五个儿女作鸟兽散。最远的是小姑,她到了北京,最近的便是三门的小叔。

多年以后,堂兄光宇告诉我,爷爷在温岭的土地并不多,出租部分未超过全村人均土地的一倍,"土改"时成分被定为"小土地",允许保留土地。没料小姑知道后竟写了检举信,说自己家在南田有很多农田(已充公,原本也是响应政府号召上岛拓荒),结果祖父被划为地主。这一改变对小姑(在中央政府机关工作的进步青年)和她的家人,对我的父亲母亲,对光宇、未名等人后来的人生轨迹,对于我的童年和少年,其影响力均是难以估量的。

说起爷爷奶奶,他们的年纪和外公相仿,我出生时均已过世。多年以后,我奉台湾舅舅的指令,陪江苏来的四姨去南田给外祖父母扫墓,也到过蔡万仓。两行枫树加上一座两层楼房,对我来说却是一块圣地,因为我的双亲就是在那里成婚的。在乡邻的指点下,我们还找到爷爷当年开设的米厂遗址。可惜那一泓池水被一条溪流代替了。

那次旅行,母亲似乎了解我的心愿,归途没有走回头路,而是选择了不同的路线。我们先从鹤浦坐渡船到对岸的石浦镇,在那里和四姨告别。她和表弟换乘汽车北上,我和母亲则继续坐客轮去海门,即今天的台州市府所在地——椒江,当时它只是隶属黄岩县的一个镇。

算起来,那该是我第一次见到真正的大海,途中还可以眺望隶属海门的一江山岛和大陈岛。前者因为解放战争的一场海战著称,后者是"知识青年"最早插队落户的地方。值得一提的是,多年以后,我有机会进行世界之旅时,也努力遵循这一原则,即刻意走成一个个圆圈。当然,那些圆圈的周长要多出几十倍甚至几百倍。

让我始终难以想象的是外婆到鹤浦码头送别两个女儿的情景,那是母女间的最后一面。四十多年以后,当卧床已久的母亲认不出人时,我讶疑地去做一次短暂却期盼已久的

外婆老宅荒芜的园子和风景。作者摄

异国之旅,方才切身感受到那种难以名状的离别之痛。那会儿,空守闺房十多年的舅母用箩筐挑着我和表弟,从未见过亲生父亲的表哥紧随其后,他即将随四姨去苏北念中学。显而易见,假如他留在地主婆的奶奶身边必然会辍学,他当然也不知道这是他与奶奶的永别。

我这位表哥的父亲也就是我的小舅谭守杰,是外婆唯一亲生的儿子,最为外婆疼爱。当年她亲自送小舅到江苏江阴,就读海军军政部电雷学校二期航海专业[①],民国二十七年(1938)三月毕业后加入了国民党军队,后来流落到台湾,从此天各一方。无疑,舅母和舅舅是那个年代最值得同情的人,两个相爱的人在青春年华里永别了,而他们在随后的几十年里都不知道那是永别。

有关外婆的最感人的故事是舅舅告诉我的。20世纪末的一个冬天,我到台湾中部的彰化参加一个数学会议,在游览过日月潭以后,急切地到台北文昌街看望他老人家,并在他家中逗留了一个星期(其间在台大做了一场学术报告)。这是我们舅甥之间唯一一次相处,舅舅只是偶尔和我谈及往事。他送给我一部《操船学》,那是港台航海界的一部名著,汇集了他毕生的学识和经验。

《操船学》一书系舅舅在香港船长公会讲习班讲授操船学时撰写的讲义,共分九章,包括离靠码头、海上施救、

---

① 电雷学校,1933年创办于江苏镇江,不久迁至江阴,被称为"海军的黄埔军校",由蒋介石任校长,共招收两期。

舅舅的著作《操船学》，浙大校友许邦友题写扉页

油轮操船、荒天操船、抛锚作业、系靠缆绳等，书中有百余幅他亲手绘制的插图，如纽约港抛锚掉头运转图。同样值得一提的是，舅舅因为遭遇一次沉船事故时沉着应对，获得过英国交通部的嘉奖，不料却被自小受"晚娘"虐待的柏杨先生[①]无端指责。

我离开后，小舅写信给两个妹妹说："天上掉下来一个小外甥。"舅舅到台湾不久，便从军队转业到了招商局的民用船队。两年以后，他思乡之情甚切，便搭船到仍未解放的渔山列岛[②]，向往着从那里返回故乡与母亲妻儿团聚。但

---

① 参见台湾作家柏杨（1920—2008）的文章《沉船与印象》，收录在他的杂文集《暗夜慧灯》中（云南人民出版社，1998）。

② 渔山列岛，浙江外海岛屿，隶属宁波市象山县。因为四周被湛蓝的海水环绕，已成为旅游和垂钓胜地。

政治的阻隔迅速中断了他的回乡之路，一位出身不好的少年同伴回来后被就地正法了。亏得外婆闻讯后雇一条小机帆船闯来，与舅舅见了最后一面。

那必定是人世间最凄凉的一个夜晚，母子俩在岛上唯一一家小旅店里同床共眠，分享着生命中最后的亲情。那种生离死别是常人难以体会的，那座岛屿也成为我的梦中之岛。直到新千年的一个夏日，我终于乘坐一艘大功率的客船艰难地抵达，一路上呕吐不止，似乎是完成了一个不可能的任务。

由于受传统伦理道德的熏陶和影响，舅舅对自己母亲的歉疚一直多于对妻儿的。他怨恨舅母在"土改"和"文革"初期没有更好地照顾母亲。这一点作为外甥的我不能完全认同。在我的记忆里，舅母外表秀丽端庄，她从二十五岁开始守活寡，等到外婆去世很久以后、舅舅无望归来，才不得已改嫁一位中学同学，那时她已经年过半百。而对舅舅来说，渔山列岛上的那个夜晚像幽灵一样始终缠绕着他，直到半个多世纪以后，他在台北的一间"非典"病房里辞世。

3. 河　流

当一条河伴随着你成长时，或许它的水声会陪伴你一生。

——安·兹温格

1

说实话，我对"院桥"这个最初的居住地已经没有任何记忆了。自从我在黄岩第一人民医院出生以后，母亲便领我来到这座小镇，直到四岁那年才离开。从地图上看，院桥位于黄岩城南十五公里处，若是依据规模和人口，称其为大村也无妨。今天的甬台温高速公路经过此地，并有一个出口和一个响亮的名字：台州南。

我母亲原先在县城文化馆工作，她的声音洪亮，说话幽默，富有节奏感，颇具感染力，在领导面前讲话一点也不像个部下，一段时间里还担任过县广播站的播音员。父亲被划为"右派"以后不久，她便被逐出县府所在地城关镇，后几经周折，在院桥中学担任了教务秘书。由于两地分居，加上政治上的挫折、个性的冲突和学历的差距，父母之间的感情日渐淡漠。

那时教务秘书除了完成与教学有关的事务以外，还有一项艰巨的任务，就是在蜡纸上刻写全校各年级的试卷（刻好由工友拿去油墨印刷）。母亲的汉字写得工整好看，直到暮年她仍以写信为乐。有一次期末考试前夕，她由于过于集中精力，连续刻写数十张蜡纸，导致视网膜剥离，右眼完全失明，后经医生抢救，仍近视一千五百多度。

院桥与路桥相邻，虽一字之差，知名度却相差甚远，后者有飞机场，如今又以小商品市场集散地闻名。而院桥即使在黄岩，也仅以种植红瓤西瓜出名。这种西瓜主要产在与乐清邻接的沙埠乡，那里还以出产胎质坚硬细腻、胎体轻薄的青瓷著称，其造型端庄，古朴雅致，历史可以上溯到唐末和五代。在我出生之前，当地农民在修建一座水库时发现了青瓷窑址，那时母亲还在县文化馆工作，被派到水库工地做播音员，受到民工们的喜爱，她一直以此自豪。

据母亲回忆，我幼年最爱做的一件事是拉着保姆秀娟姐姐的手，到院桥车站看汽车。秀娟是沙埠乡的村姑，长得和名字一样秀丽，可惜我无法记住她的相貌，她也没留下一张照片。车站边上有一条小河，虽然不通向任何大去处，但突突奔响的小火轮还是诱发了我的好奇。由于船速比较慢，我甚至可以在河岸上跟着快走几步。我对这条河流有更多的遐想，则是在上小学以后。

河流与人类的关系极为密切，虽然不是唯一的水源，但因为暴露在地表，取水方便，是人类可依赖的最主要的淡水资源,对乡村居民尤其重要。不仅如此,许多乡村道路都沿河修筑。母亲晚年经常含泪回忆的一件事是,我们与兄长未名的一次擦肩而过,那恰好发生在一条小河边上。

那时十五公里的距离已经算比较远了,一般每隔一个星期,未名才会从县城乘汽车到院桥,和我们共度周末。本来,在我出生以前,年长我十岁的兄长未名一直跟着母亲过。我出生以后,迫于经济上的压力,也为了未名有更好的教育,母亲把他送到父亲任教的县立中学就读。

一个周六的午后(那时周末只有一天,学校一般放假一天半),母亲突然决定去县城。或许,她是想看看多时不见的父亲。在那个年代,无法通过电话联络。就在我们坐车去县城的路上,母亲看到未名正独自一人沿着河岸步行往院桥方向。她扑到窗口,汽车呼啸驶过,未名没有听见她的呼喊。

2

黄岩城西十五公里处有一个头陀乡,乡里有一座农场,是"黄中"师生的实践基地。父亲被打成"右派"以后,就被发配到那里养牛。正是在那座农场里,父亲因为饲养的奶牛比较肥壮,被村民们戴上了大红花。后来,由于他的双手也同样灵巧,他被调回到城里,在"黄中"校办模具厂做了一名木工。可不是那种普通的木工,而是做模具的高级木工(黄岩素有"模具之乡"的美称)。至于父亲最初是从哪里学来的手艺，我始终无法知晓。

我四岁那年，母亲因为工作太忙，把我送到头陀乡，在我父亲熟悉的新岙村村民金橘家里托养。新岙在头陀以北，永宁江的一条支流从那里流过，并偶尔有山洪暴发。顾名思义，新岙是一座山谷，那时没有通公路，如今则成了柑橘和茶叶生产基地。金橘那时还是小青年，有一个姐姐。金橘的父亲早亡，他的母亲才是一家之主，但我不知道她姓啥名谁，我母亲只管她叫金橘娘。

第二年秋天，母亲把五岁大的我送进了村办的新岙小学。有两件事让我难以忘怀：一是上学前一天我还在田间跟在农民拉的犁后面抓泥鳅和黄鳝，是被母亲强行拉到学校里去的；上了一天学以后就不用再动员了，因为我觉得读书非常容易。二是小学里只有一位老师。这是一位男老师，叫林加幻，他的名字是四十多年以后他自己亲口告诉我的。

那次我特意找到新岙，却无法感受到那种多年未见的师生情谊，因为他看起来与当地的农民没有两样。既然只有一位老师，自然也只有一间教室了，可是，却有五个年级的同学在一起上课。隐约记得教室中间有一个过道，两侧各有一排桌子和长凳。我们一年级同学共四名（男女比例已经记不清了），坐在左面的前两排。老师先给高年级的同学出几道复习题，便开始给我们一年级新生上课。不到十分钟，他就停下来布置作业，然后给二年级上课……

我到金橘家的时候，他的姐姐还没出嫁，不久我便去

我的第一个老师林加幻。作者摄

邻乡新前参加她的婚礼。新前是从头陀去往县城的必经之地,如今已变成街道了。2014年,新前出了一个新闻人物——从安徽六安改嫁来的赵林。她以卖烧饼为生,从收购的旧书里读到文学名著,开始写作并出版了自传体长篇小说《蚁群》。央视《面对面》为她做的节目叫《蚂蚁和白糖》,蚂蚁是她,白糖是她的文学梦。以她为原型拍摄的微电影荣获了亚洲微电影最高奖。

在我的记忆里,从新尞到新前要经过一个叫山头舟的渡口,据说那古老的浮桥至今还在。路南有松岩山,百米余高的孤峰山顶有元代高僧秋江禅师建的两座寺庙——法轮寺和常寂寺。那次是我平生第一次见到如此热闹的场面,新娘脸蛋红扑扑的煞是好看。客人们个个兴高采烈,尽情地喝酒吃喝。我和其他小孩欢天喜地,每人领到几颗喜糖和一只煮熟了的红鸡蛋。

第二年,金橘的姐姐抱着满月的儿子回到娘家,和我同住一间屋子。夜里宝宝尿床,湿了她的内裤。她起身点亮油灯,给宝宝和自己换衣物的时候,弄醒了我。我睁开惺忪的双眼,看见她棉花一样雪白的屁股。那是我第一次见到女人的身体,虽说很快又扭头睡着了,但那一瞥却从此留在了记忆中。

若干年以后,这片白色又与另一片灰暗的白色融合在一起。这一点似乎也印证了俄国画家瓦西里·康定斯基的一番描述,这位抽象主义艺术的先驱在其回忆录里谈到了他的幼年时期。他认为,物体的形状在记忆里不如色彩来得清晰。多年以后,我抵达他度过少年时代的乌克兰港市

山头舟浮桥,江这边是黄岩蜜橘的发源地

敖德萨,发现并开始了抽象摄影,才有了《从看见到发现》这本摄影处女作。

3

那年春节过后,母亲的工作有了变动,她从院桥调到离县城只有五里路的澄江中学,做了一名会计。母亲是一位好学不止、永不服输的妇女,做会计绝不是她最后一次改行。相比院桥,澄中更像乡下,母亲之所以要求调动工作,主要是想离在县中读书的未名近些,方便他节假日和我们团聚,这可能与母子间那次擦肩而过有关。

澄江就是永宁江,是故乡的母亲河,两岸是黄岩蜜橘的原产地。可是,澄江中学并不靠江,这所拥有高中部的完全中学那时仅有一幢三层的主楼,在我幼小的记忆里却已经是高楼大厦了,它依傍着一座形如乌龟的委羽山。那以后,母亲一直把我带在身边。也正是从这个时候开始,我能记事了。

不过,当我知道八十来米高的委羽山(我们简称为"羽山")是一座道教名山,却已经是三十年以后的事情了。原来,我们小时候经常玩的一个几十米深的山洞,竟然是位列中国道教十大名洞之二的委羽山洞,其号为"大有空明天",而位列第一的王屋山坐落在晋豫两省之间,其号为"小有清虚天"。

相传东汉时刘邦后裔刘奉林在此修道成仙。一日,他

委羽山洞的入口

骑着白鹤飞天,大家目送他。稍后,空中飘下几片羽毛,上写"目不明,井水洗"。众人拿鹤毛蘸井水洗眼,果然比先前明了许多,此山因此受到历代道士和名流的朝拜。如果说,南宋右宰相杜范[①]称颂其为"众山之宗",诗人戴复古[②]的诗句"归老委羽之下",多少与他们出生在本地有关,那么南朝诗人谢灵运的"山头方石在,洞口花自开。鹤背人不见,满地空绿苔"(《题委羽山》)和清末政治家康有为的"松竹幽幽委羽山"则应该是受其感召而发。

值得一提的是,杜范的忘年好友中,有同样出身名门

[①] 杜范(1182—1245),浙江黄岩人,1208年进士,南宋右宰相。黄岩城北杜家村建有杜范庙。

[②] 戴复古(1167—约1251),浙江黄岩南塘(今温岭新河)人,南宋诗人,一生不入仕途,漫游江湖,且行且吟。

清人绘制的委羽山图

的谢希梦①,他的曾祖父谢克家是两宋重臣,曾任副宰相,与女诗人李清照的夫君赵明诚是表兄弟。李清照南行时,曾寄居谢家,就在委羽山西南五公里处的三童岙村。她有文记载:"走黄岩,雇舟入海,奔行朝。"而如评家所言,谢希梦的"英灵之气,不钟于世之男子,而钟于妇人"的论述,也为明清文学中杜十娘、杜丽娘、沈琼枝及《红楼梦》中的形象塑造所效仿。

遗憾的是,澄江中学并未获得委羽山的仙气,在黄岩也只是一所二流的中学。尽管如此,我后来并没有资格入

---

① 谢希梦(1156—1210),浙江黄岩人,1184年进士,曾任大理寺司直,嘉兴府通判。李清照来台州时,曾借宿他家。

读这所中学。不过，在委羽山东面不远的一条清澈的小河边，也是今天甬台温高速公路经过的地方，有一座错落有致的庭院式建筑——樊川小学，我在这所小学里度过了两年半的时光。

多年以后，我才知道那条自南向北流淌的小河的名字。它叫南官河，是澄江的支流，水流十分湍急，有许多木船和轮船在上面行驶。我还记得，许多个夏日午后，有些高年级的同学勇敢地从桥上跳下去。那种情形，与多年以后我在哈瓦那海滨大堤所见到的几乎一样。

在河流的另一侧，是连接宁波与温州的主要公路，由细碎的石子铺成。每当有汽车驶过，后面就扬起灰尘。公路的另一侧是茂密的森林，依着高高的方山，那座山峰一直延伸到黄岩县城。汽车后面扬起的那团灰尘又高又长，像晨雾一样。我喜欢看着那团晨雾，汽车的影子钻进里面又跑了出来；喜欢聆听冬天的寒风在森林里吹过时发出的呜呜的鸣叫声。可以说，这条通向远方的石子公路和神秘的森林给我带来了最初的幻觉和想象。

我还发现，南官河与流经院桥的那条河流是连通的，而那条公路正是我幼年时常与母亲一起搭车经过、有一次还与未名擦肩而过的路。这个发现让我惊叹，原来，我们的生命一直被河流缠绕，甚或牵引。我始终无法摆脱的，是河流的层层包围。河流流淌在大地身上，就像血管流淌在我们身上一样。一直以来，故乡的那条河流魂牵梦绕似的纠缠着我，直到有一天，我为它写下一首小诗。

河 流

这么快河流就离去了
像一簇古老的飞箭
没有停歇,就离去了

更多的箭矢从背后
一一向我们射来
多么甜蜜的穿透啊

河流,这么快就离去了

  樊川小学的前身是宋代的樊川书院,其原址在黄岩城北翠屏山下的新宅村,与杜范故里杜家村仅一步之遥。杜范的祖父慕唐代诗人杜牧(号"樊川居士")之名,以其诗集《樊川集》命名书院。1174年,朱熹曾来书院讲学。朱老先生是当时中国最博学的人,也是孔子以后最有影响的儒学大师和教育家,正是他确立了"四书"的地位。与此同时,他也是个道德家,曾亲自下令通缉和严惩女词人严蕊①,后者是一位多才多艺的营妓。据说书院是明代嘉靖年间迁到现址的,易名小学堂也有一个多世纪了。

---

① 严蕊,生卒年不详,本姓周,字幼芳,浙江黄岩人。南宋女词人,有多首词作收入《全宋词》。

樊川小学徽章，右侧是朱熹像

我在新岙小学念了一学期书以后，便转学来到樊川。这是我童年上过的最有历史渊源的一所学校，但它已没有了昔日的风范，唯有树叶繁茂的方山脚下流淌着的小河，让人偶尔产生一丝怀古之想。学生除了澄中的教工子女以外，均是来自附近村庄的农家子弟，但恐不含南官河下游的十里铺。那儿是植物生理学家罗宗洛的故乡，战后他曾奉命率数学家陈建功、苏步青等去接收台湾大学并任代理校长。他与临海出生的神经生理学家冯德培均是首届"中央研究院"院士，后者还是美国国家科学院的外籍院士。

樊川小学的事情我几乎全忘了，只记得班主任兼语文老师姓熊，还有一位白白胖胖的陈老师。之所以记得陈老师，是因为她从来都不笑。我后来上了大学，寒暑假回乡探亲时，偶尔会在县城的大街上与陈老师擦肩而过。那时候陈老师已经退休，可我却没有主动与她打招呼，她也没注意到我，显然她已经不认得我这个学生了。后来我听说，陈老师终身未嫁。等我到了能够从容地向陈老师做自我介绍的年龄，却再也没有机会见到她了。

4. 水 井

> 水井是我的谈话对象，我时常趴在井沿做鬼脸、讲笑话，有时甚至发出歇斯底里的喊叫。
>
> ——题记

1

水井是潮湿的一个据点。即使在陆地表面，以水井为中心，若干米长为半径的圆内通常也是湿漉漉的。为了防止这种渗透式的扩张，人们会在周围修筑排水沟，并在沟壁浇上水泥。因此，当有人接近它时会有所觉察，这是一道警戒线。井口不是镶嵌在地面的一个方形或圆形，而是砌起几十厘米高的砖头或石板的井台，这样既避免了儿童不小心坠落其中，又可以保护水质的清洁。为了做到这一点，有的水井甚至备了封盖，必要时可以上锁。

水井的历史就像塔一样无从考察。但显然，人们因为口渴才掘井，因为心渴才筑塔。"塔是天上的井/井是地下的塔。"多年以后，我在济南读书时，写下了这样的诗句。如今生活在城里的年轻人大多没使用过水井，他们只在某些古宅或电影里面见到过水井的模样。我小时候的《常识》课本和现在的《科学》课本里都有赵州桥和大雁塔之类的图片，但是不会谈论水井。

在澄江中学，有两口水井。其中一口在食堂门外，那口水井提供了清凉可口的饮用水，可以说是我们的生命之源。在工友叔叔的指点下，我慢慢学会了用铅桶或木桶打水。方法非常简单，用绳子把桶放到水面，晃动绳子，让桶摔一个跟头，全部没入水中后即将其提起。也有不少人学不会使巧力，才打上半桶水。

在我的记忆中，水井不只是一面镜子，它还有一个功能，那就是我的谈话对象。我时常趴在井沿做鬼脸、讲笑话，有时甚至发出歇斯底里的喊叫声。如果和几个小朋友在一起，我们就可以相互看见背上的书包。那时候我们没有多少家庭作业，放学以后喜欢在外面玩耍。水井的水面一般离地面有三四米，有时一场大雨过后，水面会迅速上升，甚至接近地平线。与此同时，水质也会变黄，仿佛它已经不是水井了，而是一个水坑。这倒是给我们增添了一份安全感，即便掉下去也可以自己爬上来。

多年以后，我来到印度古都加尔各答，见识了另一种式样的水井。井口全封闭，只有一根水管从中延伸而出，旁边是一个长长的铁把手。当有人反复用力下压把手，井水便会源源不断地从龙头流出。就在邻接大诗人泰戈尔故居的一条小巷里，我看见一个成年男子，光着上身，穿着短裤，坐在井边，头发和身体涂满了肥皂泡沫。在他旁边，一个男孩在用力抽取井水。

　　后来我了解到,这样的水井都非常深。在干旱缺水的中国北方,也有不少地方有这类水井,但恐怕不会有人这样当街洗澡。而在我如今居住的城市杭州,也有水井的故事流传。唐代诗人白居易任杭州刺史时,做过两件为民众称道的好事,其一是组织疏通西湖淤泥,其二便是下令浚治了前任李泌[①]在钱塘门和涌金门一带开凿的六口井,改善了居民的用水条件。到了清代,还有一口水井声名远播,因为两百多年前一位皇帝的光临和题字,让它所在的村庄、乡镇,甚至整座城市世世代代的人民都沾了光。

　　各位一定猜得出来,那正是位于西湖西边龙井山上龙井村里的龙井。这样的水井世所罕见,但确实存在,慕名前来的游客每人要购买十元一张的参观券才能见到它的真面目。以这口水井命名的茶叶则成为驰名中外的顶级品牌,每年清明前采摘的尤为珍贵,一市斤价格高达几千元甚至上万元。当然,那样的水井早已失去原先的功能,而沦落为一种商业标签。

---

　　① 李泌(722—789),陕西西安人,唐代神童,七岁时诗才得到玄宗赏识,为四朝名臣。每遇有人嫉恨,便归隐名山,或出为外官。出任杭州刺史时,已是晚年。

2

　　我对水井最刻骨铭心的记忆来自六岁那年的冬天。一个旭日初升的早晨,我和同伴程功一起去樊川小学上学。我们是同班同学,又是澄江中学那幢楼房三层楼里的邻居,我家就在那阁楼底下。程功比我年长一岁,上头有两个宠爱他的姐姐。他的父母都是教师,他的家比我们的大一倍。在我的记忆里,程功的饼干筒里总有吃不完的东西,他也因此成为我母亲暗地里批评的对象,她甚至把它提到资产阶级思想的高度。现今我对女儿们也有少吃零食的要求,当然,理由与我母亲所说的不同。

　　那是一个寒冷的早晨,地上有霜冻。我照例比程功早起,在他家门口喊他的名字,听到里面应了一声,便先下了楼梯。我一溜烟跑到澄中的黑板报前,准备躲在那堵小墙后面,和他玩一次捉迷藏的游戏。附近刚好有一口水井,给菜地浇的水便取自其中。我一边哼着那支人人会唱的《东方红》,一边跳跃着向前奔走。不久以前我加入了红小兵[①],心情特别好。可是,就在我扭头回望的一瞬间,一只脚绊在井沿上,"扑通"一声,我掉进了水井。

　　此时此刻,程功还没迈出澄中那幢楼房的大门,而教

[①] "红小兵"作为少儿组织,是中共中央1967年2月4日通知里取代原"少年先锋队"的称呼。而"红卫兵"是1966年5月29日,由清华附中同学在圆明园废墟上成立的,模仿的是苏联"青年近卫军"。

水井　39

油漆一新的澄江中学，我落水的水井所在成了工地的一部分。作者摄

职员工要么尚未起床，要么起来了却未走到户外。接下来的一分钟时间里，我经历了前所未有的恐惧，可以说手足无措，脑子里一片空白，刺骨的井水也没有让我清醒。眼看一个尚未见过世面的小生命就要终结，没想到几十米外的菜园子里有个"右派"地理老师，一大清早就在地里松土。他听到"扑通"的落水声，赶紧提着锄头跑了过来。井水有近两米深，幸亏我穿着棉袄，还能浮在水面拼命挣扎。那"右派"老师在井沿蹲下，放下锄头，我慌乱中一把抓住了它。

这个"右派"老师姓李，我叫他李伯伯，平日里他喜欢抱我，还用络腮胡子扎我。如果还活着，应该有九十多岁了。可以说，是一个"右派"给了我生命，而另一个"右派"救了我的性命。李伯伯把我捞上来的时候，程功才刚刚赶到。遗憾的是，我长大以后再没有见到李伯伯，也没有听到他的任何消息。

直到2016年年初，故乡《台州晚报》连载我的童年回忆，才帮助我找到李奇文伯伯的下落。他的孙女告诉我，爷爷毕业于英士大学（浙师大前身），离开澄中后调任椒江二中直至退休，几年前病故，享年八十九岁。而先前的一个夜晚，我和程功在杭州曙光路一家酒吧偶然相遇。我问起那次落井事件，他早已忘得一干二净。又问起早年宠爱他以至于让我有些嫉妒的两个姐姐，没想到他二姐（温州大学某学院院长）的孩子都在澳大利亚工作了，大姐仍孑然一身。

3

随着政治气候的不断变化以及其他原因，我童年的居住地也不断变迁。落井事故发生后的第二年，母亲调离了澄江中学，我也离开了樊川小学，随她到了一个更为偏僻的小村庄——王林施。那里没有一口水井，村民的饮水源是一个约三百平方米的池塘。池塘四周有多处石板埠头，逐级降低伸入到水面，供大家挑担提水。那可是十足的一潭死水，我不知道我那少年白发是否与此有关（青年时代有一年春天又奇迹般地变回黑色）。

我记得有一次，一个与我年纪相仿的小女孩不慎跌落其中并淹死，还有一次，一位长者自溺其中。好在我没有看见他们的尸体，否则的话一定噩梦不断。可是，比起邻村的水井放毒事件来，那又算得了什么。几天以后，全村的人照样从那个池塘取水饮用。

我和母亲在王林施村生活了四年以后，又搬到了另一个村庄。直到"文革"结束一年以后，我才返回到出生的县城，那时我刚好高中毕业，已经是个十四岁的少年了。城里的居民用上了自来水，但水井依然遍地存在，尤其在胡同小巷里，但不是用来提取饮用水。每天一大清早，在清洁工的运粪车走了以后，妇女们挨个在井边清洗马桶。接下来，她们洗衣服甚至蔬菜。

我每次路过水井边，总可以看到这样的景象，年轻或不年轻的妇女三三两两蹲在水井边。她们用肥皂搓，用木棰敲。同时，也用方言交流着本地新闻并不时发出会心的笑声，想必其中有黄色段子。几乎没有例外的是，她们的后腰露出半圈白色的肌肤，那恰好是最让人好奇和想入非非的地方。要是遇到好看的女子，即便像我这样未开化的少年，也常常为自己找个理由，来回经过水井边。在那个年代，这也是中国妇女们展示自己美丽的一个舞台。虽然胸部被严实地包裹着，但细腰和翘臀却暴露无遗。

回想起来，水井边留给我最美好的记忆是一位十六七岁的少女。我不知道她的名字，只知道她的母亲早亡，父亲开一家小卖店，有一个比我还矮一头的弟弟。当她的父亲发现营业额的多寡与女儿之间的秘密关系以后，就让她辍学在家了。我很快感觉到她的吸引力，她做买卖的时候是一个样子，洗衣服的时候又是一个样子。她坐在店里的

黄岩九峰小溪边洗衣的妇女。作者摄

时候,我喜欢看她的眼睛和微笑,她蹲在井边的时候,我喜欢瞧她的头发和背影,她可能是唯一没露出股沟的女人。

回想起来,我和这个女孩之间的交谈始终限于这样的词汇,"味精一包""两角三分""酱油一斤""找你七分"……她恐怕和陈老师一样不记得我,或压根儿没留意过我,因为我只是一个营养不良而发育迟缓、在没有任何同龄女孩做伴的环境里长大的男孩,只是她数以百计的顾客之一。

随着岁月的推移,这个女孩的形象在我的脑海里逐渐淡出,留存下来的已非康定斯基所说的色彩,而是她的身姿。当然,这与我已成长为少年,也与那个年代单一的色彩不无关系。新千年来临之际,我在万里之外的南美洲安第斯山中滞留,为她写下一首诗,题目叫作《故乡的美人》。

故乡的美人

多年以后我回到了故乡,
在一口古老废弃的水井边
遇到了从前镇上的美人。
她少女一般轻盈的体态,以及

从舌尖发出的哧哧的笑声
既让我惊讶又感到亲切。我想起
那些游历过的地方,想起
那些妇女,她们相异的舞姿

犹如波浪把时光分隔,把我们
分隔。恍惚之间,她已经
车身离去,只留下一个背影
又教我想起她年轻时的丰韵。

2000,麦德林[1]

---

[1] 麦德林,哥伦比亚第二大城市,以四季如春、咖啡和毒品闻名于世。

5. 温　州

　　那时我做梦也没想过要去杭州游览西湖美景，温州这个地名对我来说意味着一种幸福。

——题记

1

　　我在黄岩樊川小学念书的那两年正值20世纪60年代末70年代初，世界上发生了两件大事，一是美国人阿姆斯特朗率先登上了月球（随后中国也发射了第一颗人造地球卫星），二是中苏在黑龙江（阿穆尔河）上的珍宝岛发生了武装冲突。同样，我的家庭里也出了两件大事，一是哥哥未名支边去了东北，二是温州的小姨父病故。

　　小姨父原是温州公路运输段的一名机关干部，家庭成分是工人，凭借这个关系，小姨得以在瓯江的码头上做临时装卸工。在外婆亲生的四个儿女中，小姨家的经济条件最差，其子女却最多（一男三女）。不幸的是，姨父刚过四十岁，便得了癌症去世，留下没有正式工作的小姨和四个未成年的孩子。自那以后，母亲和江苏的四姨每月都要从有限的工资里省出五元十元的寄给小姨。

不过,对小姨帮助最大的要数在香港招商局(其总部在如今摩天大楼林立的上环仍清晰可辨)做远洋轮船船长的小舅,他间或从海外汇来港币或寄食物包裹到温州。外婆去世以后,他就把对故乡和母亲的思念转移到三个妹妹身上。我后来想过,亏得小姨父的工人阶级出身,否则海外关系这顶帽子就让小姨吃不消,包裹和港币也要被没收。我母亲和四姨就受到了冲击,这种影响也波及四姨父和未名。

小姨父去世前后,我曾多次随母亲去温州探望小姨。那是我童年时代最远的旅行了,途中的劳顿非今天可以想象。首先,起程就是一桩艰难的事儿,无论我们住在城南的委羽山,还是后来迁到城北的王林施村,我们都需要在头一天步行到黄岩县城,入住车站附近的小旅店。这不仅仅因为路远,更因为黎明前走过田野不安全。

为了节省开支,我和母亲只能挤在一张小床上,不是那种有浴室的标准间,而是有四到六张床的普通客房。同室的大多是从偏僻的山区来乘车或中转的村妇,行囊中不乏鸡鸭等家禽。在我的记忆里,母亲总能和她们攀扯上话题。那情景颇有点像多年以后我周游世界时下榻的青年旅店,素不相识的年轻人相互交谈,有时甚至男女混住。每天凌晨,总有旅人提着行李悄然告别,去往下一个目的地。无论我们是否留过联系方式,都绝少有再见的可能性。

其实,从黄岩到温州的直线距离只有一百多公里,可是，早晨六点钟就要发车。因为那时的浙东南有许多盘山公路，途中还需坐两次轮渡，分别在乐清的清江湾和瓯江。后面那次摆渡需一个多小时，轮船要绕过一座岛屿，它的名字"七里"说明了长度。值得一提的是，那会儿母亲和多数中国人一样没有手表，却根本不用担心误点，因为天刚蒙蒙亮，车站四周的小贩们就开始吆喝了，以卖橘子的农民和小吃摊主居多。

2

自从秦始皇统一中国以来，中央集权的管治模式无论在意识形态还是统治实践上都占据主导地位。无论哪个朝代，国家的最高统治者都能迅速掌握各地信息，以文治武功、威慑怀柔等手段有效地征服不同地方的政治势力，使之归于一统管辖之内。

可是，这种总体上的统一性并不排斥在局部范围内会出现无法或难于归类的情况，比如西南边陲的某个地方。而在沿海一带，温州也可划入这一例外之中，这与地理、气候、语言等环境因素直接相关。温州位于浙江省东南部，不仅远离中原腹地，也远离本省的政治、文化中心——杭州。

不仅如此，温州这座城市被山海河川包围，即使到邻近市县也要翻山越岭，这使它处于相对隔绝的境地，容易免受外界的影响。新中国成立后，温州是靠近台湾海峡的海防前线。凡此种种使中央确信，温州不可能成为重要的工业基地。事实上，那时国家对温州的投入不足全省的二十分之一，省长在五年任期内甚至可以不去温州。这不仅助长了温州人的自治才能，也为后来民营经济的兴起提供了生存和发展空间。

从某种意义上讲，温州的这种格局类似于美利坚合众国开国初期。美国历史学家布尔斯廷[①]在其著名的《美国人》三部曲中谈到，美国是先有社会（民间）再有政府，先有地方政府（州政府）再有中央政府（联邦政府）。只不过，温州的民间自治与美国早期的民间自治存在形态上的差异，后者是纯粹的民间自治，没有任何哪怕只是名义上的政府存在。尽管如此，这种民间自治还是为温州后来率先走上一条与主流经济发展模式不尽相同的道路提供了可能性。

当然，这类抽象的政治概念是成年以后我才了解或领会到的。温州留给我最初的人文记忆是：方言十分独特，非温州人不能听懂。表妹们教过我不少温州话，但今天我只记得十以内的阿拉伯数字的发音。这与岭南的粤语境况相似，成为使温州人相互认同，并区别于其他地方的文化密码，也为温州人独闯天下创造了条件。尤其在海外，温州人也很容易形成自己的组织。

---

① 布尔斯廷（1914—2004），俄罗斯犹太人后裔，美国历史学家、博物学家，曾任美国国会图书馆馆长，其所著《美国人》第三卷《民主的历程》获1973年普利策最佳历史学著作奖。

这一点，不由让人想起操希伯来语的犹太人，他们同样以经商和聚财能力闻名于世。20世纪80年代初，当人们仍在为搞计划经济还是搞市场经济，是姓"资"还是姓"社"的问题争论不休的时候，温州人率先与"主流"分道扬镳，走上"大逆不道"的发展道路。而在文化和科学领域，温州人虽不及犹太人那样登峰造极，却也出过不少优秀人才（尤以数学方面最为突出）。

作为小型工商业和私营经济最发达的地区之一，温州人向来不甚尚武。抗战时期，日军以一个排的兵力占领温州而未遭抵御；再后来，解放军进城更是没费一颗子弹。可是在"文革"期间，温州却是武斗最激烈的地方之一。究其原因，可能是与在京城读书的几个红卫兵有关，他们回家乡煽风点火，造反派趁机成立"革委会"并成为权力中心，即"工总司"。被赶下台的当权派组织起另一派群众，即"温联总"，双方血战一场，最后以"工总司"取胜告终。

那件事发生在1968年，那也是世界史上的一个反叛年代，无论在欧洲还是在美国都出现了一系列的动荡。我本人依稀记得曾在羽山听到夜间子弹的呼啸声，翌日目睹了澄中校舍砖墙上弹孔累累，而在县城里，"黄总司"的头头遭"县联总"枪杀后，被悬尸电影院广场。温州的那场血战使得市中心一带的房屋几乎全部化为灰烬，包括南朝诗人谢灵运的故居。随后，"工总司"大兴土木，建造了宏伟的烈士陵园，墓碑上有名有姓的亡者达千人，加上伤亡更多的

"温联总",温州死亡军民在三千上下,伤者不计其数。

3

随着一阵清脆的电铃声,去往杭州和宁波方向的汽车首先驶出黄岩站,然后就是去往温州、金华的班车。每座城市每天只发一次班车,也就是四十来人,且有不少中途就下车了,由此可见当时中国人口极少流动。不知出于何种原因,在我这个持半票乘客的小脑瓜里,目的地的远近成了某种决定性的因素,即将前往温州的我比那些到邻县去的旅人神气得多。

那时我做梦也没想过以后会去杭州游览西湖美景,温州这个地名对我来说就意味着一种幸福。不过,接下来的几个小时对我又是一次严峻的考验,我的肠胃要经过一段翻江倒海的洗礼,直到抵达乐清境内的小镇白象,才感觉到豁然开朗。那里不仅有美味可口的小白虾(我们在那里用午餐),且从此以后就是一马平川了。

我第一次到达温州是在那场武斗劫难发生一年之后,废墟已经被清理。在我的记忆里,温州乃儿时见过的最繁华的都会。虽说五马街还只是石板路,但两侧的商铺和熙熙攘攘的人流让人兴奋,感觉就像十年后我走在上海的南京路上,或者二十多年后我走在纽约百老汇大街上一样。

可是,就历史渊源来说,五马街非南京路或百老汇可比。早在一千六百多年前,东晋大书法家王羲之出任永嘉

（今温州）太守时就有了五马坊，不过那时的马路宽六米，仅够五匹马通过。七个世纪以后，北宋诗人杨蟠①出任温州知府，他留下一首诗："相传有五马，曾此立踌躇。人爱使君好，换鹅非俗书。"此诗写的是王羲之，并用了他以书换白鹅的典故。到了南宋，出现了著名的永嘉学派，代表人物是叶适②，他的"崇义养利、以利与人"思想对后世温州经济模式的形成有重要影响。

不过，那会儿我年幼无知，既不知道王羲之、杨蟠和永嘉学派，也没听说过谢灵运。说起这位位列温州十大文化名人之首的诗人，他在王羲之死后二十四年出生，而当他去世时，数学家祖冲之已经在世。谢灵运被认为是我国山水诗的开拓者，生性放浪、桀骜不驯，深得后辈同道欣赏，但由于其作品尚未完全摆脱玄学，过去、现在均未出现在中小学的教科书中。

谢灵运祖籍河南太康，出生在浙江始宁（今上虞），长在杭州，十五岁时前往建康（今南京）。他的祖父是东晋名将谢玄，谢玄的叔叔是一代名相谢安。谢灵运在政治上屡有沉浮之后，遂寄情于山水，曾多次回乡隐居。422年，

---

① 杨蟠（约1017—1106），台州章安人，作诗数千篇，所著《章安集》已佚。苏轼任杭州知府时，邀杨蟠任通判，《东坡集》中和杨蟠的有二十多首。两人招募饥民、疏浚西湖，用淤泥筑成苏堤。

② 叶适（1150—1223），出生于浙江瑞安，十三岁全家移居温州。被称为"南宋最后一位著名哲学家"，发布重商言论。台湾嘉义先天宫供奉十三位天王，其中就有叶适。

谢灵运被贬任永嘉太守，后几经颠沛，最后因兴兵拒捕，被流放到广州时惨遭杀害。只是我现在仍有一个疑问：诗人到处漂泊，他在温州只生活了一年，又是失意之人，其故居何以能保存一千五百多年呢？

除了五马街以外，温州留给我印象最深刻的地方就是停泊在瓯江码头上的船只，其中的一艘轮渡把我从江北带到了温州。回想起来，那个车站码头应设在永嘉和乐清的交界处，而非楠溪江西岸的瓯北镇。那时我以为，凡是注入大海的河流都是黄色的。同时还以为，温州就在海边。这一点直到二十年后的一个夏日，我从厦门乘轮船穿过台湾海峡来到温州才得以纠正。

那次旅行让我发现，温州市区的码头离瓯江的入海口还很远，与雅典的外港比雷埃夫斯与爱琴海之间的距离相差不多。同时我也发现，五马街在温州已经是一条"小巷"了，仅仅作为历史的见证和商业、旅游的需要留存着。也因为如此，五味和、金三益、老香山等百年老店得以重新开张。

第二次到温州正好是我八岁那年的春节。有一天，表姐妹们陪我们母子到中山公园游玩。结果因为游人太多，加上我好奇心比较重，和她们走散了。母亲和表姐妹们的着急可想而知，苦苦寻找我半天，甚至惊动了警察。待到她们筋疲力尽地回到垟儿路家中，却发现我早已安然归来。第一次，我见到向来倔强的母亲破涕为笑。看来我认路的本领从小就有了。

记得垟儿路上有座垟儿桥，桥边有个岳王庙，桥下的水流流向瓯江。从垟儿路可以步行到码头，那里有渡船去温州最有名的景点江心屿。多年后我故地重游，才发现岛上19世纪便有英国领事馆，旧址保存完好。1130年，宋高宗赵构南逃时，也曾上岛驻跸普寂禅院。而那两座北宋旧塔作为航标遗产，已列入世界百座历史灯塔。

虽然后来我去过的地方越来越多，几乎游遍了这个世界上的所有名城，可温州在我心目中的地位仍无法替代。

温州江心屿上的英国领事馆旧址。作者摄

最初的也是最美丽的,温州留存在我的记忆里,它不仅是我童年唯一造访过的城市,也是唯一有交通岗哨和红绿灯的地方。对穿制服的警察的天然崇拜,也一直延续到今天坐惯轿车的孩子们。

另一方面,尽管温州经济蒸蒸日上,在我眼里它依旧是清贫之乡,因为小姨一家的悲苦命运。众多亲友的资助既帮她一家渡过难关,同时也在无形中使得表姐妹们迟迟未能在生活上自立。改革开放以后,随着自由竞争机制的引入,她们甚至遭受了更多的磨难。而我那位唯一的表哥,也在他父亲死去的年龄,因为相同的疾病辞世。

6. 迁 移

> 蔡国存在了六百多年，于公元前447年被楚国所灭，其公民四处逃散，多以国名为姓氏。
>
> ——题记

1

1970年初夏，刚过十七岁生日的未名离开了委羽山，次日一早，他在黄岩县城坐上知识青年上山下乡的专车去杭州，从那里再搭乘火车和汽车辗转到达松花江畔黑龙江省方正县朝阳公社（现德善村）富裕生产大队插队落户。这不是未名第一次去省城，"文化大革命"爆发后的那个冬天，只读了一年中学的他就和同学"串联"到了西子湖畔。

可是，就在未名准备继续北上，去首都觐见伟大领袖毛主席时，却遭到一位同学父亲的老战友的质疑和训斥，因为他的学生证上写着家庭成分——地主。显而易见，那位老革命不能容忍未名和他战友的儿子享受同等的待遇。虽然此前未名被迫与"右派"父亲划清界限，但家庭出身如同肤色一样是不能改变的。性格刚烈的未名为此郁闷不已，掉头回到了故乡。

其实，那位老革命并非杭州火车站的工作人员，未名也只是陪同学去看他。况且，那时大串联的学生除了进京朝拜以外，还有许多可以选择的目的地，邻近的就有江西的南昌、瑞金和井冈山，浙江的嘉兴南湖，上海的中共一大旧址，南京的雨花台、中山陵和即将落成的长江大桥，等等。如果少年未名冷静和理智一些，就不会错过这一难得的免费旅行机会。

这方面我们哥儿俩性格有别。记得20世纪90年代中我初次出访归来，上海虹桥机场的海关工作人员要求我去旁边的医务室进行HIV检测（这类侵犯人权的做法后来取消了），而前后几位高鼻梁或持绿卡的旅客却一并放行。愤慨之余，我观察到旁边还有一支（总共两支）通过海关的队伍，便悄悄绕到后面重新排了一次队，结果这回没有被要求检测。

未名和我虽说是同胞兄弟，却从小不在一起生活，因为我一生下来，他就到了父亲那里，这就像扳机和子弹的关系一样。他倔强的个性无疑是在长期的父子对峙中形成的。不过，那时候我们兄弟之间也不乏亲情。有一件事在我的记忆深处保留了下来。一次，我们从县城步行回委羽山，那是一条石板铺成的小路。每当我说走不动了，未名便用右手拉着我的左手，将我拽到前方，等到他赶上并超过以后，再拽。

成年以后我才明白，这类周而复始的运动方式是每个儿童所喜爱的，当我把它用在自己的女儿们身上时，效果同样显著。而聪敏的母亲也自有妙招，她把石板比喻成黄岩的特产——馍士（一种糯米做的年糕），谁先踩上就相当于吃掉一块，结果就有了母子间的虚拟吃馍士竞赛。这样既加快了速度，又练习了数数。

未名留给我的记忆还有他在澄中操场打篮球时汗流浃背的形象，以及他出发远行去支边那天早晨我醒来时的空虚，那时候谁都不知道他是否有归期。头天晚上，不懂事的我还嚷嚷着说巴不得他早走，声称以后再也没人和我争抢好吃的东西了。

正因为串联遇阻，未名终生不喜欢旅行。虽然他后来进了中文系并熟读西方文学经典和现代派作品，能把许多外国电影对白倒背如流（在较长一段时间里保持写作的欲望和实践），并拥有一笔相当可观的固定收入，却不愿迈出国门一步。对此他自己有一种轻描淡写的解释，因为不会任何外语。最具讽刺意味的是，未名最后定居的城市竟然是他少年时的伤心之地——杭州，并在那里饶有滋味地生活着。

2

未名去东北插队的第二年，我和母亲也永远离开了委羽山。母亲被调往黄岩城东北方向十公里处的王林乡（公社），在一个叫王林施的小村庄（生产大队）做了一名小学教员。关于那次工作调动的原因非常简单，它甚至与父亲的政治遭遇无关，只因为母亲不小心，把我"折子弹"留下的一张印有毛主席像的纸当成了卫生纸。有关此事的详情细节，我将在后面的《广场》一文里描述。

王林施村在那条一百多米宽的永宁江边，从那里坐船往下游走上二十多公里便可以到达东海。对于年仅八岁的我来说，这样的迁移即便不包括从出生地黄岩县城到婴儿时代居留的院桥镇，也已经是第三次了，而且也不会是最后一次。新奔（山头舟）让我呼吸到田野和牧场的气息，委羽山让我得以亲近树木和山林，而王林施则让我听见大海的呼吸和跳动。

古往今来，民族的迁移推进了历史的发展。古代巴尔干半岛南端的人民往地中海四周的扩散成就了古典希腊的辉煌，伊比利亚人、不列颠人和其他西欧国家的一部分人则渡过大西洋到达了美洲，揭开了我们这颗星球上最后一层神秘的面纱。而美国之所以在20世纪超越欧洲诸强并长期充当世界的霸主，主要是因为它的公民大多是喜好迁移的人的后裔。

虽说美国的人口仅有中国的五分之一，其姓氏却比我们多得多，中国号称有百家姓，但美国人的祖先所在的国度就逾百个。只要每个国家贡献十个姓氏，那就不得了。相比之下，他们的名字非常简单，常用的男性和女性名字分别只有五百和八百来个。

我查阅过祖先的文献,知道蔡姓主要有两个来源。其一出自姞姓,居住在燕地(今河北北部)。其二出自姬姓,为商朝末年诸侯之长周文王的后裔,居住在陕西岐山。姬姓和姞姓均属于黄帝的十二个支裔。文王姓姬,名昌,其子武王叫姬发。武王灭商后,建立了周朝,封其五弟叔度于蔡,即今天的河南上蔡①,京广铁路线东侧。

2015年夏天,在河南诗人森子和本家冬喜的陪同下,我驾车探访了隶属驻马店市的上蔡县。祭拜了三千多年前的两位始祖——叔度和他的长子蔡仲之墓和石像,后者是蔡国的第二任国君。我了解到,曾为五百多年蔡国国都的上蔡如今仅有三千余人姓蔡。春秋时,因受楚国的逼迫,蔡姓的祖先们多次迁移。先南迁新蔡,后东迁州来(今安徽凤台,也称"下蔡")。

据《史记》记载,州来是孔子周游列国抵达的最远的地方。蔡国(历二十三代、二十四君)存在了六百多年后,于公元前447年被楚国所灭,其公民四处逃散,主要流落于楚、秦、晋、齐等地,多以国名为姓氏。君主及部分贵族被迁至湖南常德,史称"高蔡",直到公元前223年,同楚国一起灭于秦国。如今,上新下高四蔡均有蔡侯墓地发现,大多没有开发。而姬姓到了唐朝也改为周姓,为避讳唐玄宗李隆基名字的发音。后来虽有人恢复祖姓,但属少数,名流中有前副总理兼外长姬鹏飞。

---

① 上蔡县和新蔡县现均隶属河南驻马店市,凤台隶属安徽淮南市。

迁移或迁徙本是人类的基本权利,《世界人权宣言》（中国已经加入）第十三条第一款写道:"人人在各国境内自由迁徙和居住。"可是在中国,严格管理的户籍制度由来已久,那本是封建体制下计划经济的必然产物,其创始人是公元前4世纪战国时期秦国的政治家商鞅,他变法的内容还有:统一度量衡制、废除贵族世袭特权、奖励耕作、承认土地私有并准许买卖。

可惜好景不长,在任用他的秦孝公死后,商鞅即遭厄运,竟然戏剧性地成为一名"盲流",在逃亡过程中落入自己发明的圈套。我们可以想象,当时全国无人敢收留这位老大臣,他在惊慌失措中被杀,死后遭"车裂之刑"。商鞅是中国历史上第一个被自己的发明害死的人。

多年以后,我造访了温岭老家的蔡家祠堂,从远房堂兄那里获赠一份家谱,才了解到南迁浙江的先祖叫蔡谟[①]。他本是东晋名臣,五朝元老,能征善战,是对抗北方军事入侵的主要人物,又以雅儒著称,留下许多逸事。蔡谟学识渊博,且精通医术,有文集十七卷(一说十卷),成语"寄颜无所"[②]即由他而来。同朝大臣、皇后乃至后辈书法

[①] 蔡谟（281—356),字道明,陈留考城(开封民权)人,其曾祖蔡睦是东汉文学家蔡邕之孙、蔡文姬之侄。蔡谟曾任征北将军、扬州刺史、光禄大夫等职,为晋康帝和晋穆帝的辅政大臣。

[②] 寄颜无所,出自《晋书·蔡谟传》。东晋司徒大多由皇族司马氏担任,可朝廷却破例让蔡谟做了四年司徒,晚年他多次称病力辞,并在给皇帝信中说自己才德有限,有愧朝廷厚爱,故"惶惧战灼,寄颜无所"。意思是说脸面没有地方放,无地自容。

先祖蔡谟像

家王献之、唐朝名相房玄龄等均对他有很高评价,宋代史学家司马光的《资治通鉴》和明代文学家张岱的名著《夜航船》多处记叙了蔡谟的逸事。

蔡谟是东晋第四任皇帝司马岳(晋康帝)的老师,因而成为辅政大臣。穆帝司马聃继位时年仅两岁,蔡谟等上奏请求褚太后临朝摄政,他也被留任辅政并领司徒。后被正式拜为侍中、司徒时,蔡谟以年事已高为由,在三年内执意推辞不就任,结果被贬为庶民,差点丢了性命。

在《二十四史·晋书》里,《蔡谟传》位于七十七卷列传第四十七(谢安第四十九、王羲之第五十)。史书记载蔡谟被贬后,便闭门不出,以教授弟子度过余生。但近年有人在黄岩西部平田乡与茅畲乡交界处的鸟山水库附近发现了蔡谟墓,我的家谱里也记载了他后来投奔(用堂兄

迁移 61

的话讲是怕皇帝加罪）时任永嘉（今温州）太守的长子蔡邵之事。

一日，风和日丽，蔡谟在家人陪同下，从永嘉北上游览雁荡，进而到达平田乡。他们被那里的自然风光吸引，遂盖房种田住下来。至于子孙迁居温岭和泉州，那是后来的事。为何他们不走今日的通衢大路？这是因为那时黄岩尚未设县，黄岩和永嘉同属临海郡，且今天的乐清温岭等沿海一带仍是海涂，又有灵江和永宁江等河流阻隔（愈往下游河道愈宽），自然没有大路可走。

相比之下，黄岩西部的文化可谓源远流长，即使到了民国时期，仍有所谓的黄永（嘉）捷径，需穿越今天的宁溪街。直到20世纪60年代，北洋镇潮济村仍是东海潮水抵达之处，也是永宁江水路客运的起点，那里离我第一次上学的新乔村仅有三四公里之遥。潮济老街系民国初年大火后重建，迄今已有百年历史，2012年成为浙江省首批四十座历史文化名村之一，位居台州五村之首。

如今，与平田乡邻接的上垟乡象岙村和茅畲乡鸟山村仍有许多蔡姓人家。值得一提的是，上垟乡前岸村的山下周是民国著名法学家、教育家周炳琳的出生地。"五四运动"时期他就读于北大，是从北平去南京面见孙中山的四位学生领袖之一，后留学美国、英国、法国和德国。前面（《出生》）提及的经济学家张友仁教授，便是周先生的外甥。

象岙村民居,佚名摄

3

相比之下,我们母子俩的那次迁移既不属于有组织的集体行为,也非商鞅或先祖蔡谟那样的逃(避)难,毕竟生命安全未受到威胁。实际上,我们的迁移更像是一次搬家。说起搬家,如今居住在城里的人乔迁一般会找专业的搬家公司,各种木质家具和电器、日用品、书籍往往要塞满好几辆卡车,以至于耗费的纸板箱和绳索就达几十公斤重。

可是,在我的印象里,我们的第一次搬家却轻松自如,全部工具只有一辆两轮手推车。母亲雇了委羽山村的一位农民伯伯。后来我在印度看到过一种四轮手推车,相比之下,我们的祖先更为节俭。那时候澄江中学已经开学,本应该有一些老师和学生来相送，但既然发生了"肖像事件"，我的记忆也变得模糊不清。

同样，那次搬家的准确时间我也记不起来了，有可能是在阳春三月。在我的记忆里，那天早晨有着淡淡的雾气，农民伯伯在前面拉着车，母亲在后面帮着推。我呢，有时坐在车上，有时跳下来助推一把，尤其是在过河上桥的时候。路旁的麦田绿油油的，间或可见锄地的农民和金黄的油菜花，倘若表现在油画或电影里一定很美。

车上的行李少得可怜，一只笨拙的樟木箱是外婆给母亲的嫁妆，球形的小锁至今我一闭上眼睛就能回忆起来。还有两只不大不小的行李包，一只陶瓷的脸盆套在尼龙网里，里面盛放着牙具、饭盒和碗筷。这样的设想是有根据的，因为许多年以后，母亲的全部家当也仅此而已。我们在澄江中学的时候，一切木头的家当，包括床和桌椅都是公家的。

那次迁移需要穿越黄岩县城，我们走向县城，又离开了县城，从乡村来，去到更远的乡村。说起黄岩县城，那时候的主要街道只有两条，也就是南北向的劳动路和东西向的青年路，它们就像一个十字架，顶上是那条弯弯曲曲的永宁江。从青年路一直向东，就是故乡唯一堪称公园的地方——九峰，因为它坐落在一座拥有九座山峰的方山脚下，确切地说那是个山岙。只是相比山的高度来说，那座公园的面积实在太狭小了，我每次走近它都有阴森森的感觉。

事实上,公园附近的居民每天早上十点以前是看不见太阳的。记忆里母亲从未带我去过那个公园,这一次更不会了。顺便提一句,九峰与前文提及的括苍山、委羽山和翠屏山是黄岩的四大名山,公园里还有一座七层八面的瑞隆感应塔[①]。过了城关以后,我们走上一条较为宽阔的石子马路。这条马路通向县城以外最主要的城镇——海门,如今已被扩建成为省道。可是,走不了五六里地,我们就离开了大马路,向北进入到一条宽度不足两米的泥路。这条泥路笔直地向前延伸,几乎见不到一个行人。

黄岩瑞隆感应塔

---

① 瑞隆感应塔,建于五代吴越国的963年,比同属砖塔的杭州雷峰塔略早,2013年被列为全国重点文物保护单位。

我长大之后，才从一幅比例尺较小的地图上发现，那条路通向一个叫王林洋的村庄。这个村庄三面被永宁江水包围，整个村子的形状犹如一只牛轭，也就是"∩"形。这一点并不稀罕，从同一幅地图上我还发现，永宁江在黄岩县城附近居然拐了八个"∩"弯或"U"弯。走啊走，我们来到了一个渡口，但不是在牛轭的顶端，而是到了右侧那条线段的某一个地方，一条湍急的混浊不堪的水流拦住了去路，那可能是永宁江最宽的地方。

"对岸那个村子就是我们的新家。"和我一样从未去过那里的母亲打听了一位渔民以后告诉我说。那会儿正值中午时分，暖暖的阳光从天空笔直照射下来。走了那么多路，我不仅已经出汗，肚子也早就饿了。我用右手搭起一个凉棚，眺望江的对岸，没有任何小山或高地，只有一片低矮的橘树林。

看到我的眼神里有些迷惘，母亲安慰说："等到了秋天，那里有吃不完的橘子。"这句话果然被她说中了，童年时期我吃过的橘子几乎就是我享用过的全部水果。但我也记得委羽山的一幕，自己曾贪婪地盯着小伙伴程功一口气咬完一个清脆的红苹果。很快，我们发现江边有一个小码头，一艘手摇渡轮正从下游悄悄靠近。那会儿我刚满七岁，一段新的人生经历即将到来。

7. 村　庄

> 当西方社会已然或正在现代化，中国农村的生产工具仍以铁器为主，而粮食加工则停留在石器时代。
>
> ——题记

1

在远古时代，随着工具的改进（例如有柄的斧头）、不经意的种子散播、家畜的驯养（首先是狗）、陶器的使用和编织的开始，农耕时代揭开了序幕。不过那时候的人类还是游牧民族，生活没有保障，充满了劳累、困乏和焦虑。渐渐地，在那些阳光和水源比较充足的地方，例如尼罗河两岸和美索不达米亚，人们遇到连续多年的丰收。这些地方的有些人不再走动了，定居了下来。

可以想见，起初定居者与因循守旧的游牧者之间的冲突不可避免，后者随时进行袭击、掠夺，但不做停留。于是，定居者慢慢地聚拢起来，以对付游牧者的攻击，这样一来就产生了村庄，它是人类最初也是最本原的聚集地。

1971年初春,随着母亲工作的调动,我们从城南搬到了城东北,来到王林施村。这次迁移把我们娘儿俩进一步下放,母亲从中学到了小学,我则从"名校"樊川小学到了村办的王林施小学。不过这样一来,我和母亲也第一次成为了校友。

记得母亲第一年教的是四年级,比我读的高一个年级。她是小学里唯一的公办教师,其他老师都是村里的民办教师,包括校长,他是一个瘸腿的单身汉,极富心计。可是,调皮的同学有时也会乘他不备,跟在后面模仿他走路的姿态,令人捧腹。我读五年级的时候,校长终于从远方的村庄娶到了一个媳妇。

多年以后,我在瑞士日内瓦湖畔一座叫拉芬尼的村庄,度过了如梦如幻的三个星期。我和几位欧洲作家住在大文豪海明威、纳博科夫和加缪等下榻过的房间里,四周被无尽的绿色和鸟鸣所包围。这一经历无疑强化了我对村庄的概念,可是,我小时候的王林施村却连一片绿地也没有,也没有电灯和自来水。

小学校舍全是平房,东西和南北均不足百米,操场的一角有一个沙坑,上体育课时同学们用它来练习跳高或跳远。全校只有一扇门,没有传达室,却有围墙。没有喇叭,没有舞台,没有会议室,仅有的一个礼堂也是半敞开式的,每逢村里开大会,都要借用这个场地。做广播操时,体育老师吹着口哨或扯大嗓门喊,全校同学和老师都能听见。学校难得开一次运动会,即便开也没有中长跑项目,短跑比赛设在村头的石板路上。

　　这是我记事以来第一次生活在真正的村庄,我的意思是与村民们住在一起,而在委羽山时村民和学校老师基本上是分开的。我们的房东是一位年近八旬的老太太,她和村里多数人家一样,姓施。老太太的丈夫早已过世,有一对儿女,儿子在杭州工作,偶尔有五元十元的汇款寄来,女儿嫁到邻村,不常来探视。

　　施老太太的平房位于全村的中心,紧挨着晒谷场,和小学也只隔着一条小路和一座菜园子。三间平房总的使用面积大约有四十平方米。老太太住东间,我们母子住西间,中间是公共用地,包括门厅、灶台、餐厅,说是餐厅,也就一张桌子、几只方凳、一个碗柜和一口水缸。

王林施村平房小屋,我在这里度过了四年时光。左门是新开的。作者摄

女儿方思想象中的乡村

说到菜园子,虽只有六七米长,两三米宽,却种了许多蔬菜。有青菜、茄子、丝瓜、南瓜,还有芥菜。因为老太太腿脚不便,菜园基本上由母亲料理。芥菜在南方并不常见,我们用来炒年糕,那味道很鲜美。还有腌茄子,爽口极了,这是施老太太的手艺,离开王林施村后,我再也没有吃到过。而芥菜作为温州菜馆的一道特色菜,如今我在杭州也能吃到。

2

著名的英国科技史家李约瑟博士在其多卷本的巨著《中国科学技术史》中列举了在"四大发明"以外,中国人率先使用而后传递到西方的一些工具和技术。例如，独轮车（比西方早九至十个世纪）、铸铁（早十至十二个世纪）、河渠闸门（早七至十七个世纪）、瓷器（早十一至十三个世纪）、弓形拱桥（早七个世纪），等等。

尤其令我感兴趣的是，李约瑟的书中还谈到我儿时在王林施村见过的一些东西，例如（后面的数字表示西方落后于中国的时间）：

活塞风箱	约十四个世纪
风筝	约十二个世纪
竹蜻蜓	约十四个世纪
船尾舵	约四个世纪
龙骨车	十五个世纪
石碾	九至十三个世纪
提花	四个世纪

这七项发明中，除了风筝、竹蜻蜓和船尾舵，其他恐怕已经或即将进入博物馆了。

我们用得最多的是活塞风箱，这是母亲和老太太炒菜烧饭时我干的体力活。木制的风箱除了活塞还有活门，它通过压缩空气产生气流，使得炉火旺盛。所谓的活塞其实就是一个能往返运动的厚木板，木板四周打了许多小孔穿入麻绳，捆扎上一圈鸡毛，起到活塞环的作用。木板在鸡毛的作用下在箱中处于悬浮状态，既减少了木板运动时的摩擦力,又增加了气密性。

说起捆鸡毛,这是个巧活,要捆得均匀,量也要适中。好匠人捆出来的风箱,风力既大,拉起来也轻松。再来看活塞板,它与两根木拉杆连接,拉杆长度略长于木箱,伸到外面。通过连续反复推拉连杆使活塞木板在箱子里往复运动,产生的风力从出风口间歇吹出,那里有一个活门。

说到活门,也是个很关键的零件,它是一块能左右摆动的薄铁片,设置在木箱内侧的出风洞口,相当于单向阀门。它必须保证,无论活塞板是推进还是拉出,都把风由内向外吹出。值得一提的是,炉灶上一大一小两口铁锅旁边,还有一个加盖的圆柱形空间,是专门用来加热洗脸水的。在没有供热系统的年代,算是一种聪明的节能小发明。

提花是妇女们做的活,施老太太虽说是小脚女人,牙齿几乎掉光了,却是个织布能手。她用的是梭子机,脚踏的机器靠几个两头削尖的长方形梭子把不同颜色的丝线织成带子。每个梭子用不同颜色的丝线,通常是蓝色、白色和黑色,织出来的大多是对称的线形几何图案,如长方形、三角形、菱形等的组合,很少有圆弧或其他弯曲的花卉图案。

施老太太不常织布,有人定做时才做活,印象里她织得最多的是婴孩背带。也就是说,当她织布时,意味着村子里又有妇女快要生孩子了。相比之下,我母亲的手就没那么巧了。她只会纳鞋底，虽然戴着金属顶针防护，仍时常刺到手指，这时候我就用唾液去涂她手指上的血丝，村里人说这样能消毒。母亲也不大会织毛衣或手套，我的手因此每年都生冻疮，有时烂得吓人。

3

毛泽东在一首咏史词里写道："人猿相揖别，只几块石头磨过。"的确，在历史的长河里，人类大部分时间都处在石器时代，直到青铜器①出现为止，据说长达两三百万年。依照考古学家的分类，石器时代又分为旧石器和新石器两个时代（有的甚至还分出中石器时代，以弓箭的使用为标志）。其主要区别在于，旧石器时代人类使用比较粗糙的打制石器，而新石器时代则使用比较精细的磨制石器。

在20世纪70年代，当西方社会已然或正在现代化，中国农村的田间生产工具仍以铁器为主，而粮食加工和道路建设则停留在石器时代。需要指出的是，铁器时代是青铜时代之后的一个时代，在中国，其标志性生产工具是铁犁。

下面我要说的是石磨，它由两个大小相同的石头圆盘、一个碾轴组成，上面那个盘侧面连着一根木棍。石磨有两种，小的可以用一只手推动，主要用来碾碎黄豆。大的结

---

① 从数学的观点来看，在石器时代，人们只需要整数；但进入到更为先进的青铜时代以后，分数概念和记号便随之产生了。

构比较复杂，通过一个木架和一根绳子，把木棍和一根高悬的横梁连接，人们不停地推着它转圈。米从上圆盘中央的孔里流入，被碾成粉末。南方人吃大米，石磨并不常用。但在磨粉机普及以前，逢年过节必不可少，尤其是过春节，家家户户都用它做年糕。

磨粉是第一道工序，起初，孩子们抢着推磨，但兴致头（黄岩方言，意为兴趣）维持不了太久，推磨需要毛驴一样的耐心。事实上，北方人使用石碾，真的会让毛驴蒙上眼睛代替人行走。他们依靠一个圆柱形的碾砣，在一个更大的石盘上滚动来碾碎粮食。

接下来，要把米粉放进蒸笼，这是妇女们干的活。蒸前先把米粉放在盆里，加适量的水，搅拌，放入糖、芝麻之类的，再用纱布包好。最后，要用到石臼，俗称捣臼，这是做年糕的第三道工序，也是最重要的一个环节，年糕好不好吃在此一举了。

正因为重要，加上有断胳膊少腿的危险，大人不许小孩参与。捣臼时，一般需要三四个成年男子一起干，他们先把热气腾腾的粉团倒进洗净的石臼。一个有经验的男人蹲在地面，不断快速地用手翻转石臼里的糕团，并不时让手沾湿。其余的男人一只脚站在一块一米多高的石墩上，另一只脚合力踩踏与石礅平行的一根木头，再迅速把脚移开。木头的另一头连着一个木槌，通过中间偏下的一个轴子，做上下往复运动。踩的人哼着号子，木锤砸在糕团上发出的声响传得很远，慢慢地，年糕的香味就出来了。

与踩年糕相似的是踩龙骨车[①]，即木制水车，干旱时节村民们用它来抽取池塘里的水浇灌秧苗。戽水的木板用木榫连接成环带，由槽、梁、架、档、杠等组件构成，可以拆下来搬运。水车一般有二至四个脚踏，需要多人合力工作。因为危险性不大，这样的机会孩子们有时也能获得。

我第一次蹬上水车时生怕掉下去，把手和胸伏在杠上，两眼直盯着脚踏，和大人们不合拍，结果走得很累。后来在大人的指导下，我消除了害怕心理，用双手轻轻地扶着木杠，身体重心微微下移，脚步有序，才慢慢跟上节拍，但仍然比较费劲。

说了那么多石器和木器，现在该聊一聊金属器皿了。施老太太有一个令我羡慕的取暖用的铜炉。至于铁家伙，我记忆最深刻的并非犁、锄头、镰刀之类的农具，而是铁环。这是一种铁制的圆形的空圈，原本是圈在水桶、脚盆甚至马桶上的铁箍。当木桶废弃不用后，就把它卸下来，再用粗铁丝做成一把带钩子的铁棍别住铁环，便可在路上驰骋起来。

当然，滚铁环也要讲技巧，从握手的姿态来看，与打乒乓球一样，分成直握和横握，通常横握时铁棍倾斜的角度更大一些。滚铁环的水准也有高低之分，不会滚的人走不了十米铁环便倒地，会滚的人滚得又稳又快，即便拐弯时也游刃有余。以上这些，应是我对王林施这座村庄的物质记忆了。

[①] 也叫翻车，一种提水工具。最早见于《后汉书·张让传》，书中记载：186年，东汉宦官毕岚作翻车，用于取河水洒路。

村庄

8. 渡 口

> 一旦小红蟹钻出洞穴,乘它趴着观望之际,轻轻拉绳将其掀翻在海涂上,然后迅速上去活捉之。
> ——题记

1

我童年在王林施村所见祖先的发明中,有一样东西并非随时可见,那就是船尾舵。王林施紧挨永宁江,村头有一个二十多米长的石板码头,笔直地逐级伸入江中,从早到晚有艄公在那里摇船摆渡,遇到台风时节则暂停。每当退潮时,停靠在码头上的船只便露出水面,船尾的舵自然也就看见了。

在我的记忆里,船尾舵的形状就像一把大菜刀。这些船大多是捕鱼船,渔民们有时出海,有时就在江里把网竖起来,那一定是在退潮时分。渔民们一出海的话就得好几天,那会儿东海里有无数银白色的鲻鱼,又称白鳞鱼,这种鱼身体侧偏,脑袋小,鳃孔大,其中不少有五指宽。通常他们在海上捕到就杀了,取出内脏扔掉,用盐腌起来,

船尾舵的形状像把大菜刀

这样我们吃到的便是咸鳓鱼。尽管如此,仍然是我记忆里最美味的海鲜。此外,就数小黄鱼和水潺(又名豆腐鱼)美味了。

无舵的渡船大约可搭乘十来个乘客,少不了鸡鸭等家禽和农副产品,有时还有加强型的自行车。渡船用的是大橹,艄公通过它来推进渡船,也可以控制方向。大橹摇摆的幅度比较大,比小橹好掌控,后者如果不是行家,很容易摇着摇着便脱离金属槽臼。

每次我过渡时,总要跳到后甲板上帮艄公一起摇橹。渡船走的是"Z"字形,即先逆水行舟,逆水的距离取决于风浪大小。待走过一定距离后,再斜渡到对岸。艄公总是瞄准对岸码头的下水,抵达后再次逆水,慢慢接近码头。因为码头上没有废弃轮胎做防护,船头不可避免地会撞上坚硬的石头或木桩,从下水靠近会减轻这一撞击。

渡 口

一次轮渡的时间大约需二十分钟,有时赶得不巧,候船的时间长达半个多小时。因此,每逢我和母亲进城采购回来(通常是猪肉、食油、豆腐,也有西红柿或黄瓜等王林施村没有的蔬菜),除了和母亲轮流挑担以外,快到码头时我总是抢先一步,看看渡船的位置。假如正好碰上渡船要开,我会喊住艄公请他稍候。

有意思的是,那时渡船就已被承包了。我记得无论村里村外人,每次过江的船费都是两分钱,全部收入归艄公。这样一来,生产队里就不另外给他记工分了,因此无须船票,服务态度也比较好。我长大以后,坐过不少轮渡,多数是汽车轮渡,著名的有直布罗陀海峡、博斯普鲁斯海峡、波罗的海和的的喀喀湖,可是再也没见过艄公的橹了。

终于有一天,我读到苗族作家沈从文的小说《边城》,被深深地感动了。故事发生在湘川交界的一条小溪渡口,摆渡人家只有爷爷和孙女翠翠两人,他们在渡船上悠然度日。城里有个洒脱、慷慨、大方的船总,两个儿子都十分优秀,他们在一次龙舟赛上与翠翠相识。兄弟俩都爱上了翠翠,翠翠却只对老二有意,没想到老大却先请人提亲。爱情的悲剧从此拉开了序幕。

先是老大主动退走江湖,却不幸溺死于水上。老艄公与船总的友谊戛然而止,随后他老人家便在一场雷声中默默死去。几乎是同时,老二也无法接受失去兄长的悲痛,离家出走了。小说结尾意味深长地写到翠翠等待意中人的决心,而"他也许永远不会回来了,也许明天就会回来"。

在我看来，这部小说的恒久魅力在于，翠翠遭遇的悲剧并非由于特权阶层的介入或巧取豪夺，而是由于世事无常，一种简单的误会甚或时间的顺序造成的。这正是沈从文的高明之处。

2

可是，在王林施村的渡口，我却从没有听说过这类爱情故事。事实上，每一位艄公都是男性村民，他们和女乘客有没有发生什么事，我不会知道。不过，一位村民给我讲过一则故事，反倒使我对艄公这个职业产生了一种另类看法。故事的题目我记得很牢，叫作《一个屁臭死三个和尚》，可惜内容我只记得三分之二。

说的是有一天黄昏，艄公摆最后一次渡，乘客中有一位美貌的少妇。船行半途，这位少妇不小心放了一个屁，有位好事的村民想刁难她，挨个追问乘客，被一一否定了。眼看就要轮到少妇作答，她的脸"刷"地红了一半。艄公见此情况，赶忙一口认了下来。

靠岸以后，为报答艄公解围之恩，少妇邀他到家中小饮，并亲自下厨做了几个可口的小菜。不料，正当他们碰杯畅饮之时，听到"笃笃"的敲门声。原来，出海捕鱼的丈夫提前返航。情急之下，少妇把艄公关进大衣柜里头。她匆匆收拾碗筷，谎称准备菜肴是为丈夫接风，于是小两口痛饮几杯，云雨一番后丈夫呼呼大睡。此时少妇才打开柜子，只见那艄公已经憋死了。

　　无奈之下，少妇借着酒力把他背出家门，准备将他扔进村头池塘。路过一处茅坑，正好遇到一个解手的村民，他见一女子背着一具尸首，吓得往后一仰，跌入粪池一命呜呼。可是，那第三个男人是如何送命的，我已经记不得了，或许是少妇的丈夫，可是，"和尚"又似乎应指未婚男子。

　　渡口留给我最可怕的记忆则是在一次强台风过后。由于地处东海之滨，黄岩和台州每年都会遭受几次台风袭击，且台州和温州常常是台风的重灾区。长大以后我才知道，台风是指在北太平洋西部大规模移动的一种热带气流，是从英文typhoon音译过来的。可是，我在王林施村的时候却不晓得。以至于我在随笔集《数字与玫瑰》初版里有这样一段话：

> 我的故乡是在东海之滨的一座县城，那里离台北只有两百多公里，并且是在正南的方向，所以从小我就以为所谓"台风"就是从台湾刮来的风（至少应该途经台湾海峡），当时两岸政治和军事上的完全敌对也诱使我这样理解。我一直在心底里这样想当然，而从没有和任何人说起。

这个天真的常识错误就这样保留了下来，直到我考上大学以后才得以纠正。

　　话说那次可怕的强台风正赶上夏季的大潮水，村里的码头、橘林、池塘和晒谷场全被淹了，很多人家里进了水。

幸亏施老太太家的地基比较高,但江水还是抵达了屋前最高一级台阶。我印象最深的是,邻居们坐在大木桶里划水,并且相互串门。

等到台风过去,潮水退走的第二天,一则消息迅速传遍全村:码头上泊着一具尸体。于是,很多大人小孩都不自觉地赶往那里看热闹,我乘母亲没注意,和邻居家的孩子一起去了码头。那一幕情景令我终生难忘,一具头发脱光、全身浮肿的裸体男尸依附在码头下水的一根木桩上,他身体的每一个部位都爬满了苍蝇。

这里说到依附,自然是背朝上。多年以后,重庆出生的作家虹影来杭州宣传新书,与我对话。她也提到小时候在长江边看到许多死于沉船事故的尸体,她发现男人永远背朝上,而女人总是四脚朝天。不知何故?

显而易见,那个遇难者在江水里已经浸泡数日,且并非本村人,他是随潮水漂过来的。我不知道后来警察有没有查出他的身份和来历,但自那以后的许多天里,我吃饭都没有胃口,夜里睡觉时也经常做噩梦。毕竟,那是我第一次见到尸体,而且是一具面目全非的尸体。三十多年以后,一位摄影师从直升机上拍到一位空难事故乘客的遗体[①],又触发了我的回忆。幸好,那是在湛蓝的爪哇海上。

---

① 指2014年12月28日,马来西亚亚洲航空QZ850航班,从印度尼西亚泗水飞往新加坡。同年稍早,马来西亚航空的MH370(吉隆坡飞北京)和MH17(阿姆斯特丹飞吉隆坡)也相继失事。

3

当然,渡口也给我留下过温馨的记忆,但并非在日出或日落时分。对此我后来也感到奇怪,那本该是渡口最美丽的时刻。之所以忽略这一美景,想必是由于村民们祖祖辈辈已司空见惯了,而我本人那时也没接受过美的教育和艺术熏陶。让我期待的一刻是:往来于黄岩县城和海门镇之间的小火轮每天两次经过渡口。

每当遇到有本村的乘客搭乘,那就需要渡船接应。由于王林施村的码头吃水不够深,那艘可以承载一百多位乘客的小火轮无法停靠,因此需要艄公把渡船摇到江中接应。如果我没记错的话,每位乘客交接应摆渡费五分钱。由于轮船到达的时间随潮水变化,因此很难确定,想要搭乘的人往往提前坐在渡船上,等着小火轮在江湾尽头出现。

永宁江本是椒江下游的一条支流,九曲十八弯之后在离开王林施村不到五公里的三江口,与从临海方向流

九曲十八弯的永宁江注入椒江

来的干流——灵江汇合，变成了椒江①，后者最宽处足有一千八百多米。椒江注入东海的地方便是海门，唐宋以来就是商贸重镇和海上门户，近代有"小上海"的美称。

由于是浙东重要港口，海门在20世纪90年代中期一跃变成了台州市府所在地，而黄岩则成为它的一个区，曾引发故乡人民强烈不满，此乃后话。我本人有幸搭乘过几次小火轮，可是每次都是往黄岩方向，因而一直未能在那条宽阔的椒江上乘过船。不过，即便不搭乘小火轮，站在码头上看它与轮渡交接，对那时的我来说已是一种享受了。

一直到1976年初夏，那时我们已迁移到下游对岸的山下廊村了，一日随我就读和母亲任教的江口中学老师们去地区所在地临海参观教育革命展览，才得以乘坐一艘稍大的船。具体内容已记不清，但应与黄帅和张铁生所取得的"革命教育成果"有关。我们先是步行到三江口，在那里搭乘海门开来的小火轮，逆椒江的干流灵江而上。快到临海时，见到了灵江的另一条支流——逆溪。台州的河流大多自西向东，唯有这条小溪反向，故而得名。

多年以后我才知道，逆溪上游有个叫南岙的小村庄（今牛头山水库南岸），1934年冬天曾迎来未来的"旗手"江青、年仅十九岁的张淑贞，她被上海的室友带回故乡住

---

① 椒江，全长两百多公里，是仅次于钱塘江和瓯江的浙江第三大水系，其干流灵江发源于仙居和缙云两县交界的括苍山麓。

了两个多月，养好了肺痨。而逆溪流经的唯一的小镇邵家渡，也是今天甬台温高速和高铁穿越的地方，南宋时曾出过一个宰相谢深甫，是东晋名相谢安的二十五世孙。他的孙女谢道清出生在溪边下渡村，是在位四十年的宋理宗唯一的皇后，后来做了皇太后、太皇太后，亲历了南宋的灭亡。

既然渡口靠近东海，自然有海涂了。小时候除了在田野里放风筝以外，最好玩的事就是在海涂上抓蟹和弹涂了。弹涂的外形和味道都有点像泥鳅，是唯一能离水在陆地活动的鱼类。值得一提的是，江里还有味道鲜美的黄鳞虾和凤尾鱼。蟹并非我们吃的螃蟹，而是和大人的拇指一样大小的小红蟹。每当潮水退走，海涂上留下少量贝壳，有仰有卧，小伙伴们会抢着把它们捡走。更多的是小红蟹，它们喜欢从洞里钻出来晒太阳。

这些小红蟹个个很机敏，离开自己的洞穴不会太远。每当有人靠近时，就迅速爬回洞口，消失不见。但我和小伙伴们总有办法，我们会把连接长绳的一个个铁丝小圈放在洞口，再蹲伏在五六米以外甚至更远的地方。一旦小红蟹钻出洞穴，乘它趴着观望之际，轻轻拉绳将其掀翻在海涂上，然后迅速上去活捉之。

这种捕捉小红蟹的方法有些类似于在橘林的溪沟边捉青蛙，后一种游戏我将在下面的文字里提到。但由于捉小红蟹是在开阔的海涂上，因此更好玩也更浪漫一些。多年以后，我携家人驱车返回黄岩，也曾带女儿回到王林施村，看到过我和母亲从前住过的施老太太的平房，它依然好好地坐落在池塘边，只不过在村民新盖楼房的映衬之下，显得更加矮小了。同样变小的还有我们屋前的晒谷场，它已经完成了放映露天电影的使命。

　　那次我没有去渡口，因为听说下游已筑起堤坝，永宁江水复又变清了，真正吻合了它的名字——永宁江或澄江。这样一来，小红蟹连同海涂肯定不见了，轮渡和小火轮消失了，甚至码头也迁往下游。这多少引起了某种生态失衡，黄岩蜜橘的品质在下降，其市场地位被灵江北岸的涌泉橘取而代之。不过，在我的一首写于20世纪80年代的诗作《再远一点》里，却留存下了那片海涂的影子。

再远一点

再远一点
我们将看到
人群像沙粒
堆砌在一起
彼此相似

再远一点
我们将看到
房屋像贝壳
或仰或卧

难以分辨

再远一点
我们将看到
城市在陷落
市民们纷纷出逃
搭乘超员的旅客快车

再远一点

　　　　　　　　　　1988，杭州

9. 飞 行

> 我认定自己画下的第一幅旅行图是神来之笔,其意义不亚于我写出第一首诗,后一种经验是很多人都有过的。
>
> ——题记

1

像鸟一样自由飞翔,一直是人类的梦想。自从18世纪后期法国人蒙戈费埃尔兄弟发明热气球并首次载人掠过巴黎上空以来,轻于空气的飞行器便成为一个现实。可是,在美国人莱特兄弟于1903年在北卡罗来纳的沙洲基蒂霍克试飞成功他们亲手制造的第一架飞机以前,重于空气的飞行器一直被认为是一种妄想。

莱特兄弟均是自行车修理工出身,在那个年代,自行车本身已经是一种革命性的交通工具,这一发明体现了非凡的想象力,也使得男孩们有机会去遥远的村庄寻找女孩子。我所认识的已故美国作家戈尔·维达尔因此认定,自行车的发明使得世界人口有了少许的增长。

在莱特兄弟的壮举完成将近七十年以后，有一架名为"76精神号"的专机从华盛顿安德鲁斯空军基地悄然升空，几天以后它才引起全世界的瞩目。这架飞机先是到夏威夷做了停留，以避开人们的视线，继而穿过国际日期变更线到达西太平洋的美军军事基地关岛，给人的错觉似乎是来慰问驻海岛的士兵。尔后，它突然向西北方向径直飞去。

1972年2月21日，农历正月初七，星期二，上午9点，"76精神号"降落在中国上海的虹桥机场。稍事休息和停留以后，它再次升空，在午时到来之前抵达了北京首都机场。这架飞机的主人或乘客正是美利坚合众国第37届总统理查德·尼克松。

"76精神号"专机飞抵北京

尼克松夫妇走出机舱

周恩来陪同尼克松游览西湖

多年以后，我认定此人是对20世纪下半叶的中国最有影响的西方人（上半叶的影响力主要来自马克思和列宁），而"76精神号"对于中国的意义，也正如打响十月革命第一炮的阿芙乐尔巡洋舰一样。我甚至认为，毛泽东向尼克松发出的邀请以及他们在北京的历史性会晤，可以将其在"文革"期间所犯的错误部分抵消。同时，这也使得中国古代一切君王、诸侯之间的见面或造访黯然失色。

尼克松访华时，我正在东南一隅的王林施小学读五年级,记得我曾问老师一个问题,为什么中国的领导人叫主席,而美国的领导人叫总统。老师的回答不能让我满意,后来我听说更早以前,曾经有一位班主席(班长)提出另一个更有趣的问题,为什么中国有两个主席(刘少奇和他自己)?

言归正传,爬过长城、吃过烤鸭、看过样板戏(《红色娘子军》)以后,尼克松一行在周恩来陪同下直飞杭州,那天已是2月26日。客人们下榻在西湖边的国宾馆刘庄,在那里起草了著名的《上海公报》。两天以后,美国人从虹桥机场起程,他们满载而归,经过阿拉斯加的第一大城市安克雷奇稍作停留,返回了华盛顿。

2

对于尚且不满九岁的我来说,这次飞行的意义绝非是在政治或外交方面。让我倍感好奇的是:总统先生的座机是如何飞越太平洋的?对照一本简易的世界地图,我在笔记本上画下总统先生的飞行路线,采用的比例是一亿分之一。当然,图上仅有几条带方向的线段(几何学里叫矢量或向量)把四座城市相连。

有关"76精神号"在夏威夷、关岛和安克雷奇的停留,我是很久以后才了解到的。同时了解到的还有"76精神号"名字的由来,只因美国的独立日是1776年7月4日。此外我还得知,因为周恩来的坚持,从北京飞杭州客人们乘坐的是总理专机。那是一架苏制伊尔18螺旋桨飞机,今天大多数中国乘客都不敢乘坐。

在尼克松抵达杭州之前,王林施村流传着一条消息。由于他的座机(波音707)体积过于庞大,为安全起见,笕桥机场①的跑道临时做了扩建。现在我知道,那次扩建占用了附近两个人民公社的土地。尼克松夫妇虽然搭乘周恩来的专机来杭州,但"76精神号"也同时抵达,所载的是总统的随行工作人员。而当客人们离开杭州去上海时,也没有走陆路,这回周恩来被邀请坐了总统专机。

我清晰地记得,当《人民日报》和《浙江日报》刊出客人们在花港观鱼的照片时,内心里的那一份激动。长大以后我才明白,尼克松一行之所以来杭州,纯粹是由于毛泽东和周恩来的个人偏爱,他们和后来的邓小平一样钟爱西湖,而并非西湖的知名度在世界上有多么高。

尽管那次访问牵动了美国人民乃至全世界的注意力,但却没有增加杭州的国际知名度和吸引力,后来的外国政要和游客在京沪以外首选的目的地仍是西安或桂林。究其原因,老外们见多了美丽的风景,对于西湖的人文典故又一无所知,而兵马俑和漓江两岸却是眼睛能看见的奇观。

毛泽东之所以选择这个时候邀请尼克松访华,自然与半年前发生的"9·13事件"有关。那一天,我们的林副统帅在乘坐三叉戟飞机前往苏维埃社会主义共和国(那时被

---

① 2000年12月28日,杭州萧山机场正式启用,笕桥机场作为军民两用机场的历史宣告结束。

称作"苏修")的旅途中,摔死在蒙古国东部温都尔汗附近的戈壁上。加上更早一些时候,中苏边境发生了珍宝岛军事冲突,两国关系可谓降到了最低点。

我隐约记得那个初秋的黄昏,王林施生产大队革委会在小学礼堂传达中央文件,村民们悄悄地沿着学校的白色墙根走向会场的一幕,它留在我的脑海里始终无法消散。那时候中央文件就像现在电视剧里的皇上圣旨一样繁多,可是,传达到普通村民的必定是了不得的大事。

到那时为止,我还只是见到过战斗机从天空快速掠过的英姿,远不如电影里侵华日军轰炸机群来得真切,它们倒是经常俯冲着掉下来。三年以后,我迁移到另一座村庄山下廊读中学,有一次,学校组织我们到二十公里以外的路桥机场[①]参观,我这才看到真正的战斗机,并有幸爬入驾驶舱坐了五秒钟。

路桥位于黄岩城关东南方向,大约在院桥以东十公里处。如同前文所言,现在的路桥是一座远近闻名的商贸重镇,还曾是中国股份合作制经济的发祥地之一(另两处临海双港和温岭泽国也在台州)。但那时的路桥只是黄岩的第三大镇,因为有一个军用机场才在台州小有名气。

20世纪50年代,因为台州地处东海前线,出于对台作战的需要(包含解放台湾的重任),在路桥秘密兴建了这个

[①] 据报道,台州新机场选址路桥金清,面积比原先大三倍,将于2022年底建成,同时铺设轻轨与市区连通。

机场。几年以后,因为一位飞行员驾机投敌,其战略地位迅速下降。到80年代后期被改为民用,命名为黄岩机场,据说还是全国第一家县级民航机场。

遗憾的是,我至今尚未在黄岩机场(现名台州机场)搭乘过飞机。不过,我在北方读研究生期间有一年暑假回家探亲,曾被故乡一家民营皮鞋厂足球队招募,有幸到机场与空军战士进行过一场友谊赛。结果主队以四比一获胜,我打进了挽回面子的一球。

多年以后我才得知,路桥机场东南的横街公社洋屿村,是元末明初农民起义军领袖方国珍的出生地。方是第一个起兵反元的,他曾先后攻下台州、温州和庆元(宁波)三州,洪武元年被迫率两万多人归降于朱元璋,后来善终,葬于南京东郊。而与方同时代的乡邻陶宗仪是文史大家,他有多篇作品被编入《永乐大典》和当代小学语文课本。

比方国珍略晚的方孝孺也是台州宁海(今属宁波)人,他因拒绝为发动"靖难之役"夺取王位的燕王朱棣草拟即位诏书而被诛,牵连其亲友、学生八百余人遇害,成为中国历史上唯一一个被诛"十族"的人。鲁迅在《为了忘却的纪念》一文里,赞其为"台州式的硬气"。

3

尼克松和他的国家安全事务助理基辛格(他让我第一次听说了"博士"这个头衔)在中国停留了七天以后就离

开了,我的内心若有所失,感觉到成年以后看世界杯足球赛,饷宴散尽后留下的那份虚空。因此,当后来斯里兰卡总理班达拉奈克夫人、日本首相田中角荣、法国总统蓬皮杜、坦桑尼亚总统尼雷尔、英国前首相希思和德国总理施密特等外国政要相继访华,他们的行踪同样记录在我的笔记本上。

这种画旅行图的游戏持续了将近一年左右,我有了新的主意,开始描绘自己的旅行图。等我后来做了父亲以后,明白了每个孩子心中都有一个五彩世界。但我童年时代连一支蜡笔都没有,用圆珠笔或蓝墨水绘出的几幅旅行图便成了我的杰作!

不久以后,我又依据母亲和自己的回忆,把十岁以前仅有的几次旅行也描画出来了,最远的目的地不外乎外婆老家象山南田和温州。让我颇感自豪的是,从出生直到现在,我所有旅行的路线图都记载并保留下来了。迄今一共七百多次,记在七个大小不一的笔记本上。

回想起来,我认定自己画下的第一幅旅行图属于神来之笔。其意义不亚于我写出第一首诗,后一种经验是很多人都有过的。也不逊色于我第一次离开中国,因为那是早晚要发生的事情。可惜我小时候不写日记,因此没有记下绘出第一幅地图的确切日期。

不过,我童年时的旅行不仅距离短,且全是在陆地或水上。等我第一次作为一名旅客飞上蓝天,离尼克松首次访华已经快二十年了。那是西南航空公司的一架空中客车,从杭州飞往成都。我终于来到当年"76精神号"起降的笕桥机场。值得一提的是,机上有一位成都姑娘与我想象的一样美丽,那种美可谓过目难忘。她也成为我青春期记忆中的"四大美人"之一,另外三个分别是在扬州的一家书画店、广州白天鹅宾馆和杭州武林路的一辆黄包车上瞥见。

即便一年多以后我在上海虹桥机场首次搭乘飞越太平洋的国际航班时,仍然没有预感到,我会在接下来的二十多年时间里如此频繁地进出航空港。新千年的第一个春天,我实现了儿时的梦想,用四十九天的时间绕行地球一圈。那一年我三十七岁,正是拉菲尔和兰波这样的天才人物去世的年龄,可我只是经历了一回空中惊魂。

在从厄瓜多尔的基多飞往智利的圣地亚哥的旅途中,当飞机飞过秘鲁安第斯山间的马丘比丘遗址后不久,突然毫无征兆地下坠了数百米。许多年过去了,每当我回想起那一幕,仍然感到后怕。一位正在供应晚餐的空姐摔倒在甬道上,有几秒钟时间,我感觉到死亡已经迫在眉睫,除此以外,头脑里一片空白。而当险情排除以后,出现在窗外的依然是我在儿时经常见到的满天星星。

那次旅行并没有给我带来灵感,可就在那以前几个月,我从哥伦比亚首都波哥大出发,第一次穿越了赤道线和亚马孙河,到达南半球最大的城市——巴西的圣保罗。正是那次激动人心的旅行,让我写出了一首叫《飞行》的诗歌。

飞 行

当飞机盘旋，上升
抵达预想的高度
就不再上升

树木和飞鸟消散
浮云悄悄地翻过了
厚厚的脊背

临窗俯瞰，才发现
河流像一支藤蔓
纠缠着山脉

一座奢华的宫殿
在远方出现
犹如黄昏的一场游戏

所有的往事、梦想和
人物，包括书籍
均已合掌休息

> 2000，波哥大－圣保罗

10. 游 戏

> 游戏并不是没有目的的活动，不是与实际生活无关的活动，而是为将来做准备。
>
> ——卡尔·谷鲁斯

1

我小时候在王林施村常见到的古物大多非常实用，只有风筝和竹蜻蜓是纯粹游戏的（城里的孩子也玩它们）。虽然传说公元前4世纪的希腊数学家阿契塔[①]发明了风筝，但一般认为，放风筝是亚洲人玩的一种游戏，尤其在中国、朝鲜、日本和马来西亚一带，而发源地当推中国。

相传春秋战国时期的墨子和公输子都制作过木鸢，西汉初期的名将韩信为了率兵攻克一座皇宫，放飞一只风筝测量距离，以便他的工兵适时挖通地道。虽然这两个故事都难以证实，但风筝最初的用处在军事上却无异议。有一

[①] 阿契塔（前400—前350），毕达哥拉斯学派的主要数学家，数学力学的奠基人。柏拉图是他的挚友，欧几里得的《几何原本》引用了他的定理。

则真实的故事发生在南朝梁武年间（549），京都建康被围，守城者放出风筝，把他们的险境通知了驻扎在外地的军队将领。

如此说来，风筝在中国出现至少有一千五百年了。与此同时，风筝作为一种消遣和娱乐活动的历史也非常悠久，并由宫廷传入民间。8世纪的敦煌壁画中就有风筝的图像，而有关风筝的文字描述则出现在10世纪的典籍里。风筝与五代后汉的隐帝以及后汉高祖皇后的弟弟李业的名字相联系，其中李业堪称风筝的玩家，或者说是风筝制作工匠。

据称，李业首先把竹哨系在纸鸢的翅膀上，放入空中后被风吹响，发出铮铮的声音，乍一听好似筝鸣一般，风筝的名字由此而来。清代小说家曹雪芹在《红楼梦》第七十回绘声绘色地描述了各种风筝和玩法，他还写过一部图文并茂的《南鹞北鸢考工志》，从理论和技术上详尽地叙述了风筝的制作过程，给后世留下了珍贵的史料。

直到16世纪末，风筝才由一位西方旅行者带到欧洲，可却被迅速地应用于科学实验。在气球和飞机诞生以前，人们就已经把风筝送到空中记录气象资料。美国发明家富兰克林曾把一枚金属钥匙挂在风筝线上吸引雷暴，证实闪电就是电。在欧洲人眼里，中国人发明风筝是对飞行的鸟的一种模仿，英文里的kite既是风筝，也是一类鹰科猛禽——鸢的通称。

在航空史家看来,风筝是最早的飞行器,这正是像我这样的小孩子迷恋它的一个原因。除了风筝以外,我小时候还玩过一种游戏——竹蜻蜓,欧洲人把它叫作"中国陀螺",就如同他们把数学中的孙子(秦九韶)定理称为"中国剩余定理"一样。竹蜻蜓的历史和风筝一样古老,它应该得自人类对蜻蜓飞翔的观察。

竹蜻蜓的制作在古代中国比较复杂,按照李约瑟博士的描述,由两组各四片羽毛和弓形的旋转弹簧构成。我在王林施村玩的却很简单,外形呈"T"字,横的一片像螺旋桨,当中有一个小孔,孔中插着一根笔直的竹棍子。当用两手搓转这根竹棍子时,竹蜻蜓便会旋转着飞上天,而当升力减弱时又会落回地面。

值得一提的是,竹蜻蜓在18世纪传入欧洲后,启发了一些人的灵感。据说,空气动力学的先驱、第一个试飞成功滑翔机的乔治·凯利[①]一生都对竹蜻蜓着迷。这位被后人誉为"空气动力学之父"的英国人在仿制和改造竹蜻蜓的过程中悟出了螺旋桨的工作原理,他的研究直接推动了飞机研制的进程,并为西方的设计师带来了研制直升机的灵感。而莱特兄弟小时候,父亲也给他们买过一个竹蜻蜓,哥儿俩十分喜欢,并仿制出不同尺寸的竹蜻蜓。

[①] 乔治·凯利(1773—1857),幼时便发问:比空气重的鸟儿为何能在天上翱翔呢?1809年,他发表《在空中航行》一文,激励并鼓舞了后来的美国人莱特兄弟。

在空中飞行的竹蜻蜓

2

如同本文开头所言,我们在王林施村玩风筝和竹蜻蜓纯粹是为了娱乐。不过,我没有玩过立体的箱式风筝,只有平面风筝,且主要是长方形和菱形两种,也没有试图将它们叠加起来放飞。我们玩的竹蜻蜓也因为是单层的,与箱式风筝并无相似之处,后者给予飞机设计师最初的灵感,莱特兄弟制造的第一架飞机便是双翼机。遗憾的是,我自己不会做风筝,我母亲也不会做(但她给我买过一只竹蜻蜓),因此我一般看别的小朋友们玩,他们的父亲或兄长会做风筝。当小伙伴们玩腻了或累了,也会借我玩。

晒谷场是风筝起飞的好地方，接着我们便撒腿跑向田野，沿着稻谷中央的田埂或池塘的堤岸，等在高空飞稳定了，再回到晒谷场。如果手中的线不幸断掉，风筝可能会飘得很远很远，到一望无际的橘林，甚或永宁江上。更多的时候，我一个人仰躺在田埂或池塘边，看着蓝天之上的风筝，也不失是一桩美妙的事情。

在动物学家看来，游戏行为应该是不由自主的，尤其在哺乳动物和鸟类身上最为常见，它也是未成年的动物学习成年行为的一个过程。举例来说，小猫的游戏行为主要是练习捕食技能，追逐球和绳的动作用以训练追踪猎物的本领，而蹦跳动作可以培养捕捉飞蛾的能力。马、牛和其他有蹄动物有时会无缘无故地来回奔跑、追逐和尥蹶子，而狗用进攻姿势来诱使同类参加争斗游戏。

至于马戏团或游乐场里的动物，它们的游戏行为并非出于本能或自身的需要，而是受到人类的驱使、威胁和诱惑。即便是人类自身，游戏也有隐藏的目的。例如，小女孩给布娃娃喂饭，可以看作将来做母亲的一种训练；男孩子在一起玩打仗的游戏，也可以看作提高作战本领或心理素质。正因为如此，德国心理学家卡尔·谷鲁斯[①]在《动物的游戏》里大胆提出了自己的观点："游戏并不是没有目的的活动，不是与实际生活无关的活动，而是为将来做准备。"

[①] 卡尔·谷鲁斯（1861—1946），德国哲学家、心理学家，曾在图宾根大学和瑞士的巴塞尔大学担任哲学系教授。

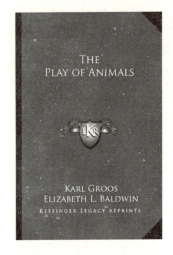

卡尔·谷鲁斯的著作《动物的游戏》

谷鲁斯的理论解释了游戏为何会形成对抗的气氛,大家一争高下、一赌输赢。不仅牌戏这类最常见的成人游戏有竞争性,甚至放风筝也是如此。在王林施村,孩子们相互比较谁的风筝飞得更高、更远。这里面有个技巧,就是要尽量使自己的牵绳处于对手的上方。根据李约瑟在中国的观察,有的人甚至在一根分叉出来的绳子上粘上碎玻璃或碎瓷片,以此割断处于下方的他人的风筝线。这样做的一个目的是为了避免风筝在高空的纠缠,但也未免太狠心了。

3

除了放风筝和竹蜻蜓,以及前文提到的捉红蟹、滚铁环以外,王林施村好玩的游戏还有很多。这类游戏大多在别处也可见到，例如男孩子玩的抽陀螺、打弹子、造房子、摔烟牌等游戏。不过，我本人最擅长的"挤灰堆"却较为罕见。秋收过后，稻秆主要用来铺猪圈，多余的则在晒谷场上烧成灰，以便撒回田里给土壤增肥。但在撒灰之前，有一段农闲时光被我们用来"挤灰堆"或"占山头"。一个人站在灰堆顶上，其他人依次往上冲，把顶上的人拉下来取而代之。这个游戏不仅需要体力，更需要巧劲，在推搡中保持平衡，就像篮球比赛中的争球。

相比之下，"抓青蛙"最有橘乡的地方特色。这得先从"捡橘叶"说起，活塞风箱的燃料是柴火和煤。在平原地带的王林乡，柴火、木炭甚或煤都是比较昂贵的物质，连生火用的废旧报纸也不富余。因此，每逢大风刮过，家庭主妇们纷纷前往橘林里捡飘落的叶子，它们晾干后可以用来烧火。而遇到节假日，孩子们也常被派去干这个活，有的跟着母亲和姐姐，有的是和同学们结伴。

今天的年轻人已无法想象捡橘叶这项活计了，正如他们无法想象如何通过卖牙膏壳和橘皮来换麦芽糖。捡橘叶基本上是一件无趣的体力活，捡时双腿蹲地，随着手和身体移动到叶子更多的地方。通常我们会带着一个簸箕、一副扁担、两只麻袋或两只箩筐，先把叶子一片一片地捡到簸箕里，待满了再装入麻袋。麻袋过半时就开始下压，直到塞满两只麻袋，再用扁担挑回家里，那通常需要一个下午的时间。有时我们也带着笤帚，把橘叶扫到沟壑里再捡起来，但那样会夹带着泥巴。

既然无趣，我们只好成群结队，以便通过聊天来打发时光。当然，我们不会在同一棵橘树下，而是在相邻的两棵橘树下。橘子树一般紧挨着，但有时也会隔着一条几米宽的水沟。水沟不满的时候，可以看到对面的岸边蹲着一只只青蛙，它们离水面不过几厘米远，离地面则有半米多。一旦有风吹草动，青蛙迅速跃入水中。这就提供了大白天抓青蛙的机会，我们不用任何诱饵来垂钓，也不用等到夜间拿手电筒照，而只需要一副自制的渔网。

那时候我们只知道青蛙味道鲜美，不知道它是保护动物，因此现在说出来也无妨。具体的方法是这样的：事先我们准备好直径七八十厘米的圆圈，一边套上渔网，样子就像一个圆锥形。小伙伴们兵分两路在水渠的两岸，当一个人看见对方堤岸下面有青蛙，便用手势告诉准确的位置。同伴瞄准那个位置后，拿起渔网猛然下扑，青蛙见到后立即做出反应，准备逃生却自投罗网。可以说，用这种方法捕捉青蛙十拿九稳。

儿时我也做过一件荒唐可笑的事情，曾被同学和亲友们耻笑。那事发生在1973年春天，我刚满十周岁，正在读五年级。有一回，学校组织同学们到县城看电影，因为人多无法坐渡船，只得花费两个多小时，绕道过县城北大桥才能进城。说起来，那是每个学期或学年我最快乐的一天，那一回遇上一条大马路（可能是劳动路）正铺设柏油路。那时村里只有石板路和泥路，即便在县城也是第一次改建。我看到滚烫的沥青被浇在马路上，待凉了以后再用压路机压平，就成了一条平整的马路，心中十分惊奇。

那时我们书包里的东西很少，也没有固体胶、单（双）面胶之类的学习用品，我对从未见过的沥青产生了好奇。趁着没人注意，我从施工现场挖到了一小块沥青，在用手指反复交换触摸以后，它的温度降了下来，我迅速把它贴在前额的发梢上，想试试它的黏度。

没想到，那块沥青粘在头发上再也扯不下来了。没办法，回到王林施村后我用剪刀把那缕头发剪掉。结果呢，直到夏天来临，前额发梢上的那个缺口仍无法消除，甚至于到照相馆拍毕业照时也没有合拢，看起来比掉了两颗门牙还要搞笑。如此一来，这张一寸大的小学毕业照反而变得有意义了，它是我童年时代充满好奇、渴望和向往外部世界的一个佐证或纪念物。

11. 粮　食

> 早晨去上学前，我准备好饭盒和米，还有两只小玻璃瓶，一只盛着猪油，另一只盛着酱油。
> ——题记

1

"民以食为天"，这句古语出现在西汉历史学家司马迁的名著《史记》里。唐代学者司马贞在为《史记》所做的索引里注释道，此语源自春秋时期的思想家管仲。他的原话是："王者以民为天，民以食为天。"古人心中的"食"，多指"手中有粮，心中不慌"的粮食之意，而非今人所诠释的"吃"。

据我了解，在中国许多地方，1961和1962两年出生的人口总数，不及1963年一年的新生儿。经过1959—1961年"三年自然灾害"①，粮食产量大幅下降，数以千万计的百姓

---

① 有些学者认为1958年开始的"大跃进"和接下来的人民公社等浮夸风才是罪魁祸首，因此，称"三年苦难时期"可能更为合适。

死于饥饿，活下来的人多不愿再添人口。但到了1962年夏天，情况开始好转，于是人们又纷纷孕育新生命。

其实，粮食供不应求的现象此前就出现了。1955年，中央政府发行了第一套全国粮票，粮食供应定量配制的政策就此出台。虽然省级政府也发行粮票，但对每个城市户口的总定量都有统一规定，只不过各个地方略有差异。记得上个世纪70年代初期，黄岩县每人每月的粮食定量是这样的：小学生二十四斤，初中生和妇女二十七斤，高中生二十八斤，成年男子三十斤。

1966年版全国通用粮票（五市斤）

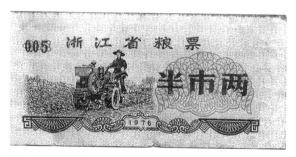

1976年版浙江省粮票（半市两）

粮　食

换句话说，我们母子两人的总定量是每月五十一斤，这里的斤是指市斤，一市斤相当于半公斤，即五百克。需要说明的是，上述定量是指大米，因为江南主要栽种水稻。在北方，由于粗粮较多，定量的标准也相应高一些。例如山西省，成年男子的定量是每月三十七斤。

不难想象，每个家长（尤其是母亲）为了让孩子能够健康成长，总是把自己的口粮节省下来。我上学的时候，学校里经常举行忆苦思甜活动，宣传红军战士的英雄业绩，他们在长征时常常饥不择食，甚至连皮带都煮了吃。相比之下，我们还只是少吃点大米而已。学校的作文题也少不了艰苦奋斗这类主题，还有就是对万恶的旧社会和地主阶级的批判，似乎那样一来，饥饿感也能减轻了。

批判归批判，每次和母亲一起进城，我最渴望的一件事就是下馆子，也就是去饭店吃一顿。如果她不答应，那我们就去吃烧饼①。那是青年路上的烧饼店，在烤炉里现烤现卖，分为肉馅和菜馅两种。如果她答应了，那我们就去吃面，我们每次去的那家老馆店在劳动北路，也就是连接永宁江大桥的主要街道上，与百年中药老店——"沈宝山"（创建于1880年）相距不远。我记得面馆的店面很窄，只有一间，里面却很深，朝西的门口兼做灶台。

面馆里只有三种面（或许还有其他面，但我们只点过

---

① 据史书记载，烧饼是东汉军事家、外交家班超从西域引进来的。《续汉书》有称："灵帝好胡饼。"胡饼便是最早的烧饼，至晚在唐代便盛行了。

三种），也就是光面、猪肝面和鳝丝面。所谓光面就是清汤面或阳春面[1]，虽然没有浇头，但厨师事先准备好一锅讲究的面汤，顾客来到时，放一把湿面进去浸泡几分钟后捞起来就成。鳝丝面是用黄鳝丝炒的，而猪肝面只是在光面里加几片猪肝而已。至于故乡的名吃姜汤面[2]，儿时的我却从未听说，大概那时是给坐月子的妇女吃的。后来品尝到了，果然鲜美。

湿面是相对干的米面（米线）而言的，是麦子揉成面粉后从机器里绞出来的。其实细细的米面也是机器做的，可是故乡人却只管湿面叫机器面。我们去的那家面馆只有机器面，我记得很清楚，光面一毛一碗，猪肝面和鳝丝面售价分别是两毛五和四毛。

多数情况下，母亲会点1+1，也就是一碗光面加一碗猪肝面。不用说，她老人家总是吃光面，声称不爱吃猪肝，那时尚没有胆固醇的概念。当然了，我会夹几片猪肝到她碗里。只有在特殊的节日，母亲才会买一碗鳝丝面，那味道鲜美极了。而无论买什么面，最后面汤都会喝干。吃过几次以后，我自己也会点了，现在想来，那家面馆就是我儿时的麦当劳或肯德基。

---

[1] 据考证，阳春面是上海人先开始叫的，他们习惯称阴历十月为小阳春。又因为光面以前每碗售价一毛（十分），故名阳春面。

[2] 姜汤面是台州名吃，它是一种米面，浇头丰富，有虾干、肉丝、笋丝、香菇、金针菇、荷包蛋、豆腐皮子、青菜、蛏子等，还有微辛浓郁的汤汁。

2

在那个物资匮乏的年代,不仅粮食定量供应,食用油、肉类和布匹也是如此。政府定期颁发油票、肉票和布票,我至今清楚地记得那时猪肉的价钱,六角五分一斤(大米是一角三分六厘一斤)。有意思的是,那时猪的各个部位价钱基本一致,这在今天看来不可思议。那么猪肉分类的多寡是否与物质丰富的程度成正比呢?在哥伦比亚的超市里,我亲眼见到,牛肉的分类多达七十多种。

无论如何,卖猪肉的师傅在那个年代比较吃香,做老师的可能有机会沾光。假如他或她的学生家长正好是那位师傅,那就有可能买到最好的部位。那时候没有冰箱,母亲把买来的肉放在锅里熬成油以后,剩下的猪油渣就是我的零食了。猪油通常盛放在玻璃瓶里,一瓶猪油可以炒一个月的蔬菜。

说起零食(黄岩人叫零嘴),那就十分可怜了。麦芽糖最常见,甜得有点腻牙,但我还是爱吃。每次货郎挑着担子进村,他的小手鼓摇得叮咚作响,把孩子们的口水都引出来了。虽说从他那竹叶包起来的大圆盘里,切割下橡皮擦大的一小块只需两三分钱,母亲仍舍不得。为此她鼓励我平时把牙膏皮(壳)和晒干的橘皮积攒下来,与货郎换取麦芽糖,那样一次往往能切得一大块。

我还记得,那些家里实在没东西可换的小朋友,也会借货郎的手鼓摇几下。如今,爆米花在自己家里用微波炉

制作麦芽糖的作坊

就能做,它甚至成了酒吧里销量仅次于花生米的下酒菜,可那时候货郎挑着又黑又重的爆米花机在各个村庄四处转悠,也难觅得一笔生意。谁家愿意用一个人一天的口粮,再贴钱去换这空心的食物呢?

夏天来临,王林施村唯一的冷饮是绿豆棒冰(若是进城还可以买到洋菜糕,味道比现在的果冻鲜美)。到了冬天,我们在燃烧的灰堆里烤红薯。每逢过年,则有芝麻糖和冰糖葫芦。说起冰糖葫芦,我儿时从没有机会品尝,还一直以为就是从冰库里取出来的荸荠。

成年以后我才知道,冰糖葫芦是将山楂用竹签串成后蘸上麦芽糖稀(遇风迅速变硬)制成的,因此不分地理、气候。相传南宋一位皇帝的宠妃就是靠吃冰糖葫芦治好使其日渐憔悴的怪疾。至于芝麻糖，那是我的最爱，每逢过年母亲都会从集市上买来一两斤，那种又香又脆的味道真是好极了。记得阿根廷作家博尔赫斯说过，他晚年读的书也是他年轻时爱读的。将来有一天，我或许会说，我现在喜欢的零食也是童年时的最爱。

现在来说说穿衣。既然使用了布票（男女定量并无区别），这就意味着，每人穿新衣服的机会很少。如果家里兄弟或姐妹比较多，那么大家轮着穿，在同伴面前亮相的衣服也就多了。可是，我们家人口太少。自打记事起，我就没有过穿新衣服的喜悦。但这不等于说，母亲没给我买过或做过新衣服，而是我不记得了。

事实上，王林施村我们的一个邻居家里有四姐妹，老大就是个裁缝，她和我母亲关系不错，很有可能给我做过新衣服。我还记得她的丈夫是入赘的，但我之所以记得这些，是因为他们蹒跚学步的儿子非常可爱，我和他的小姨们争先恐后地抱他玩。

在那个年代，衣服的主要功能是遮体和御寒，但也能满足一定的审美需求，也就是说，它也是一种精神食粮。胭脂是妇女们仅有的化妆品，雪花膏和百雀羚是两个不同档次的品牌。对孩子们来说，除了电影以外，主要的文化娱乐活动就是看连环画，也叫小人书。

可是，那时的小人书不仅全黑白，而且几乎都是样板戏等电影的翻版。除此以外，就是根据文学名著改编的系列故事了，印象里有《三国演义》和《水浒传》,《西游记》

里的故事则以《孙悟空三打白骨精》最受欢迎。当然，还有一些是政治读物，如批林批孔故事，《半夜鸡叫》等忆苦思甜系列。不过，我们没钱买那么多小人书，大多是和小朋友们相互传阅。

3

生活虽然清苦，但人照样会长大。自"文革"开始以后，所有学校都"停课闹革命"，后来上面又下达了"复课闹革命"的指示。先是中小学复课，等到70年代初期，连高校也复课了，可是学生不是通过考试入学，而是由工厂、农村和部队推荐上来的，称为工农兵大学生。那时候为了节省教育经费，小学只上五年，初中和高中各上两年。

1973年夏天，十岁的我小学毕业了。那年破例进行全区统一的初中入学考试，虽说王林施小学一点都不出名，我平时的学习也并不十分突出，没想到数学成绩居然（并未公布）名列全区第一。原先我母亲还担心家庭成分会影响我的升学，结果却证明她多虑了。

秋天来到，我开始到邻村王林中学上初中了。王林是公社所在地，与王林施隔着两三里地，走路需要一刻来钟。午餐在学校里吃，可是，食堂里的师傅只给老师做菜。事实上，即使卖给我们菜，我和多数同学也不会买或买不起。

每天早晨去上学前，我准备好饭盒和米，还有两只小玻璃瓶，一只盛着猪油，另一只盛着酱油。到学校后，先去食堂洗米盛水，然后把铝制饭盒盖紧，放在一个叠层的大蒸笼里。上完课后，我们立刻赶到食堂，等着蒸笼一层层揭开，一只只饭盒被同学们认走，那情景颇像机场的行李提领处。只不过饭盒比行李难认，我们需要在上面刻写自己的名字。

猪（酱）油饭是我在王林中学读书时吃得比较多的午餐，有时母亲也会改善我的伙食，放一只鸡蛋或一块肉冻在饭盒里头，或在一只瓶子里装上腌好的萝卜，让我带到学校里吃。不知为何，这些细节我记得很牢，而老师上课的情景却没有什么印象。我在王林中学一共读了三个学期的书，只记得三位老师。

教数学的陈贵香老师是城里人，性格开朗，经常在课堂上表扬我，语文老师兼班主任施梅娥老师是民办教师，她因为年轻美丽而留在我的记忆里。施老师原来是王林施人，后来嫁到了王林，可能因为新婚燕尔的缘故，她总是穿着得体、打扮入时，但神情较为腼腆、严肃，难得一笑。最年轻的是教音乐的张文黎老师，那年她刚高中毕业，她因为是"黄中"子弟，后来我们接触较多。

多年以后，我在西子湖畔见到了陈老师，她的外孙女考入了我任教的浙江大学。陈老师依然有一颗好奇之心，师范毕业的她竟然和小外孙女挤在浙大学生宿舍的同一张床上，度过了整整一个星期。而在一次回乡省亲时，我专程拜访了施老师。她已经年过花甲，两鬓斑白，在我的相

我的初一语文老师。作者摄

机镜头里,一如往昔的矜持,那时她早已经做奶奶了。

两位老师都记得我小时候的样子,但当我问起当年王林中学①食堂里的景象时,却直摇头。在她们的心目中,学生们的成绩和品行永远是第一位的。她们可能记得某一个学生的某次捣蛋行为,另一个学生某篇作文或某道数学题做得出色,但不会记得饭盒里头的食物,也不会记得他们饿肚皮时脸上的表情。

---

① 1994年,王林中学并入拱东中学,现已改名北城中学。

12. 电　影

> 伴随着滋滋作响的声音，毛毛细雨飘坠下来，
> 与在两个圆盘之间水平移动的电影胶片形成互动。
> ——题记

1

或许是一种巧合，电影的发明与热气球、飞机的发明一样，均依赖于一对兄弟的真诚合作。1895年12月28日，即莱特兄弟驾驶第一架动力飞机上天前八年，法国底片制造商卢米埃尔兄弟在巴黎一家咖啡馆里放映了他们摄制的第一部电影《工厂的大门》。有意思的是，这两对兄弟中的两个弟弟均死于同一年，即1948年①。更为重要的是，电影和飞行一样，均是人类由来已久的梦想。

我对电影的最初记忆，来自王林施村我家门口的晒谷场上。每隔两三个月，神秘的放映员会来我们村放映一部

---

① 同样巧合的是，把电影从再现现实转变为一种传递思想观念的艺术的两位最主要的导演——美国人格里菲斯和苏联人爱森斯坦也死于1948年。

新电影,每次他的到来对全村人尤其是孩子们来说无疑就是一个节日。村支书或大队长会事先派人用人力三轮车把发电机、放映机和电影胶片运来,下午三四点钟光景,我家门前晒谷场的中央就堆起这些机器,其中发电机放在场边的大队仓库里,白色的幕布徐徐升起,固定在两根临时竖立的杆子上。

黄昏时分,放映员骑着自行车赶到,他的四周迅速围拢一群孩子。虽然村里的广播员头一天就宣布了要放映的电影片名,路过的大人仍要从他的口中得到证实,那仿佛是一种问候语。等到天色渐渐暗了下来,发电机"轰隆"一声鸣响,悬挂在晒谷场中央的白炽灯亮了,这也是那个年代村里唯一的电灯。

剑桥大学的"文革电影节"海报,绘有旧式放映机

电影　117

在放映过程中,遇到换片或胶片断裂事故,放映机会停下来,白炽灯再度拧亮,此时全场观众的注意力都集中到放映员身上。那会儿我的感觉是,他做的是一项最崇高、最伟大的工作。而留在我脑海深处的记忆是:伴随着滋滋作响的声音,毛毛细雨飘坠下来,与在两个圆盘之间水平移动的电影胶片形成了互动。还有一幕难忘的镜头是:每逢遇到好看的电影,银幕背后的一小块空地上,会多出一群席地而坐的观众,他们看到的景物和人像左右错位。

卢米埃尔兄弟当然不会预见到,他们的小发明日后会成为最重要和最有影响力的一门艺术。事实上,当初他们以为这只是简单地再现现实,根本没有意识到自己是在进行艺术创作。这就像西班牙北部和法国中部洞穴里那些史前和旧石器时代晚期动物造型的雕刻者,他们并未意识到自己是在创作艺术,只是确信这样一来便用一种巫术控制了他们赖以生存的野生动物。

在电影诞生七十多年以后,它不仅成为都市人最时尚的娱乐形式,甚至在离诞生地万里之遥的中国乡村,也置于它的绝对影响之下。王林施村人口不过一千人,但每次看电影的观众总有四五百,尤其是夏天,孩子们早早地搬来凳子占座位。每次电影结束之后,观众们都不急于散场,倒不是村支书有通知下达,而是放映员会预告第二天放电影的地点。如果是另一部电影,则会有不少青年男女结伴去观看。

到邻村去看露天电影,手电筒是必备的。归途常发生一些事故，走在前头的坏男孩会埋伏在橘树林中，用硬泥巴袭击同村人，甚至拳脚相加。写到这里，我想起英国作家托马斯·哈代的小说《德伯家的苔丝》里的一个情节。一天晚上，主人公苔丝去邻村参加露天舞会回来，在森林里被少爷诱奸。我第一次看根据这部小说改编的电影时，也还是个少年。不曾想到的是，这部电影的导演波兰斯基后来也诱奸了少女，并引发了世界舆论的关注。

在看完电影回来的路上，我也被一位高年级的冯同学欺负过，他和同伴把我摁倒在地，让我的嘴唇沾满了泥土。原来，冯同学在学校里被我母亲批评，因此怀恨在心。可我回到家里，又不敢告诉母亲，生怕她以后不许我再去邻村看电影了。多年以后，这位冯同学已是一家化工企业的老板，路过杭州时给我打来热情洋溢的电话，并邀我共进晚餐，他成了王林施村少数几个和我有联系的人之一，可惜后来英年早逝。

2

在相隔三十多年以后，我已经记不得自己看过的每部电影了，但能够记得名字的电影仍有十多部。这其中，多数电影是在本村或邻村的露天晒谷场上看的，还有一些则是学校组织我们步行到县城的电影院里看的。那时能够在中国上映的外国电影大多是社会主义兄弟国家的，有一首流传甚广的打油诗这样写道：朝鲜电影哭哭啼啼，越南电影飞机大炮,罗马尼亚电影搂搂抱抱,阿尔巴尼亚电影没头没脑。

比较而言,那时我们看得最多的是朝鲜故事片,例如《卖花姑娘》《原形毕露》《摘苹果的时候》《鲜花盛开的村庄》《看不见的战线》《金姬和银姬的故事》,等等,这些影片的题材很容易引起中国观众的共鸣。

《鲜花盛开的村庄》是一部轻喜剧,其中有一个经典的情节:母亲为儿子找对象,她拿着一张姑娘的照片对他说,这个姑娘非常能干,一年能挣六百个工分。这时电影给照片来了个特写,却原来是一个很胖的女子,全体观众不禁大笑起来,有不少人笑得流出眼泪。很长时间里,人们戏称肥胖的年轻姑娘为"六百工分"。悲剧《卖花姑娘》和《金姬和银姬的故事》的公映更引起全国性的轰动。整场电影放映过程中,观众在苦难和压抑的极致渲染下泪眼滂沱,堪称"超级催泪电影"。

《卖花姑娘》的故事构想和拍摄据说得到了金正日的指导。主要情节是这样的:为了给双目失明的妹妹和病重的母亲治病,花妮姑娘每天在街上卖花,当她用挣来的钱买回药跑到家中,母亲已经去世。影片最引起观众公愤的是一场回忆:几年以前,花妮兄妹三人在地主家干活,有一天小妹在院中玩,拿了主人家一颗枣子,狠心的地主婆竟然惨无人道地把滚烫的开水泼在小妹眼睛上。小妹凄惨的哭声像刀子似的扎在观众心里。小妹的双眼被烫瞎了,哥哥一怒之下一把火烧了地主的庄园,接着他被抓走了……

朝鲜电影《卖花姑娘》海报

在所有外国片中，罗马尼亚电影在表现男女关系方面最为大胆，尤其那部由长春电影制片厂译制的黑白片《多瑙河之波》（1961）。那时奥地利作曲家约翰·施特劳斯的圆舞曲《蓝色多瑙河》在中国鲜有人知，《多瑙河之波》却无人不晓。故事说的是罗马尼亚解放前夕，为了从敌人手中搞到一批军火，地下工作者托玛混进了囚犯队，让港务局挑选去当水手。船长米哈依是个热情洋溢的人，在托玛的影响下认清了形势，他们一起除掉船上押运的德国兵，将军火送给了游击队。

这部影片里最吸引人的一场戏是米哈依抱着女主角在船头转圈、亲吻搂抱的情景。在禁欲主义盛行的年代，它引发国人的私语和骚动绝不亚于李安的名作《色·戒》。

多年以后的一个夏日,我从索非亚乘火车前往布加勒斯特,经过多瑙河上的铁路桥时,仍不由自主地想起了这部影片。

3

虽然外国电影的浪漫情调令人神往,但对我个人来说,最有教诲意义的还是几部战争题材的国产老电影,如《南征北战》(1952,上影)、《渡江侦察记》(1954,上影)、《奇袭》(1960,八一)。每一部我都反复观看过,其主要吸引力当然不在于政治或军事意义,而是其中的某些细节,正如尼克松访华对我的意义不在于政治或外交一样。

比如,在《渡江侦察记》里,陈述扮演的国民党参谋长骑在三轮摩托车上指挥追击截获军用卡车在前面飞驰的解放军,最后被一个个击毙,陈述的坐骑坠入悬崖并起火焚烧。这是那个年代难得一见的枪战场面,虽然没有太多的蒙太奇镜头,却也有点后来引进的好莱坞大片的影子。

真正让我感兴趣的是,这几部电影里都有这样的镜头:指挥官召集部下举行分析形势的军事会议,他们可能是解放军、志愿军、国民党或美国兵。助手为指挥官拉开帷幕,一幅地图出现在军官们面前(也出现在观众面前),开始布置作战任务了。童年的我一直为此类场景所迷惑,以至于对地图入了迷。

由于家庭出身不好,我没有机会参军。结果我弄来一

"文革"时期的八大样板戏

幅地图,把它钉在墙壁上并用一块黑布充当帷幕,邀几个伙伴过一过指挥作战的瘾。正是对地图的痴迷,使得我在尼克松首次访华后不久,依照比例尺画出他的旅行图,那也是我后来持之以恒的世界之旅的纸上预演,对我个人的意义不言而喻。

可是,对中国的百姓来说,"文革"期间最有影响的却是所谓的"样板戏",以及由此改编的电影。样板戏的正式名称为"革命样板戏"。"文革"初期,《人民日报》发表《贯彻执行毛主席文艺路线的光辉样板》一文,首次将京剧《红灯记》《智取威虎山》《沙家浜》《海港》《奇袭白虎团》,芭蕾舞剧《红色娘子军》《白毛女》和"交响音乐"《沙家浜》并称为"江青同志"亲自培育的八个"革命艺术样板"或"革命现代样板作品"。

由于这些剧目变成了样板戏,在全国范围内得以广泛宣传、推广,连中小学生也是必看的。那时整个京剧界都在演样板戏或按样板戏的模式另创新戏(如《龙江颂》《杜鹃山》和《平原作战》),各地方剧种也纷纷移植样板戏。样板戏不仅占据了戏剧舞台,还拍摄成电影在全国上映,要不然王林施这样的乡村就无法看到了。

于是乎,全国掀起了学唱学演样板戏的热潮,其中的有些唱段流传至今,而京剧也巩固了国剧的地位。有意思的是,第一部样板戏——京剧《红灯记》是根据同名沪剧改编的,后者又是由电影《自有后来人》(1963)移植而来。因此,当1970年京剧《红灯记》拍成电影时,已经是"二进宫"了[①]。

不过,最引起轰动的一部国产电影却非京剧,而是越剧《红楼梦》。毕竟,人是有血肉之躯的情感动物。其实,这部电影早在我出生之前就拍成上映了,扮演贾宝玉和林黛玉的分别是上海越剧团的徐玉兰和王文娟。经过"文革"的漫长禁锢之后,这部长达一百六十分钟的影片在1978年夏天再度上映。那时候,离我结束乡村生活、出发去大学

[①]《自有后来人》即《红灯记》的编剧是沈默君(1924—2009),安徽寿县人,他也是《渡江侦察记》和《南征北战》的编剧。1957年被划为"右派",我看这几部电影时他的名字已被隐去。

只有三个多月的时间了。

  那年4月的一天,因为送别新婚不久的兄嫂返回东北引发了感想,我开始写日记,因而有详细的记载。我看《红楼梦》是在6月23日凌晨五点。由此可见当时这部片子的火爆程度,至6月28日结束,仅黄岩县城这一家电影院观众就达十五万人次。

  虽然我后来定居杭州,一座与电影艺术几乎无缘的城市,可是在我漫长的旅途中,也曾结识过多位电影导演。其中戴世杰和贾樟柯后来大名鼎鼎,可以说蜚声世界,而李杨也获得过柏林电影节银熊奖,他对我描绘的南宋数学家秦九韶的故事颇感兴趣。近年来,我一直努力为这位中国古代最有成就、最具世界性影响的科学家平反昭雪,我觉得秦九韶的故事和成就胜过《美丽心灵》的原型约翰·纳什。

  这几位电影人和我一样,都是有着执着梦想和追求的人。当然,我没有向他们中的任何一位提及电影对我的启迪,也没有透露写作一部电影故事(脚本)的意愿。就目前来说,我还有许多亲身经历(包括游历)可以写,暂时不需要虚构。可我是个有想象力的人,我不知道,丰富的经历对一个写作者来说究竟是一桩好事呢,还是坏事。

13. 月 亮

> 她那始终如一的冷凝给了我温暖,我喜欢盯着她看,犹如看着电影里不可企及的美人。
>
> ——题记

1

有露天电影看的日子毕竟十分稀少,我在王林施村的四年时间里,总共度过了将近一千五百个夜晚,全都没有电灯照明。日复一日,母亲在一盏幽暗的煤油灯下备课,我在桌子的另一头做作业。晚上八点半,有线广播的新闻联播结束,响起《大海航行靠舵手》这支全国人民熟稔的歌曲时,我必定上床睡觉了。

对于如今孩子们的精力,我总是十分惊讶,他(她)们直到晚上十点钟甚或子夜时分仍不知疲倦,而天刚蒙蒙亮就起床了。这可能就是营养过剩和营养不良的差异吧。好在那会儿,老师布置的作业少而简单,不费多少力气就完成了。

可以想见,黑暗的大地把月亮衬托得更为明亮。古时候，月亮在人们心目中占有更为重要的位置。如果对比古诗和现代诗，就更容易发现这一点，还有哪首诗能比李白的五言绝句《静夜思》更深入人心呢？当然，现代诗人也会把自己的孤独和沧桑赋予月亮。在与我们距离遥远的阿根廷——切·格瓦拉的故乡，晚年的博尔赫斯为他迟来的伴侣——玛丽亚·儿玉——写过一首五行诗：

> 在那片金黄上有那么多的孤独。
> 夜晚的月亮已不是那个月亮
> ——亚当最早见到的月亮。许多个世纪
> 不眠的人们用古老的悲伤
> 充满了她。看吧，她是你的镜子。

我相信，由于博尔赫斯的双目渐渐失明，月亮对他来说有了比常人更多的意味，就像古人一样。

由于我家屋前是一片晒谷场和田野，打开前门或拉开窗帘看见月光的概率不低，而今天的城里人往往一个月甚至几个月才有意识地注视一次月光。那时太阳就是"伟大领袖毛主席"，我们只能仰视或歌颂，没有其他想象的余地。月亮就不一样了，连毛主席他老人家也有"寂寞嫦娥舒广袖，万里长空且为忠魂舞"的抒情诗句。

可是，对于长期接受极左思想教育的一个乡村少年来说，月亮并没有启发任何灵感。只是她那始终如一的冷凝给了我温暖，我喜欢盯着她看，犹如看着电影里不可企及的美人。

女儿逢衣想象中的乡村

一般人并不关注她在白天出现的规律,但每一个儿童都知道,月亮在每个夜晚是在不同的时间,以不同的形状升起。月亮比起太阳来,变化更为多端,因此也更接近人生。

　　　　人有悲欢离合,月有阴晴圆缺,此事古难全。

北宋大诗人苏东坡的这首《水调歌头》可谓写尽了月亮和人世的关联。以至于南宋诗评家胡仔[①]在其编撰的诗话集

[①] 胡仔(1110—1170),南宋文学家,安徽绩溪人,年轻时有过少许功名。父亲遭秦桧陷害至死后,隐居浙江湖州苕溪,"日以渔钩自适"。

《苕溪渔隐丛话》里这样写道:"中秋词,自东坡《水调歌头》一出,余词尽废。"

不过,也正因为跌宕起伏,生命才显得更有意义,这是古人容易忽视的,他们只是一味地发出感叹。究其原因,那时的科学技术还不够发达,宗教或迷信占据着人的头脑,宿命论的观念扎根在心灵深处。等到理性主义(例如欧几里得几何学中的逻辑性)得到普及,人们的意志变得更为坚毅,再加上忙碌的工作和生活,月亮的重要性也就随之降低了,这与诗歌和文学的社会作用降低是一致的。或许有一天,月亮会被收进博物馆,作为不同历史阶段的线索或导引。

2

对童年的我来说,除了照明以外,月亮还有一个重要功能:她能减少恐惧心理。这里我必须提到星星,数星星可以使孩子们入梦。每一颗星星可能都很耀眼,但由于距离遥远,对我们的重要性不如月亮,正如远亲不如近邻。因为没有电灯,我很少在夜晚外出串门,可是遇到明月之夜,母亲偶尔会同意。

至于露天电影,有月亮的夜晚也会带来更多的观众。而如果是夏天,月光下我们屋前的走道和晒谷场上会多一些乘凉的村民。那个年代的人们有许多悠闲的时光,民风也比较朴实,住得较远的村民经常在傍晚时分来问我们借凳子，待回家时再送还。

然而，我童年所遭遇到的最可怕的事情也偏偏发生在一个月明之夜。那是在我十岁那年的夏天，满月刚过不久的一天，大约在子夜时分，我和母亲都已经在蚊帐里睡着了。母亲很会打呼噜，但我的睡眠质量也很好，且睡得早起得晚，因此几乎听不见。突然间，酣睡中的母亲被窗前晃动的一个人影惊醒了，她立刻坐起来大喝一声：

"谁？"

听到这洪亮的声音，那窃贼顿时慌了神，掩面夺路而逃。借着月光，母亲认出了那个男子是本村的村民。待窃贼逃走以后，一些邻居被母亲的吆喝声惊醒，围拢过来，但母亲并没有因此叫醒睡梦中的我。直到第二天早晨，我起床以后母亲才告诉我这一切。更多的村民围拢过来，问长问短的。

等村民们都散了以后，母亲才说起，昨夜那个窃贼及其兄弟也混在人群中。他们怒目而视，母亲不敢相认，也没有告诉邻居她认出了窃贼。因为他是绝对不会承认的，如果指认不成，我们母子俩反而从此难以在王林施村立足了。好在母亲和房东施老太太查看了所有家当以后，发现并没有少任何东西。实际上，除了一只价值十几元的闹钟以外，我们家没有其他值钱的财产，不知小偷为何产生这份歹心。

据母亲分析，窃贼是在傍晚时分潜入到我们堆放杂货的小屋或灶台前。等到我们熟睡，再进入卧室，不料借着月光，被母亲发现并喝跑了。母亲始终没有告诉我那个窃贼究竟是谁，她怕我会产生恐惧感。事实上，从第二天开始，我每天晚上睡觉前都会害怕，会拿着手电筒到炉灶和后屋查看，回到卧室插好门闩，再蹲下身子照看床底下。看过以后，我才比较放心地脱衣上床。

这样的习惯一直延续到我们离开王林施村，迁移到另一座村庄才有所改变。可是，阴影依然存在，即使是成年以后，每次我借宿陌生的地方，上床之前也会想起这件事，不过未必会查看床底下。从这一点出发，我很能理解那些遭遇过恐吓（例如强奸、火灾、地震）的妇女儿童，他们的心理特别脆弱。我觉得，一个合格的教师和医生必须心理素质过硬。同样，一个心智不健全的父亲或母亲总是有所欠缺的。可以说，一个人的心理素质比起容貌、知识和技能来更为重要。

除了这次窃贼事件以外，我童年所受到的威胁还来自水上、教育的可持续性和政治的牵连。不过，后面两条与生命无关。至于水上，并非渡船倾覆或台风带来的洪水灾害。小学时的落井事件我在《水井》一文里已经叙述过了，一个早起在附近菜园锄地的"右派"地理老师救了我的小命。自那以后，水上的历险似乎没有中断过，一直伴随着我的学生时代，几乎每到一处就发生一次。如同《池塘》一文所记载的，我在王林施村的四年里，也经历了一次死亡的威胁。

3

在没有月亮的夏夜，萤火虫也是个宝贝，它们一闪一闪地从田野里飞来，又飞往别的去处。萤火虫一般只在窗外飞，不进入室内。很多个夜晚，一看到它闪现，我便推门而出，追逐着它。有时，我能用手抓住一只，把它放在小玻璃瓶里，这样我就有了小小的灯光。遗憾的是，萤火虫和月光一样难以用来照明读书，且关在玻璃瓶里的它们生命非常短促。

那时我不知道萤火虫的发光原理，即使上了初中，物理老师也没有讲到。直到成年以后，我才从科普读物中了解到，萤火虫的发光与氧气和化学反应有关。原来，萤火虫的尾巴上有成光蛋白质和成光酵素这两种化学元素，前者在后者的帮助下，与氧气发生作用，变成含氧成光蛋白质，从而射出一种绿光。萤火虫和月光一样，不会像太阳那样发热。它的生命非常脆弱，不仅照耀时间短，而且因为现身在明处，且飞得低，很容易被青蛙等动物捕食。

长大以后我才知道，每个国家都有关于月亮的传说和故事，几乎全与爱情有关。比如《仲夏夜之梦》，这是莎士比亚青年时代的最后一部作品，是以喜剧的方式写成的。我还知道，在一些欧洲国家，包括从苏联独立出来的爱沙尼亚，都有仲夏节。那一天，青年男女们聚在一起，在月光下彻夜狂欢。显而易见，这也是他们寻找配偶的最佳时节，而2月14日圣瓦伦蒂诺节（即情人节）则是拥有情人的人们的节日。

相比之下，中国传统的七夕显得有些悲凉和残酷，牛郎织女这对有情人长期处于分离的状态。至于月圆时分的中秋节，母亲从来不曾提起，因为我们的家庭是无法团聚的。那时无论七夕还是中秋，新闻媒介都不会宣扬。以至于我上大学以后，看到一部充斥着圆月镜头的外国电影时，禁不住心旌摇荡。

那部影片讲述了满月升起时，几户人家发生的变化，其中的月亮圆得惊人。遗憾的是，我记不得片名了，而另一部《蒂凡尼的早餐》(1961)，名字我记得，却未曾观看，但我能哼出主演奥黛丽·赫本演唱的主题曲《月亮河》，小说原作是赫赫有名的美国作家卡波特[①]。在我做客日内瓦湖畔拉芬尼庄园的那个夏天，曾专程前往邻村的赫本故居和墓地探访。赫本的墓朴实无华，离她后半生独居的屋子居然不足两百米。可以想象，那是她月光之夜常来散步的地方。

既然月亮如此诱惑人心，那么伴随她的威胁也必然存在，不仅是在心灵上。在我后来游历过的诸多海滨城市里，无论是巴西的里约热内卢，还是南非的德班，月光下的海滩总是最迷人的，同时那也是最危险的地方。究其原因，月光尤其是满月照耀下的人们更容易丧失警惕性，会没有

[①] 杜鲁门·卡波特（1924—1984），美国南方最著名的作家之一，以《冷血》一举成名，并首创非虚构文学，之后以公开的同性恋者出没于上流社会。

奥黛丽·赫本之墓。
作者摄于瑞士

防备地遭受袭击。事实上,在那两座城市里,每当黄昏来临,游客们便被警告不要到海滩上漫步。在这些地方,月光和海滩就像鱼和熊掌一样,不可兼得。

要说月亮带给我最美妙的灵感,则是在20世纪90年代初的杭州。那时我能看到的世界仍十分狭小,因此专注于那些日常可见的简练的事物,而天空和大海则是人人都可以想象的广阔无边的空间。曾被我用在处女诗集书名的《梦想活在世上》里就有一句"月亮如一枚蓝蓝的宝石嵌入指环",这首诗的德文版曾刊登在柏林一家面向青年的杂志封底,并配以残缺的月亮。而下面这首冠名《分割》的诗歌也得益于此类想象,从某种意义上讲,这首诗也渗透进了王林施村那个窃贼出没的月光之夜的阴影。

分　割

月光把建筑物的头分割
成三角的形状
圆弧的形状

把悬铃木的枝叶分割
成鸟的形状
羽毛的形状

无垠的大海也被分割
还有我们脆弱的心灵
有谁看见?

1992,杭州

14. 广　场

> 我站在一片黑压压的人群后面，茫然不知所措，周围的人用一种怜悯的眼光看着我。
>
> ——题记

1

我家门前的晒谷场大约有两千平方米，是王林施村最开阔的地方，除了农事需要、放映露天电影以外，也是村民们夏季纳凉的好去处。但是，这片晒谷场恐怕不能被称为广场。在我的头脑里，广场除了是一片开阔地以外，四周还需有一些或现代或古老的建筑，其本身的质地也应该是水泥的或砖头的，而不能是泥土的。

一般来说，广场是公共集会的场所，是政治、历史事件的发生地。也正因为如此，广场有着较高的知名度，平时游人如织，人们来此观光或约会。很显然，广场和都市生活紧密联系在一起，而与乡村无缘。这即便在发达国家也不例外，因为乡村土地相对充裕，不需要让房子相互毗邻。

需要指出的是，在那些宗教普遍存在的国度，教堂在乡村起到了广场的作用，例如公众集会、婚礼或哀悼仪式。说到哀悼仪式，在未实行火葬的中国乡村，尚没有开辟公共墓地，一个人去世以后，一般与自己已故的亲人毗邻下葬。也就是说，死后他们仍然以家庭为单位，乡邻之间甚至比生前更为疏离。

无论如何，王林施村既没有广场，也没有教堂，这对我的童年来说无疑是一个遗憾。广场是观察人类社会的最佳地点，我甚至认为，这种观察是一个人成长必读的教科书，以至于长大以后我每次出游，总要被广场上的风景和人物所吸引，那里还有自由自在的风。我喜欢要一杯本地产的冰啤酒，连续几个小时坐在广场上无动于衷，有时也会带上一本书、一支笔和一张纸。当然了，那个时候我自己也成了广场的一个分子、一处景色。

2009年秋天，即我离开王林施村三十四年后，甬台温高铁建成通车了。铁路线恰好穿过我童年生活的地方，在王林村和王林施村之间设有一个车站，站名就叫台州，大概因为那儿离黄岩和海门都不算远，而那两处地方人口密度大，不易拆迁。虽然我一度怀疑，在高速公路四通八达、土地资源稀缺的东南沿海，是否有必要建造铁路线（美国的铁路线几乎被废弃便是个教训），但我仍乐意看到，迟来的火车文明如何给故乡人民带来些许精神上的变化。

通车之前我曾想象过，王林将会拥有一个广场，即车站广场。那是我童年做梦都没有想到过的，因为那时候村

高铁穿越王林乡。作者摄

里只有手扶拖拉机,连汽车都不通。可是,这个广场将如何建造呢?这却是一个让我担心的问题,很可能是高楼林立,除了铁道线一侧,另外三面全是商厦和饭店。那样的话,就失去了广场的意义,而变成一个商业点。同样让我无法想象的是,从那一片橘树林里传来汽笛的鸣响是一种什么感觉。

2

广场最早出现在希腊,称为agora。在古希腊,广场是城市公民从事各种活动的露天聚会场所,通常是在市中心,至少在主要街道经过的地方。广场中央一般耸立着某座纪念碑，四周则围绕着一些庄严的建筑物。据说早在公元前5世纪，希腊的广场就分成两类了，一类为古典式，一类为爱奥尼亚式。前者柱廊和其他部分不协调，给人散乱的印象。后者则较为对称，常将柱廊建在长方形的三条边上或围成正方形空间。

广场的用途随着时代而变迁。即使在古典时期，广场已有商业广场和仪式广场之分。在雅典，每个行业各有其特定的区域。贵妇人很少出现在广场上，被控有杀人或其他罪行的男人在未受审以前也不准进入。在极个别的情况下，作为给某一公民的最高荣誉，可允许他在广场上建墓。喜剧诗人常提到的一种习惯是：自由民不仅到广场上处理事务、进行陪审，而且也去那里闲谈游逛。

20世纪末我游历雅典时，曾到访过两个古老的广场——辛达格玛和奥摩尼亚，前者的意思是"宪法"，后者的意思是"五道口"。此外，我还游历过梵蒂冈的圣彼得广场、罗马的纳沃那广场、巴黎的协和广场、威尼斯的圣马可广场、马德里的大广场、伊斯法罕的皇家大广场等等，当然还有北京的天安门广场。除了圣彼得广场依然保存肃穆的宗教气氛以外，其余的广场都平民化了，可以说终日被游人占据。在有些国家里，广场甚至失去了个性而成为市中心的一个代名词，例如西班牙每座城市都有哥伦布广场，而哥伦比亚的玻利瓦尔广场也遍布每座城镇。

在我游历过的欧洲广场中，印象最深刻的要数罗马的圆形广场。这个知名度不算特别高的小广场其实并不圆，它得名于一侧万神殿后部的大圆顶。万神殿是罗马最古老的建筑之一，有着两千多年的历史，殿内有意大利第一个国王维克多·伊曼纽尔二世[①]和王后的陵墓。虽然这位国王率先统一了亚平宁半岛，但游客最感兴趣的却是画家拉斐尔的墓碑，他于1520年去世时年仅三十七岁。

拉斐尔开创了一种"秀美"的风格，成为后来古典主义者不可企及的典范。他与比他多活几十年的达·芬奇、米开朗琪罗并列，成为文艺复兴的"三杰"之一。在我看来，即便最伟大的政治人物也不适宜于在广场建墓，因为人们更愿意与艺术家或科学家相处，而大人物的墓应该远离市井，就像他们活着时那样。多年以后，我游历巴黎时发现，那里以数学家命名的广场和街道数不胜数。

20世纪以来，由于城市地价的迅速攀升，不会再建设奢侈的大广场了。更有甚者，有些广场其实只是一个十字路口，例如伦敦的莱斯特广场、纽约的时报广场。这类广场虽然知名度很高，却局促得可怜，只有在某些特定的时刻，它才成为举世瞩目的地方。例如时报广场，每当新年的钟声敲响，一个闪闪发光的巨型球体从摩天大楼顶上坠落，簇拥在附近街道上的百万民众齐声呐喊，人们才明白它为什么那么有名。

除了庆典和观光以外，广场还被用作惩罚警示。在欧

[①] 维克多·伊曼纽尔二世（1820—1878），意大利统一后的第一任国王（1861—1878），绰号"祖国之父"。生于撒丁岛，原为撒丁国王。

洲历史上，一些著名的审判和行刑都是在广场上举行的。1431年，法国的民族英雄少女贞德在鲁昂广场被处以火刑，罪名居然是女扮男装、蛊惑人心。而实际上，正是不到二十岁的贞德率兵把英国军队赶出了法国领土，她是结束英法"百年战争"的首席功臣。

1600年，意大利天文学家布鲁诺因为宣传哥白尼的日心说，被活活烧死在罗马的鲜花广场。三十三年以后，他的同胞物理学家伽利略也因为支持"日心说"，受到罗马宗教裁判所的审判。幸好他还比较灵活，避免了灭顶之灾。四年以后，法国人笛卡尔出版革命性的著作《几何学》时，也以此为鉴[①]。

3

在20世纪的中国，广场曾陷入一次又一次的疯狂，尤其是"文化大革命"期间的天安门广场，"伟大领袖毛主席"在那里八次接见红卫兵。当然，广场也给中国人民带来深重的苦难，或曰痛楚的记忆。之所以要说"痛楚的记忆"，是因为像我这样年纪的人并没有亲身遭受苦难，而只是目睹自己的亲人遭受苦难，且因为年代久远，记忆变得

[①] 伽利略在表白书里表示"诅咒并痛恨自己的过错"，因而只被判监禁，实施时又改为软禁。笛卡尔将《几何学》以其哲学著作《方法论》附录的形式发表，避免了引人瞩目而招来不测。

模糊不清,多年以后,通过当时在场长辈的提醒,我才慢慢地忆起往事。

如此看来,我就是那种踩在悬崖边不知危险的人,那可能是单亲家庭抚养大的孩子的特性。现在,我就来说说我在广场上的遭遇。那时候我还在委羽山,每逢暑假,教师们都要集中到黄岩县城开会,不是提高业务,而是所谓的政治学习,无非是毛主席语录、中央和各级政府的红头文件。教师们不会被安排住旅馆,而是住在县城某所中学的大教室里,自带蚊帐、被褥和碗筷,几张高低不平的课桌拼成床铺。

因为无人可以托管,母亲每次只好带着我去城里开会,我经常是女教师宿舍里唯一的男性。不过,那时候的蚊帐大多不怎么透明,加上我年纪小情窦未开,因此没觉得有什么难为情。要是同样年纪的女孩,和父亲一起住男教师宿舍的话,那就可能比较尴尬了。

1970年夏天,也是未名去东北插队落户后的第一个夏天,我跟着母亲到黄岩县城参加政治学习。一天中午,母亲突然流泪把我托付给另一位老师。原来,当天上午,教育局召开了全体教师参加的紧急会议,有人在厕所里发现了印有毛主席像的学习资料。一位领导厉声问:"哪位老师把毛主席像当擦手纸了?请自觉交代!"

母亲听到后,下意识地感觉到这件事可能是她干的,因为被我用来折叠"纸子弹"遗留下来的一张学习资料里有毛主席像。说到"纸子弹",它是用橡皮筋或弹弓来发射

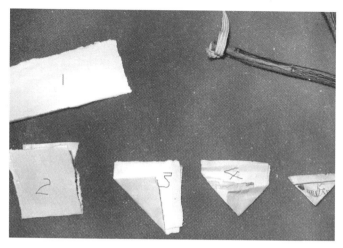

折叠"纸子弹"的步骤

的,可谓是纸枪。这是男孩子们玩的一种游戏,被射中了会非常疼,可我从来没用它射过人。想到尽人皆知的"坦白从宽,抗拒从严"政策,母亲连忙站起来承认了。

需要指出的是,上述政策是特殊时期的产物。1998年,中国加入了联合国《公民和政治权利国际公约》,一个基本的法治理念是:不得强迫任何人"自证其罪"。也就是说,是否主动认罪(自首除外)应与量刑无关。这项政策也与著名的"米兰达告诫"[①](Miranda Warning)相对立,巧合

---

① 指美国警察抓捕时需告诫犯罪嫌疑人说的话,首句即"你有权保持沉默"。1963年3月3日,亚利桑那青年米兰达涉嫌强奸少女,被捕获刑后上诉最高法院称被迫招供,高院由此颁布了"米兰达告诫"。

的是，后者的缘起恰逢我的出生。

从那天起，那年暑假的政治学习便掉转了方向，改为专门批斗我母亲。教育局领导或许为此感到庆幸，他们终于从教师队伍里揪出了一个"现行反革命分子"[①]，这也算是他们取得的一项革命成果吧。针对我母亲的大大小小的批斗会共有二十余次。有一天下午，批斗会在黄岩县城主要的十字路口举行，也就是青年路和劳动路的交界处，论面积不小于纽约的时报广场。记得路口西南角有一座八层楼的塔楼，是当年全城的最高建筑物，也是消防队的观察哨，值班的警卫可以居高俯瞰。

因为这次批斗大会，县城的交通几乎陷于瘫痪，全县教师都聚集在那里，包括被母亲托付照顾我的那位老师，我因此也不得不来到现场站在一片黑压压的人群后面，茫然不知所措，周围的人用一种怜悯的眼光看着我。他们有的是我的老师，而更多的老师和市民与我素不相识。

幸运的是，母亲平日里别无所求，没有一个冤家。更主要的是，她不是一个善于思考或反对毛主席的人。她低着头，平静地站在主席台上，接受大家的轮流批判，那都是领导事先安排好的。没有人殴打或辱骂母亲，整个批斗大会井然有序，只有大会结束时有人领头喊起"打倒反革命分子×××"的口号，大家才跟着吆喝了几声。

[①] "现行反革命"与"历史反革命"相对应，其差别在于从事反革命行动或言论的时间是在1949年之后与之前。

已被拆毁的黄岩老钟楼,曾是县城的地标

写到这里，我想插一段故事。记得王林施村有一家四兄弟，从大到小分别叫定中、定华、泽民、爱国，老三泽民是我的同班同学。有一天，一位老师发现，他们四兄弟最后一个字连在一起就是"中华民国"。这还了得，一查，起名的是爷爷，于是，这个"妄图复辟"的"反动"地主被游行批斗，他的孙子们也被勒令改名。

说起黄岩街头十字路口的那场批斗会，后来教我初中数学的陈老师当时也在场。多年以后，当她主动和我谈起这件往事时，我问及自己的表现，她回答说并没有看见我流泪，但大家都觉得我非常可怜。现在回想起来，我母亲不简单，她是一个十分坚强的女性。也是在"文革"期间，"黄中"一位师母的前夫，因为误将一滴红墨水滴在报纸上毛主席像的脸部，吓得上吊自尽了。仿佛古代宫廷里的嫔妃，因施展厌胜之术①败露而不寒而栗。

---

① 厌胜，音同压胜，指古代方士的一种巫术，谓能以诅咒制伏人或物。

15. 集　市

> 如果说看露天电影是为了夜晚的沉醉,那么赶集可以说是实现了我的白日梦。
>
> ——题记

1

在"文革"时期的中国乡村,除了露天电影以外,如果说还有热闹的去处,那就是集市了。词典上解释说,集市是农村或小城市里定期买卖货物的市场。在我看来,应该把城镇里每天从早到晚都有顾客的菜市场排除在外。在商品经济欠发达的地区,例如中国的广大乡村,集市是必不可少的贸易形式。一般认为,集市起源于史前时期人们的聚集交易,以后常出现在宗教节庆、纪念集会上或圣地,后者常附带民间娱乐活动,也被称为庙会。

据《左传》记载,至少在春秋战国时期,我国已有了集市。说的是杞子从郑国派人密告秦穆公:"郑国让我掌管北门的钥匙,如果偷偷派军队来,保管成功。"一位大臣获悉后劝诫秦穆公说:"调动大军偷袭这么远的国家,我们赶得精疲力乏，对方早就有了准备，不会有什么作为的。而且行军路线千余里，谁会不知道呢？"穆公不听，派大军东行。秦军到了与郑国相邻的滑国，便遇到在滑国做生意的郑国人弦高，他赶着十二头牛到集市上去卖。

不知道，这可否算是有记载的中国最早的集市。话说机敏的弦高一面让人回郑国报信，一面将牛献给秦军作犒劳，故意说道："我们大王听说你们要从这里路过，派我来犒劳你们，请不要嫌弃礼物轻薄。"郑国君主得到弦高的消息，让人去查看，见杞子一伙正在整顿盔甲、磨兵器、喂马，便对他们说："你们留在我们郑国时间也够长了，我们国小物乏，听说你们要离开，那就请便吧！"杞子听罢，不得不逃走，秦军也只好退走。据说，这则故事也是成语"厉兵秣马"的出处。

到了东汉时期，佛教开始传入中国。同时，道教也逐渐形成。它们互相之间展开了激烈的生存竞争，并在南北朝时都各自站稳了脚跟。而到了唐宋，又各自先后达到了全盛时期，出现了名目繁多的宗教活动。佛道二教竞争的焦点，一是寺庙、道观的修建；二是争取和招徕信徒。为此，在其宗教仪式上均增添了媚俗的娱乐内容，如舞蹈、戏曲，等等。

在佛道二教举行庆典时，民间的社会组织也主动前往助兴。这样一来，寺庙、道观便成了以宗教活动为依托的群众聚会场所了，这正是庙会的起源。但就活动内容来说，那时仍偏重于祭神社戏，而在商业贸易方面相对薄弱，庙会的真正定型、完善要到明清时期了。至于民间自发形成的草市，早在东晋建康城外的渡口就有了。唐代诗人王建在《汴路即事》中写道："草市迎江货，津桥税海商。"而在中世纪的欧洲，集市不仅于宗教节庆日在教堂院内举行，且常常集中于某种商品的交易，如乳酪集市，这大概是如今活跃于江浙一带的各类小商品市场在西方的远祖。

2

在王林施村，家家户户都有不大不小的菜园子，加上又是地理的死角，三面被永宁江水环绕，因此从来没设过集市。邻近的王林村作为全乡的行政中心，每月有五六次集市，也即逢五小集，逢十大集，而较远的一个地理意义上的中心村，则逢三、六、九各一次。如果王林村的集正好是周日，母亲可能会带我去采购，也叫赶集。

我们在王林集市上采购的，无非是猪肉或内脏什么的，还有我们菜园里没有的蔬菜，间或也会采购簸箕、木桶、竹席等日用品。前文已提及，肥肉可用来熬油，而肥里带瘦的肉则用来炖黄豆，那是我小时候最爱吃的一道菜了，尤其到了冬天，冷冻后成了可口的肉冻。

由于众所周知的原因，"文革"期间，中国的乡村庙会全部销声匿迹。但与王林乡相邻的临海县杜岐乡（今临海市杜岐社区），则有一年一度的大型集市，其规模不亚于庙会。杜岐乡原本就有集市，大集则一年一度，时间是在春节的前几天,届时附近两县成千上万的农民会来赶集,进行连续多日的货物交易活动。

那时候中国只有少数几个大城市有电视,即便有恐怕也不放电视连续剧,"连续多日"这个概念是非常诱人的。如果没有记错,我至少去过杜岐乡两次,却不记得一个同伴了,可以肯定的是,我不是跟母亲一起去的。杜岐乡离黄岩县城比到临海县城近得多,离王林施村的距离就更近了,但仍超出了我们看露天电影的地理范围。

巧合的是,杜岐乡正好是明代人文地理学家王士性①的故乡。王比徐霞客早生四十年,和他的父亲、三位堂弟均高中进士。他一生喜欢游历名山大川,当时全国共十五个省,他游过十四个。这个记录与徐霞客一样,只不过徐

明代旅行家王士性

---

① 王士性(1547—1598),字恒叔,浙江临海人。明代人文地理学家,著有《五岳游草》《广游记》《广志绎》等作品。

未到四川,而王错过的是福建。每到一处,他都详细记述山川、气候、地貌、道路及农林特产、风俗、古迹、文化等自然和人文要素,并善于将地理现象和人文现象结合研究,得出自然环境对于人的行为有决定性影响的结论。

举例来说,王士性将浙江分为泽国、山谷、海滨三大区域,分析了不同区域的人文和经济特性。在游西湖时,他发现了旅游是一个产业。此外,他对治理黄河、淮河、运河及漕运等提出了一系列有创见的建议。十分难得的是,这位乡邻那时就以发展的眼光看问题,注意到我国经济、文化重心从北向南的转移。他甚至提出了人与自然的关系这一前瞻性的生态论观点。他的思想对后来的一些学者有很深的影响,如清代朴学大家顾炎武,他在其著作中多处引用王士性的学说,甚至整节照录原文。

20世纪80年代以来,学者们开始对王、徐进行比较研究,已故的历史地理学家谭其骧称王与徐的成就在"伯仲之间","从自然地理角度看,徐胜于王;从人文地理(包括经济)角度看,王胜于徐"。值得一提的是,王士性记游文字淡雅清丽,可谓是散文高手,同时他对方言学和地名学也有重要贡献。虽然他的事迹和故事我在开始周游世界多年以后才获知,但似乎这位四个多世纪前乡邻的存在暗中给予了我鼓励。

在代表作《广志绎》序言里,王士性写道:"蓝田关即秦关,图《七贤过关》者即此,盖是春雪初霁,张说、张九龄、李颀、李白、郑虔、孟浩然共访辋川王维也,诗曰:

二李清狂狎二张,吟鞭遥指孟襄阳。郑虔笔疾青风满,摩诘图中诗兴长。"此处的郑虔①是唐代学者,多才多艺,玄宗赞其诗书画"三绝",杜甫称他"才过屈宋",并赠诗二十多首。欧阳修编《新唐书》有《郑虔传》,谓之"学长地理"。晚年他被贬尚属蛮荒之地的台州,死后葬于临海大田乡。可惜因为远离中原,他的诗画传世甚少。郑虔被认为是台州文教事业的开启者,想必王士性家族也多饮惠沐泽。

遗憾的是,我对杜岐乡赶集的细节已难忆起,只记得有卖未油漆的木马桶,还有就是赶集的人与露天电影散场时一样密集。当我在互联网上搜索"杜岐",没有提及任何集市的新闻,倒是发现那里办起了多家乡镇企业,还有一所幼儿园。此外,有一条交通信息也引起我的兴趣。说的是以黄岩车站为起点的211路公交车恰好以杜岐乡为终点,最后四站停靠点都在王林乡。这几个地名让我倍感温馨,尤其是竹岭,它和一个美丽的女孩联系在一起。

多年以后,我在一次返乡路上,绕道到临海西部紧邻仙居的白水洋镇,从那里下了金台高速,再向北开上十多公里,来到水晶坦村的一座叫药山的小山头,拨开荆棘找到了王士性的墓地。我当时想不通,为何他会葬在离开

---

① 郑虔(691—764),河南荥阳人。唐代学者、文学家、书画家。玄宗赞其"郑虔三绝",并建广文馆,命其为首任博士。757年,贬任台州司户参军终老,今台州中学前身即为纪念郑虔之"广文书院"。

王士性墓。作者摄

杜岐乡和县城数十公里远的地方？下山时发现还有一座大墓，是南宋右宰相谢深甫之墓，才明白那里应该风水比较好。王士性的老乡中，有一位徐霞客的同代人和至交叫陈函辉①，明亡后从事反清事业，事败后自缢身亡。生前他应徐霞客之邀为其作墓志铭，陈墓在临海县城西南的竹林中，邻近始建于南朝的云峰寺。

集市是一种周期性的市场，其周期主要受周边地区人口密度的影响。此外，还受到星期或农历的约束，中国的

---

① 陈函辉（1590—1646），字木叔，浙江临海人，明末殉节官员。崇祯七年（1634）进士，补靖江县令。善草书，敏于诗。

集市大多按阴历周期循环。集市交易的商品一般为包括蔬菜禽蛋在内的日用品和易耗品等,为集市附近的乡村人口服务。20世纪六七十年代,由于经济极不发达,每个乡一般只有一个集市,大型集市则更少见。如同后来的经济学家所分析的,集市的地理间隔,往往取决于交易者所愿意离开居住地前往的最大距离。

3

自从"文革"结束以后,庙会重又在中国兴起,比如北京的地坛,我慕名已久,却一直没有机会赶上。反倒是2007年秋天,我在东京参加诗歌节期间,与早稻田大学的几位数学教授约定,在浅草寺的庙会上相见。浅草的庙会是在周末,那天天气非常好,我们玩得也很开心。浅草寺创建于628年,是东京最古老的寺院。江户时代的将军德川家康把这里指定为幕府的祈愿所。将近十四个世纪过去了,那里的香火依然很旺。从时间上推算,浅草寺创建时中国正好处于盛唐之初,那是日本受中国影响最深的一个时期。

相比浅草寺的空旷和雅致,在每一座阿拉伯国家的名城里都有的麦地那①显得更为集中、喧闹。相互缠绕在一

---

① 麦地那(Medina),沙特阿拉伯圣城,也指代某些伊斯兰国家城市的老城。

起的几条街道两侧布满了各种店铺，游人只能看见头上一线天，比如卡萨布兰卡、突尼斯城或苏斯。在每一处麦地那，椰枣、芥末、胡椒粉、无花果都不可缺少，还有地毯、油画，每个人都在生产、加工、叫卖或讨价还价，微笑或鄙视，但过分的热情也容易使得游览或采购成为一种负担。这类市场由于营业时间太久，成为零周期，失去了集市的最初意义。

同样是伊斯兰国家，地中海滨的黎巴嫩古城——西顿的农贸市场更接近于早年我在王林乡光顾的集市。由于邻近以色列，两国又交恶已久，长眼睛和不长眼睛的炮弹随时会飞来，农贸市场设立在相互分离又相互连接的桥洞中，那里的阴凉也可以帮助避暑。离西顿几公里远的另一座小镇叫苏尔（古称提尔），那是古希腊大数学家兼哲学家毕达哥拉斯的老家。

古时候的提尔商业发达，推动了算术的发展，被数学史家认为是数论的发祥地，正如埃及人发明了几何学，巴格达人命名了代数学。毕达哥拉斯虽然出生在爱琴海的萨摩斯岛，但童年时曾寄养在提尔的祖父家里，他后来长于计算，或许是从故乡的集市和商业氛围里得到了熏陶。遗憾的是，类似的机遇并没有降临到中国古代数学家头上。

随着商品经济的发展，小型超市兴起，城市化进程加快，集市正缓慢地退出农村的历史舞台。反而在大城市里，诞生了一种类似集市的跳蚤市场，它已经出现在广州等中国城市。英文里它叫Flea Market，这是一种主要经营旧货的露天市场。有关跳蚤市场的发祥地有两种说法，即纽约和巴黎，我本人倾向于后一种。

相传1884年，巴黎政府为维护市容的干净，要求那些以捡破烂为生的贫民搬到郊外，这些贫民在废弃物中挑拣尚能用的物品出售，没多久就形成一处固定的定期举办的集市——跳蚤市场。市场里的东西一般都是用过的，新的当然也有，但是质量都比较次，价钱也相对便宜，这一点与古代集市一脉相承。

不同的是，在跳蚤市场里，只要眼光够独到，依然能花很少的钱买到很有价值的古董或其他有意义的东西。在历史越是悠久的城市，跳蚤市场里所卖的东西种类也越多，摊主将自己费尽苦心寻来或是家传的宝贝摆上，等待有缘人前来选购。在陈旧的外表下，也许是一件稀世珍宝。因此，跳蚤市场也吸引了一些时髦人士前来挑选独一无二的物品，逐渐形成前卫的风格。

再回过头来看看农村的集市和城镇的菜市场，只要中国菜的魅力不减、特色不变，这样的集市和菜市场就会存在下去，因为它符合人们对农产品新鲜度的要求。香港的发展实践便是一个例证，即使在欧美的某些中等城市，也有定期的农贸集市。那份轻松随意的感觉，是探头密布、冷冰冰的超市所不具有的。可是，人们再也不会像"文革"时期的中国乡村那样，对集市有一种依赖性了。

的确如此，现在人们光顾这类集市，多半是为了放松一下自己的心情。这样一来,反而让我对"文革"时期的集市,尤其是杜岐乡那样的大型集市有了一种怀旧感。如果说看露天电影是为了夜晚的沉醉,那么赶集可以说是实现了我的白日梦。两者的共同之处在于,有那么多的人头堆砌在一起,他们在风中摇摆着,给予我们孤独的心灵以无限的温暖和存在的信念。

16. 池　塘

在我看来，池塘承载着人生的两个端点，即童年的梦幻和老年的闲雅。

——题记

1

按照词典上的定义，池塘是蓄水的坑。这与我童年获得的印象并不一致。在我看来，池塘是面积较小的湖泊，就如同英文里 pond 和 lake 的差异。可是，后一种划分也未必准确。我有一对美国朋友，他们消夏的别墅位于缅因州的西北部，那里有许多 pond 比杭州西湖还大。他们告诉我 lake 是与河流相连接的，而 pond 则是死水，对此我也将信将疑。

宋代那位博学的大儒朱熹不仅办过教育，也写过不少教育诗，其中有一首颇为脍炙人口："半亩方塘一鉴开，天光云影共徘徊。问渠那得清如许，为有源头活水来。"此诗分明是说，池塘也可以与江河相连。无论如何，在我看来，池塘承载着人生的两个端点，即童年的梦幻和老年的闲雅。

有一部由方达父女和凯瑟琳·赫本主演的奥斯卡获奖影片《金色池塘》，故事的主题想必许多没看过电影的人都可以猜出。

当然，还有那位在我的大学时代十分流行的台湾歌手罗大佑，他创作的《童年》非常抒情地描写了乡村池塘，也传遍了大江南北，歌词里写道：

> 池塘边的榕树上
> 知了在声声地叫着夏天，
> 操场边的秋千上
> 只有蝴蝶停在上面。

我长大后才读到法国人法布尔的《昆虫记》，里面有篇文章叫《神秘的池塘》。在他的笔下，那个绿色的小小世界里，栖息着无数快活的小生命。有黑色的小蝌蚪、红肚皮的蝾螈，有悠闲的水蝎、快速的蜻蜓；豉虫们在开舞会，池鳐的泳姿像缝针；而在那芦苇草丛中，还有一群群石蚕的幼虫，它们各自将身体隐匿在一条枯枝做的小鞘中。法布尔对小动物的观察细致入微，难怪他入葬时，螳螂、蜗牛等也赶来送行。

而在我的记忆里，池塘首先是用来提取饮用水的。王林施村就有那么一口池塘，它位于村子的中央，四周建有多处石板埠头，方便村民们从不同的方向挑水或提水。每个埠头由几级石板构成，下面由几根简易的木桩支撑着，

王林施村的饮水池塘。中间的埠头离我们家最近。作者摄

依次伸向池塘中央。还有几口池塘散落在田间、村边,则用来灌溉、洗菜或洗衣服。

2

有一年冬天,从西伯利亚来的冷空气早早地南下到浙东,反复清扫着我家门前晒谷场上的尘土。那年冬天,雪也早早地下了,又密又厚,小伙伴们都很开心。那时候没有电,除了塑料热水袋,唯一的取暖设备是铜制的火坛,里面放些木炭,盖子上有密密麻麻的小孔。除了用来暖手和脚,还可以帮助烘干袜子和衣裤。但这并非每家都有,房东老太太的儿子送了她一个,我这才有机会偶尔借光。

晒谷场的另一头有一口池塘,那是附近的村妇们洗菜的地方。有一天放学以后,母亲在灶台上做晚饭,差遣我到池塘洗一把芥菜。那会儿正是用水高峰,我蹲在埠头最外面的一级石板上洗菜。当我起身的那一刻,背后的胖大嫂也正好站起来,屁股撞上了屁股。

因为我体积小,受到的反作用力相对较大,加上又没有心理准备,向前一仰,"扑通"一声,整个身体掉落在池塘中。一刹那,刺骨的冰水进入了我的颈项、前胸和后背,接下来灌入口腔,我连喝了几口,脑袋嗡嗡地作响。在场的妇女没有一个会游泳的,也没有衣榧、锄头那样的工具。

亏得那会儿又是冬天,我穿着厚厚的棉袄,不容易下沉,凭着求生的本能我使劲向埠头方向划水,却一直在原地打转,直到被从远处跑来的一位村民用扁担救起。不用说,我感冒发烧大病一场,但我的慢性鼻窦炎是否因此而来,就不得而知了。反正从某一天开始,每次我在寒冷的空气里停留久了,就容易鼻塞,这种不算疾病的疾病甚至影响了我的个性。

自那以后,母亲便鼓励我学游泳了。第二年夏天,我对池塘的恐怖感终于消失,我学会了游泳。那是一个清澈见底、没有一片浮萍的池塘,离晒谷场有几百米远,四周全是田野和橘林。每当太阳有些西斜,我便冒着烈日去那里学游泳,池塘的水深刚好到我胸口,没有教练,几个小伙伴在那里瞎指挥。我在靠近田埂的地方学狗爬，一次次把头沉入温热的水中，双手和双脚乱划一气，自然也喝了不少水。大约一个星期以后，我找到了水感。

后来发生的事件表明，我与水结下了不解之缘，只是我的"池塘"在不断扩容。在济南读大学期间，有一次我去东北旅行，路过大连，在海滨畅游了一番。我看到海面上有一叶小舟从老虎滩方向驶来，便不顾一切地往外游，心想反正小舟的主人会载我回来。划桨人显然也发现了我，可是，他却在离我只有五十来米的地方突然掉头。我当时慌了手脚，心想如果我喊救命他不搭理的话那就太惨了，因此毅然决然往回游。

当我终于抵达沙滩时，两眼直冒金星，"扑通"一下跪倒在了地上，那情形就像纳达尔在温布尔登终于击败了费德勒一样。这次经历似乎应验了一句俗语：会游水的人更容易被淹。毕竟我是池塘里学出来的，水性不太好。

没想到一个星期以后，我来到鸭绿江边的集安，又望着对岸的朝鲜人民民主共和国出神。刚巧，我所在的码头正对着一座无名小岛，我立刻想到，谁要是游到岛上不就等于去过异国他乡了吗？这个念头对我来说很有诱惑力，因为那时候我还从未迈出过国门。

我目测了一下距离，小岛离堤岸有一百多米，江面的水流看起来也比较平缓。经不起跨越国境线的诱惑，我没有把目的告诉同行的任何人，便独自解衣下水了。水温偏凉，但还不足以刺激皮肤，我游得较为顺畅。可是，当我接近那座无名的荒岛，才发现水流越来越湍急，原来是岛屿挡住了一部分流水所至。我根本无法靠近小岛，被水流冲到了下游，那儿的水面相当开阔，离堤岸也越来越远。此时我的体力已基本消耗完，我又一次面临死亡的威胁。

幸运的是，一艘环岛行驶的汽艇恰好在那时候迎面开来，看我摇着手，好心的船主放慢速度，让我爬了上来。他是个聪明人，想出了这种方式，既满足了国人出国的欲望，又轻松地赚钱。每次收费十元人民币，在当时已不算便宜了。有意思的是，无论船上还是岸边，居然都没有人发现我刚才正身临险境。

正是因为这两次水上惊魂，让我在博士毕业前夕做出决定，谢绝了青岛大学的邀请，来到一个硕大的"池塘"——西湖边居住下来。假如我真的去了那座迷人的海滨城市，没准早已像聂耳或雪莱那样：把名字写在水上了。①

3

在我的故乡黄岩，池塘也被用来指澡堂里的浴池，两者在形式上的确比较相似。20世纪70年代，黄岩县城里只有一家澡堂。那时的乡村连自来水都没有，而热水器这玩

---

① 雪莱和聂耳都在异国他乡溺水身亡。"把名字写在水上"是济慈的诗句，出自他自撰的墓志铭：Here lies one whose name was written in water（此地躺着一个人，他的名字写在水上）。

意儿，我们连听都没听过，澡堂自然是令人向往的。有一年冬天，未名的中学同学兼好友子鹏哥从黑龙江大兴安岭塔河林业局秀峰林场回乡探亲，到王林施村探望我们母子俩。在我的记忆里，在我长达十多年的乡村生活里，他是唯一专程从城里来看我们的朋友。让我兴奋不已的是，他还带我到城里玩了几天。

子鹏哥的父母都在罐头厂上班，兄长是工人，因此得以被招工支边而不是去插队落户，那样每年都享有一个月的探亲假，且路费由公家报销。正是在他家小住的那几天里，我见识了城里的"池塘"。澡堂分男女两个入口，每扇门后面都有一块棉布做的帘子。走进男浴室，里面热气腾腾的，一条窄窄的通廊两侧排满了床铺，几个赤身裸体的大人来回晃悠。躺着的人身上大多盖着毛巾毯，抽烟、喝茶或唠嗑。我脱掉衣服，推门进入里面的池塘。

首先映入我眼帘的是雾气，然后才看到白晃晃的肉。浴池呈正方形，水深不足七十公分，自然无法游泳，我试探着把一只脚放下去，又立刻缩了回来，水烫极了。开始我想不通，为何那么多大人喜欢泡在里面，待到我们上岸以后，看到搓澡工给洗澡的人逐个搓背，搓出大把大把泥巴一样的脏物，才明白为何要浸泡。

那时候的中国，即便县城里的人家里也没有热水器，到了冬天，无论洗头洗澡都是用脸盆里的水。只有一部分人去澡堂，也是十天半月甚至一两个月才去一次，泡完澡以后自然舍不得马上离开。那时也没有足浴店这类消费场所，修脚工和搓澡工一样，出没在澡堂里。如今，公共澡堂基本上从城市里消失，有的话，要么服务老年顾客，要么转变成娱乐或色情场所。

1994年秋天，我访美归来途经日本。在箱根群山的怀抱里，友人带我住进了一家温泉旅馆，那儿男女同在一个温热的水池里沐浴，却保持一定的距离，倒也秩序井然。浴毕，我们穿上木屐，披上和服，躺在榻榻米上，各自进入甜蜜的梦乡。

翌日推窗远眺，高高的富士山展现在眼前，那终年积雪的峰顶像一幅似曾相识的图画。比起我后来在伊斯坦布尔、赫尔辛基和科尔多瓦①所见识的浴池，日本的温泉更多了天然的情趣。虽然如此，与真正露天的乡村池塘比起来，这些温泉和浴池仍要逊色，因为它们与大自然多少有了距离，更闻不到泥土的芳香。

我一直认为，美丽的村庄应该有大片大片的绿地，中间镶嵌着若干清澈的湖泊或池塘。遗憾的是，我童年居住的王林施村却没有一片草坪，甚至小学和王林中学校园里也没有一块草皮，只有池塘边的田埂上间或长出野草。虽然如此，在我开始真正的远游之前，仍在一首冠名为《午寐》的诗中追忆了童年的王林施村，或者说，我想象并提

---

① 伊斯坦布尔和赫尔辛基分别是土耳其浴和芬兰浴的故乡。科尔多瓦是安达卢西亚城市，穆斯林占领时期为西班牙首都，以拥有大清真寺和阿拉伯浴室而闻名。

炼了记忆中的那座村庄和村庄里的池塘。

午寐

一棵树在湖边
它的倒影在水中影子在岸上
我躺在对岸的草丛里
被水鸟的翅翼惊醒

侧过身来,我看见
一朵云在湖上
悠然自得地飘过
云的影子在哪呢

我想它一定非常遥远
我于是重新躺下
闭着眼睛,想象
那云影歇落的地方

1990,杭州

17. 橡　皮

> 而就我个人来说,"橡皮"一词还另有含义,它见证了我性意识的觉醒,同时诱发了我最初的快感。
>
> ——题记

1

对每个孩子来说,橡皮或橡皮擦的功能是用来消除写字簿或算术题中的错误的,在没有涂改液和修正带的年代,它是铅笔盒里必不可少的学习用品。之所以受宠并沿用至今,是与铅笔这种石墨类细棒的广泛使用有关。后者作为一种书写、绘图、素描和做标记的工具,并没有因为钢笔和圆珠笔的发明而消失,相反,它的用途越来越广泛。

橡皮是用橡胶做成的,今天这种材料主要被用来制造各种车辆和航天器的轮胎。作为一种有弹性的物质,橡胶是由18世纪两位法国冒险家在南美热带丛林里首先发现并予以描述的,稍后英国人约瑟夫·普里斯特利观察到它能擦去铅笔写下的痕迹,遂将其命名为rubber,意思是擦子。也就是说,橡皮和橡胶本是同一个词,橡胶因为有橡皮的功能而为人所知。

橡胶的用途变得广泛是在19世纪中期,美国发明家古德伊尔(Goodyear)①创造了硫化法。自那以后,天然橡胶的移植(主要在印度尼西亚、马来西亚和斯里兰卡)与合成橡胶(主要原料是石油和酒精)的发明接踵而至。今天,古德伊尔是全世界最负盛名的汽车轮胎的牌子,它所消耗的橡胶材料远非橡皮可比。

两分钱一枚,这是我记得的最古老的价格之一。那是一种白色的橡皮,呈长方形,面积相当于两枚一元硬币,稍小于标准的火柴盒。橡皮擦的牌子我早已经遗忘,同样被我遗忘的还有铅笔的价格。在那个生产率落后的年代,正如钢笔的主人(在小学生中比较少见)常备墨水瓶(分黑色和纯蓝两种),铅笔使用者也常备橡皮。

其实,橡皮对我们也并非不可缺少,假如这个小玩意儿从来没有发明,或许人们还会继续使用面包来擦字,而铅笔也因为轻便和经济会被普遍使用。在我看来,橡皮更多拥有的是一种消遣功能,它能使学习和思维获得调剂和歇息,同时还可以帮助消除考试时的紧张气氛。至于橡胶和乳胶结合做成的橡皮筋,那是一种十足的游戏工具,尤其为女孩子们所喜爱。

然而,橡皮毕竟出现了,它的发现者普里斯特利是18

---

① 古德伊尔(1800—1860)的发明专利没有得到应有的保护,他本人因为负债曾在巴黎被捕入狱,他在纽约去世时尚欠债二十万美元。

英国教士普里斯特利,他发现了氧气和橡皮擦的功能

世纪一位教士出身的政治理论家和自然科学家,他毕生的工作推动了自由主义政治和宗教思想以及实验科学的进步。普里斯特利广交朋友,在英国时,他曾是达尔文和瓦特的至交,移民美国后,他又成了亚当斯和杰弗逊的好友。

青年时代普里斯特利便认为人民应该在政府中享有发言权,同时对自己的行动有自主权。中年时他撰写了多部宗教和神学著作,对基督教的大部分教义,包括三位一体、神启《圣经》等加以否定,并指出其谬误的历史渊源。到法国大革命开始时,普里斯特利在欧洲已经有了在政治上和宗教上反对一切现有体制的名声。

更为难得的是,普里斯特利还是一位卓有成就的化学家,以发现氧元素和植物呼出氧气的现象闻名于世。他与法国化学家拉瓦锡在巴黎的会面被认为是化学史上的一个里程碑。十五年以后，即法国大革命爆发的1789年，即将被砍头的拉瓦锡用实验亲自证明了普里斯特利发现的新空气，并将其命名为"氧"。

普里斯特利是一位亚里士多德式的人物，他是爱丁堡大学的法学博士，却以电学实验方面的成就当选英国皇家学会会员，他还将二氧化碳注入水中使饮用水更加可口，为后来的苏打水工业奠定了基础。橡皮由这样一位可敬的人士发现，也算是孩子们的福气了。

2

说起"橡皮"一词，喜欢文学的人自然会联想到几年前去世的法国"新小说"派主将阿兰-罗伯-格里耶，他的姓的前半部分robbe无论音和形均接近于rubber。更为巧合的是，他发表的第一部作品标题也叫《橡皮》(*Les Gommes*)，英文版译成 *The Erasers*。

罗伯-格里耶青年时代就读于巴黎农学院，后取得农艺师的职称，并进入一家生物学研究所工作。20世纪50年代初，他先后在摩洛哥、几内亚和法属马提尼克岛从事热带果木种植栽培的研究工作。有一次，罗伯-格里耶因病从非洲回国，途中在轮船上构思了《橡皮》，从此踏上了文学创作的道路。

《橡皮》讲述了由破案人犯下的一起凶杀案：在一个木材业异常发达的省城（可能是农艺师的生活经历引发了想

象），恐怖分子按预定计划要暗杀一位重要的经济学家杜邦教授。但暗杀未成，杜邦负伤未死，并放出风来说，他因重伤死在医院。从巴黎来的特派员瓦拉斯负责受理这个案件，他在城里东奔西跑了一天，于暗杀事件发生的第二天傍晚来到杜邦家，惊愕之下稀里糊涂地打死了刚好暗地里回家取文件的教授。

这位侦探的精神错乱行为似乎表明了，要解释或弄清他们面对的那些事实迹象的真实意义是不可能的。罗伯-格里耶借用侦探故事以揶揄传统现实主义小说善于制造"真实的幻觉"，被认为是细节主义的倡导者。他经常极为细致地描写物质世界，从一片西红柿到一座香蕉种植园的布局，等等。这意味着他眼里的世界只可描述，不能解释。

在小说结构上，罗伯-格里耶摈弃了按时间顺序发展情节的线索，让场景重复出现，但随着时间的改变，细节也有所变动，从而表现了各种人物的心理状态。这部小说有别于人物支配情景的传统小说，而是从物看到人。作者的一个观点是，人处在物质世界包围之中，并时刻受其影响。

为了避免使读者产生身临其境的幻觉，罗伯-格里耶在每一场戏结束以后，借用"橡皮"把情节的线索擦去，以破坏小说虚构的连贯性，避免读者受作者思想的支配，书名即因此而来。相反，读者可以从自己的角度和体验出发，选择不同的情节，探索其中的奥秘。这部小说在当时并没引起文坛的特别重视，但文学史家们认为，它是"物本主义"小说的发端，因而在"新小说"的发展进程中具有非常重要的意义。

虽说马达加斯加岛出生的克劳德·西蒙以一部《佛兰德公路》摘走了诺贝尔文学奖（1985），但罗伯-格里耶却被公认为是"新小说"派最杰出的作家。不仅如此，他还是一位孜孜不倦的电影剧作家，他的电影小说《去年在马里昂巴德》（1961）曾由新浪潮导演阿伦·雷乃摄制成电影，并获得了威尼斯电影节金狮奖。2005年，第二十四届伊斯坦布尔国际电影节授予罗伯-格里耶终身成就奖。

3

而就我个人来说，"橡皮"一词还另有含义，它见证了我性意识的觉醒，同时诱发了我最初的快感。故事发生在20世纪70年代初的一个夏天，在那个叫王林施的小村里，我和低一个年级的同龄男孩敏文之间的一桩旧事。敏文的姓我已经忘记了，如果与同村的人多数人一样，应该姓施。从小他的父母就离异了，他的母亲和我母亲是小学里的同事，好像还教过我。

那天晚上，他们母子俩到我家做客。由于是熟人，寒暄了几句以后，为了省油，母亲把煤油灯也吹灭了。敏文是个五官端正、性格内向的男孩，平时话语不多，那天倒是和我说了不少。他和我都对母亲们聊天的内容毫无兴趣，无非是同事或邻里之间的各种传闻。

起初，我们也坐在门外的屋檐下，后来因为有蚊子叮咬，被勒令躲进屋内的蚊帐里，而她们依旧摇着扇子交谈甚欢。不知是谁出的主意，我们玩起了捉迷藏的游戏。我从书包里找来一块橡皮，让敏文去藏匿，他放在席子一角的底下，我只能用手在床上摸，一分钟后就找到了。

接下来轮到敏文寻找，我把橡皮放在T恤衫的袖口，一开始他也在床上找，后来才想到我的身体，这次费时大约三分钟。下一次，敏文把橡皮夹在两只脚趾之间，突然之间，我们对身体的接触有了特殊的感觉。轮到我时我要了个花样，把橡皮放在另一头的席子底下，这回敏文果然直奔我的身体而来，他在非敏感区找了两遍找不着以后，才想到身体以外的席子。随后又是新的一轮，终于有人率先把橡皮放在短裤内侧，直至大腿的最深处……

要是在平常，这样的触摸是违反伦理的。但因为有了橡皮这件道具，我们的羞耻感得以隐藏。这就像在游泳池里男女可以坦诚相见，哪怕穿的衣服少得只剩一条三角裤和一件胸罩。时钟在滴答滴答地鸣响，我们不厌其烦地重复着这个游戏，直到母亲们厌倦了冗长的谈话。

此后很长一段时间里，我依稀记得敏文接触我身体某些部位的感觉。那种快感是我此前从未有过的，尽管不是直接的触摸，也没有勃起或亢奋，但那份细微的敏感、木然的激动却叫人难忘，仿佛是书写在身体上的一首"有颤动活力的"诗。在那个年代，学校里不开生理卫生课，家长又不好意思传授给子女，我们没有一丁点儿性方面的知识，也没有机会见识任何可以让人想入非非的画面（那被视为大逆不道的黄色禁区）。

打那以后，我每次在学校里遇见敏文都有一种异样的感觉，他是那所乡村小学里仅有的两位让我记住名字的同学之一，另一位就是那位在看露天电影回村路上欺负我的冯姓同学。仔细分析，这两位同学有一个共同点，他们都曾赋予我羞耻感，虽说方式不尽相同，却都十分隐秘。

多年以后，我在纽约现代艺术馆（MoMA）[①]遇见一位殷勤的摄影师杰弗莱，他非常主动地陪我游览了中央公园和艺术家居住的索荷区，从他那温情的目光里我真正领会到同性之间的情愫，不过那也只是他的一厢情愿。还有一次，我在巴黎拉丁区的一家俱乐部里，发现正在和我共舞的女孩像泥鳅一样随时准备逃脱，原来，她一直在等待姗姗来迟的lesbian女友。

有许多次，我试图回忆童年时代那个夏夜的经历，却无法获得清晰的画面。直到新千年的一个夜晚，我在橡胶树的发源地——南美洲的一座高海拔的山谷里辗转反侧，写出了一首叫《橡皮》的诗歌，才让这件事在我心头有了暂时的了结。而在最近的一次故乡之旅中，我见到了初中时的班主任兼语文老师，就是当年那位外表美丽、穿着时尚的新娘子施老师，她的娘家也是在王林施村。施老师告诉我，敏文成年以后患上了抑郁症，虽然也娶了妻生了子，

[①] MoMA，即Museum of Modern Arts的缩写，20世纪最大的艺术收藏馆，位于曼哈顿第五和第六大道之间的第五十三街，建成于1929年。

但仍在四十岁那年喝下了一整瓶敌敌畏。

橡 皮

萤火虫闪烁着从窗外飞过
青蛙在田野里有节奏地鸣叫
屋檐下倾心的交谈继续着
男孩坐在他的床边,悄悄地

把手伸进花布短裤的内侧
快感像波浪,迅速流遍全身
随后是新一轮的迷藏,直到
母亲们厌倦了古老的话题

他躺着,回味适才那个梦
盯住那双行将缩回的手
仿佛过去年代的一丁点儿亮光
延伸到万里之外的今夜

2000,麦德林

18. 学 习

> 毛主席语录:"任何运动形式,其内部都包含着特殊的矛盾。"等腰三角形有什么特殊性质呢?……
>
> ——"文革"《数学》课本

1

我和敏文在蚊帐里捉迷藏的那个夏天很快就结束了。1973年的秋天来临,我凭着较为优异的成绩,进入了邻村的王林中学,开始初中阶段的学习。那年难得进行了一次入学考试,我才比较有把握地上了中学。那会儿我才十岁,对人世间的万事万物有着强烈的好奇心。可是,那时的中学又能学到多少知识呢?

让我们先来看看课程设置,从福建省的一部县志里我了解到,民国时期,语文叫国语,算术叫算学,除了历史、地理、外语、图画、音乐、体育、生理卫生以外,还设有公民、矿物、博物、农业、商业等课程,可谓五花八门。新中国成立以后,公民课先后易名为中国革命常识、政治常识、社会主义教育、劳动课，商业、博物等课程取消了，但门类还算齐全。

"文革"期间，中学和小学一样，只停了一年多便恢复上课了，美其名曰"复课闹革命"。但课程进一步减少，中学一度只设政治、语文、数学、工业和农业知识五门课。政治、语文课主要学习毛主席著作，辅以社会调查，农村中学的理科教学则偏重于实用技术，包括农技、农机、兽医、测绘等。

可是，对于年幼且缺乏人生经验的我（同班同学也只比我大两岁）来说，这些技术训练未免太早了。幸好在我升入中学的那年，增设了物理和化学课。这样一来，才不至于让学习太过无趣，但那两门课要到二年级才开。

按说学生的主要任务是学习，可那会儿不是这么回事。1973年冬天，即我上初中的第一个学期，北京城里出了一位小名人，那便是海淀区中关村一小的五年级学生黄帅[①]。有一天，班主任让同学们在日记里披露心里话，于是黄帅写下令其人生发生重大转折的日记。

> 今天，××没有遵守课堂纪律，做了些小动作，老师把他叫到前面说：我真想拿教鞭敲你的头。这句话说得不够确切吧，希望老师对同学的错误耐心帮助……

[①] 黄帅（1960—2017），北京人。1979年考入北京工业大学，后来取得东京大学硕士学位，回国后供职于中国人民大学出版社。

班主任看过后,认为"提这个意见纯粹是为了拆老师的台,降低老师的威信"。于是,让同学们对她的错误进行批评。小黄帅觉得自己受了委屈,便给《北京日报》写了封信。信中写道:

> 我是红小兵,热爱党和毛主席,只不过把自己的心里话写在日记上,可是近两个月老师一直抓住不放。最近许多天,我吃不下饭,晚上做梦惊哭,但是,我没有被压服,一次又一次地提出意见。究竟我犯了啥严重错误?

对于黄帅来说,写这封信的目的不过是希望解决她和老师的矛盾,以便安心学习。不料上头正需要在教育界树立"批判修正主义教育路线回潮"的典型。黄帅这封信成为突破口,师生之间的关系问题变成了两个阶级、两条路线的大是大非问题。

几天之后,《人民日报》便在头版头条摘登了日记并加了"编者按"。黄帅就成了家喻户晓的"反潮流的革命小闯将",她与同年成名的"白卷英雄"张铁生[①]是"文革"期间最著名的人物之一。后者中学毕业后下乡插队,被推荐参加大学入学考试时,在物理化学试卷(只得了6分)背

[①] 张铁生(1950—),辽宁兴城人。曾任全国人大常委,后以反革命煽动罪被判刑十五年,刑满释放后下海,成为一名成功的饲料商人。

面写了一封信,声称不忍心放弃生产而准备考试,被《辽宁日报》以《一份发人深省的答卷》为题刊发,轰动一时,他被录取在铁岭农学院,并担任院党委副书记。

那以后,"中央文革小组"让黄帅到处演讲。各地中小学迅速开展"破师道尊严""横扫资产阶级复辟势力"等项活动,对学生的严格管理被指责为"师道尊严""复辟回潮",许多学校出现了官员管不了、教师教不了、学生学不了的混乱局面。虽然地处浙东南的黄岩没有树立黄帅式的反潮流人物,但教育质量肯定是没人敢抓了。

2

为了找回那些逝去的记忆,我特意查寻了"文革"时期的初中一年级课本,找到了北京市中学试用课本《数学》和重庆市中学试用课本《语文》。我相信,那时候浙江省的课本内容应该与此相差不多,至少在风格体例上无限接近。这些课本内容今天读来,不禁令人哑然,例如,在语文知识单元里,是这样介绍(工农兵常用的)修辞方法的(其引言和小结部分同样十分有趣):

> 毛主席教导我们:"人民的词汇是丰富的,生动活泼的,表现实际生活的。"在轰轰烈烈的无产阶级文化大革命中,亿万工农兵群众写的一首首诗歌,一篇篇致敬电,用最美好的词汇,最完美的形式,表达最美

"文革"期间北京中学《语文》课本

好的愿望,抒发了工农兵对伟大领袖毛主席的无限深情,一字字,一句句都凝结着无产阶级的激情,工农兵的词汇最丰富、最生动、最切实、最有力。

　　工农兵常用的修辞方法有哪些呢?请看下列例句:
　　1. 敬爱的毛主席,我们的红太阳。
　　工农兵歌颂伟大领袖毛主席是心中的红太阳,是大海航行的舵手。这种写法叫比喻。
　　2. 敬爱的毛主席!您的革命路线从来没有像今天这样深入人心,您的思想从来没有像今天这样深深扎根,人的精神面貌从来没有像今天这样焕发,无产阶级专政从来没有像今天这样巩固,工农业生产从来没有像今天这么热气腾腾。

把句式相同或相近的句子连在一起，尽情抒发无产阶级的豪情壮志。这种写法叫排比。

3. 井冈扬臂举红旗，赣江奔流来报喜。

工农兵运用革命的想象力，赋予山水以无产阶级感情。这种写法叫拟人。

4. 毛主席啊毛主席！您开辟的井冈山革命道路通天下，您的"枪杆子里面出政权"的伟大真理为全世界革命人民所掌握。

在写作时选用毛主席的语录和诗歌，来说明问题，阐述观点，表示决心，就更有战斗力，更有说服力。这种写法叫引用。

以上所引的修辞方法，课文里用得很多，阅读时要求我们深刻体会工农兵对毛主席深厚的无产阶级感情。要求遵照毛主席"要向人民群众学习语言"的教导，下苦功学习工农兵语言，这样一来，我们才能更好地宣传毛泽东思想，更有力地批判资产阶级。过去那些资产阶级语法"学者"，把语法、修辞吹得非常神秘，其实他们只有"死板板的几条筋"，根本不懂得语言，真正善于运用语言的，真正懂得修辞的是工农兵群众。

那时候我们的语文课与政治课、劳动课一样都需要结合实践。全国最出名的村庄是山西省昔阳县大寨公社大寨大队，因为建起了层层梯田、引水灌溉粮食自给自足，而成为一面旗帜。说来也巧，在我出生的第三天，毛主席他老人家便亲笔题词"向雷锋同志学习"。而在我出生后不到一年,"农业学大寨"这面红旗便树立起来了。十年过去了,它仍然不褪色且高高飘扬。不仅如此,每个县都要推选出一两个"大寨式"的先进单位,王林乡的下洋顾村便是一个典型。

下洋顾村位于永宁江和灵江的交汇处,利用江涂的地理优势,改进柑橘栽培技术,同时科学种田,使产量不断提高,取得了粮橘双丰收,是浙江省第一个粮食单产双千斤的村,村支书顾世林当选为全国人大代表、全国劳动模范。于是,学校组织同学们去下洋顾村参观。只是他们的农作物和经济作物与王林施村没什么差异,因此也没有给我留下特别的印象。时间大多花在旅途中,或聆听贫下中农的忆苦思甜,写出来的作文也是大同小异。

下洋顾村晒谷场,上过报纸,比我家门前的大多了

3

虽然"文革"时期的课本内容空洞乏味,但编起来却必定很花心血。这些课本的特点是,既要介绍传统的教学内容,又要与当时的政治紧密结合起来。一旦出现闪失,诸如"反革命分子"的帽子随时可能扣到编者头上。另一方面,编者的名字绝不会出现在书里。有意思的是,毛主席的语录和思想不只出现在《语文》课本里,而是同样贯穿在每一册《数学》教程里。例如,初一《数学》里有简单图形单元,其中三角形的概念是这样介绍的:

"在无产阶级文化大革命已经取得伟大的决定性胜利的时刻,又一曲毛泽东思想的胜利凯歌响彻云霄。我国自行设计和施工建造的最大的长达6700多米的现代桥梁——南京长江大桥全面建成。可以看到凌空飞架的巨大钢梁,笔直地横卧在矗立江心的桥墩上,排列整齐的三脚架有力地支撑着大桥钢梁。凡事应该用脑筋好好想一想。大桥的钢梁为什么要用三脚架结构呢?"接着又写道:

> 伟大领袖毛主席是这样教导我们的:"最聪明、最有才能的是最有实践经验的战士。"劳动人民在长期实践中,发现三角形有如下特征……
>
> 伟大领袖毛主席还教导我们:"科学研究的区分,就是根据科学对象所具有的特殊的矛盾性。"按三角形的情形,三角形可以分为以下三类……

学习

下面我再摘引有关等腰三角形和等边三角形部分的内容：

  伟大领袖毛主席教导我们："一切客观事物本身是互相联系的和具有内部规律的。"由等腰三角形的性质，我们可以得到等边三角形的性质……

  伟大领袖毛主席教导我们："任何运动形式，其内部都包含着特殊的矛盾。"等腰三角形有什么特殊性质呢？……

  南京长江大桥钢架结构用的都是三脚架，可以发现这些三角形都是等腰三角形。

  伟大领袖毛主席教导我们："在特殊性中存在着普遍性，在个性中存在着共性。"由等腰三角形的性质，我们可以得到轴对称图形的一般性质……

  而在讲述简单的轴对称图形时，则是通过剪纸"忠"字来介绍的："伟大领袖毛主席是我们心中的红太阳。让我们怀着无限忠于毛主席，无限忠于毛泽东思想，无限忠于毛主席的无产阶级革命路线的深厚阶级感情，剪个"忠"字代表忠心。我们剪"忠"字时可以把纸对折起来剪。因为这个图形沿着中间的直线对折过来，左右两部分能够完全重合。一般地，如果把一个图形沿着中间的直线对折过来，左右两边能够完全重合，这种图形叫作轴对称图形。

"文革"期间上海中学的《数学》课本

能够重合在一起的点叫作对称点……"

如果说《数学》课本里的这段叙述与《语文》课本有差异的话,那就是,"毛主席"更多地被"伟大领袖毛主席"替代了,毛的语录成为数学语言里的"假设"、"已知"。这说明数学老师比起语文老师来更小心翼翼,唯恐自己走了"白专"道路。他们在政治上与党中央靠得更为紧密,这也是为何全国人大代表和全国政协委员、常委、副委员长(副主席)里头,自然科学家和技术革新家要多于人文学者和社会科学家,这种现象一直持续到今天。

需要指出的是,这样的课程内容其实对我们的成长来说并没有决定性的坏影响。因为人的学习是无止境的,学生时代的课本内容再充实也非常有限,更多的知识技能需要通过以后的自学和工作实践获得。反而因为那时没有功课压力,且劳动实践较多,既没有影响到我们身体的发育,也没有泯灭与生俱来的好奇心。这大概是"文革"结束,恢复高考后最初几届大学生里涌现出众多杰出人才的主要原因。

  一个人的好奇心是与生俱来的,随着年龄和阅历的增长而逐渐减少,因而需要呵护。与好奇心一样重要的是想象力,那是需要后天培养的。虽然母亲和老师没有刻意引导,但我的想象力却通过自发绘制旅行图和获取地理知识得以拓展。

19. 象　棋

情急之下，对手冒险使出最后也是最疯狂的一步阴招，试图置我于死地。

——题记

1

"文革"时期的每一门课程都带有时代的烙印，甚至包括数理化、体育等在内，但意识形态不可能渗透到百姓尤其是孩子们的所有业余生活中。事实上，文字、图像和歌曲等大众传媒可以控制，但那些流传了数个世纪甚至上千年的民间游戏与手工艺一样代代相传，当它们通过非官方的渠道传播和开展时，是难以掺杂进政治因素的。而在物质生活和精神生活都贫瘠荒凉的年代，这些古老的游戏更容易散发出夺目的光芒，人们通过它们获得了相应的乐趣。

前面我已经详细谈到了在王林施村玩的各种游戏，它们大多属于体育活动，唯独没有提到智力游戏。现在我要说的正是让我在王林施村名声大振的一种游戏，它第一次为我提供了施展才华的机会，那便是下象棋，黄岩土话叫

"走象棋"。这是一种古老的智力游戏，人们通过对弈来增添生活情趣、提高思维能力，有的高手甚至在其中领悟或参透人生哲理。当然，要做到后面一点可不容易。

虽说只读过小学四年的母亲没有在写作文、做数学题方面给我帮助（至少我本人没有留下这方面的记忆），她却是我象棋的启蒙老师。或者说，是母亲教会了我象棋这个古老的游戏，包括认识每个棋子及其行走规则和输赢的定论。至于母亲最初教我下棋的时间和地点，我却记不得了，可能是在委羽山村，也可能是在王林施村。

我只记得母亲曾告诉我，她学会下象棋是我父亲教的。这一点再次证实，他们新婚之初，在南田岛有过甜蜜的时光，后来随着父亲考入西南联合大学，尤其是抗战胜利转到北京大学之后，两人的关系才出现了微妙的变化。由此看来，婚姻的幸福与双方的文化程度是否相当，的确关系密切。由于母亲只会一些基本的象棋开局和简单的技巧，很快她便成为我的手下败将。

我在王林施村的四年里，棋艺突飞猛进。究其原因，与我们租住的施老太太家的地理位置有关。因为门前就是晒谷场，人气比较旺，特别是我们屋檐下还有一个遮阳的走廊，用石板铺成，比地平线约高出两尺，宽度有一米左右。农闲时分尤其是夏日的午后，常有一些村民在那里摆开棋摊对弈。棋盘是白纸或塑料纸做的，棋子则是木头的。夏天的石板地比较凉爽，偶尔也会有一丝凉风吹过空旷的晒谷场，下棋的村民们一般坐着，观战的人或者站在他们背后，或者干脆坐在泥地上。

起初，我只是在旁边观看，间或做一两回参谋。可是不久，因为我偶尔会想出妙招，当有空缺时便被邀请替补上来。随着实战经验的丰富，我的棋艺也不断提高。最后，竟然击败了王林施村的所有高手。除了象棋以外，我那时还喜欢下跳棋和军棋。可是，后两种游戏主要是孩子们玩，且跳棋需要人多（三个、四个或六个）才可以玩，而军棋（分明战和暗战）的运气成分又较多，因此不能充分享受战胜对手的喜悦。而假如我的对手是成年人，比如某位同学的父亲，那么这种喜悦会倍增。

2

关于象棋的起源，说法不一，印度和中国都有两千多年的象棋历史，其游戏规则相去甚远。古时候的印度象棋叫恰图兰卡（Chaturanga），由大象、战车、骑兵和步兵四种棋子组成，它们也是古印度军队的组成兵种。通常一盘棋需要四家一起玩，就像中国的麻将一样。不同的是，印度人对弈时，被将死的一家退出战局，残存的棋子归胜者所有，但要降级使用。当四家淘汰掉两家以后，再决一雌雄。此外，印度象棋共有六十四个方格，这一点与早期的中国象棋和后来发明并广为流行的国际象棋（Chess）一致。不过，印度人的棋子是落在格子中间，而不是在横竖线的交叉点上。

再来看看中国象棋,它产生的年代不详,但至少在春秋战国时期疑为宋玉所著的楚辞《招魂》里就有"蓖蔽象棋,有六博兮"的词句了。那时象棋每方仅有六子(六博),多为竹制,这可能与当时的兵制以五人为一伍,加上伍长共六名有关。而据西汉刘向的《说苑》记载:"雍门子周以琴见孟尝君①",并提及孟尝君下象棋的事,"燕则斗象棋而舞郑女"。可见,那时象棋在达官贵人中已经比较流行了。

最初中国人下象棋和印度人一样,需要投骰子(古汉语里叫"箸")再行棋,如同现在的跳棋。但在秦汉时期,开始盛行一种叫"塞"的棋戏,只行棋不投箸,那样就摆脱了侥幸取胜的成分。到了三国时期,象棋的形制不断变化,并已与印度有了传播关系。不同的是,中国象棋的"象"即"相",而印度象棋的"象"是"大象"。这究竟是一种巧合,还是一种转化?我不得而知。

魏晋南北朝不愧是中国文化的一个高峰,象棋也步入正轨。北朝的武帝制《象经》,《象戏·序》和《象戏经赋》等理论著作也随之出笼。进入隋唐以后,象棋活动逐步开展,屡见于史籍,包括武则天梦中与大罗天女对弈的记叙,且有三卷棋谱流传至今。

唐代宰相牛僧孺是一个全才,作为著名的"牛李之争"中牛派的领袖,他曾数度为相,与此同时,他也是文坛名

---

① 孟尝君(?—公元前279),即田文,齐国贵族。战国四公子之一,手下食客数千,曾在多国为相。

士。在牛僧孺所著的《幽怪录》里提到古墓里掘出的一副象棋,有王(将)、上将(象)、军师(士)、辎车(车)、马、六甲(卒),唯独缺炮。由此可见,象棋也随着兵器的改进与时俱进。

从北宋初期流传下来的装饰中已有"琴棋书画"的图案,还有八乘八格明暗相间的苏州织锦棋盘,著名女词人李清照则被认为棋艺精湛。史家由此得出结论:早期的象棋形制,与国际象棋有颇多相似之处。这也让《大不列颠百科全书》编者在撰写国际象棋条目时煞费苦心,含糊其辞地提道:它起源于印度或中国的古棋。

3

虽然我的棋艺日渐看长,但知名度仅限于王林施村。1975年春天,我随母亲迁移到另一座村庄——山下廊,进了另一所中学——江口中学。从此,我们母子又住进了校园,与村民有了距离,下棋的机会自然也就少了。没想到的是,学校里的卢校长酷爱下棋。一次偶然的机会,在母亲的举荐之下,我与他进行了几番对垒,从此这位络腮胡子的卢校长便成了我的棋友。

那时我已经读高中了,我和卢校长之间的战绩大概是六四开,我的赢面略大。他在惊奇之余,有一次获悉县里要举行象棋比赛,便力荐我作为澄江区的代表参加了那次比赛。记得那是在1977年春天,正好在东北插队的未名随

老"黄中"的"五四"楼

着一个知青回访团回到黄岩(记忆里这是他离开我们七年以后第一次回到家乡)。

未名兴冲冲地领着我来到黄岩中学的教师宿舍,让我与父亲进行了两局对垒。父亲是母亲的象棋老师,也曾获得过县中教师组的象棋冠军,但却第一次听说他的小儿子是象棋高手。那也是我第一次与父亲相对而坐,虽然没有多少语言交流,内心里仍有一种说不出来的兴奋。上一次见到父亲是在两年以前,我随未名的同学子鹏哥进城,他领我去看了父亲,还特意带上相机,为我们拍了照,那也是我们父子俩唯一的合影。

父亲的房间比较小,一楼的石板地,大约十来个平方米，与我们母子在江口中学的宿舍相当。石板地的一楼有个堆满书的书架，这是我和母亲的房间里没有的。书架上给我印象最深的并非恩格斯的《反杜林论》或英文版的《红楼梦》，而是那套青皮的《二十四史》。说实话，以前我还没见过如此大部头的书籍。趁着下棋的间歇，我悄悄地观察了一下父亲，他老人家额上已有不少皱纹，两鬓也有些斑白了。与压在玻璃台面下的老照片相比，他早年的英姿已不复存在。但我仍非常高兴，因为父亲全身心地与我对弈。

比赛结果是，双方各胜一局。这是我们父子间唯一的一次对弈，也是我那年参加全县象棋比赛唯一的热身赛。对此结果未名也感到很满意，因为我既展现了自己的棋艺，又保全了父亲的面子。那时候他们俩的关系似乎也已经修复了，之前未名受极左思潮的影响，父子关系一度危在旦夕。

第二天上午，象棋比赛在黄岩县体委正式揭幕，就在那年夏天我目睹母亲批斗大会所在的钟楼广场的背后。除我以外，参加比赛的选手全是成年人，这让我格外引人瞩目。有一天晚上，我的比赛还在体委的灯光球场被挂牌解说，那次我下得特别出色，形势一片大好，眼看对方的将就要被捉拿住了。

情急之下，对手冒险使出最后也最疯狂的一步阴招，试图置我于死地。但头脑稍微清醒的人都可以看出，对方的车挪位后，我有一步棋可以连续将军取胜。无奈当时我的注意力全部集中在解救自己了，竟然忽视了那步比较简单的赢棋。因为没找到解围的方法，我只好推枰认输，在场外观看的棋手和观众无不为我感到惋惜。后来我相信，如果我是大人，对手绝不会用此招数。

比赛采用的是单循环制，最后的结果是，本应该是我手下败将的那位选手得了第四名，我只得了第八名，但我曾经击败过那届比赛的亚军获得者，并差点逼和冠军。值得一提的是，到那时候为止，我从没有看过一本棋书，也没有得到过一位高人的指点，我的全部经验来自实战。

那年初夏，台州地区少年棋类运动会在一百公里外的仙居县城进行，县里派我和另一位选拔上来的棋手去参加少年组比赛。虽然临近高中毕业，但卢校长很高兴地批准并鼓励我去参赛，我因此第一次获得了免费旅行的机会。在那座永安溪流经的县城，我兴奋地度过了难忘的一个星期。

那时我的偶像是象棋大师胡荣华[①]，他十五岁时就登上了全国冠军的领奖台，已经连续七届获得全国冠军了。遗憾的是，我最后只得了第四名，而前三名才有机会代表台州去绍兴参加浙江省少年象棋比赛，这也使我推迟一年看见铁轨和火车。当我回到江口中学，毕业典礼已经开过，我的中学时代结束了。

第二年春天，当县体委领导再次邀请我参加象棋集训队时，被我父亲毫不犹豫地拒绝了，因为高考制度已经恢复，他看到我可能有一个比较光明的未来。但我仍关注那

---

① 胡荣华（1945— ），上海人。象棋特级大师，曾先后十四次获得全国冠军。

年的象棋比赛,记得那届诞生了一个不同凡响的全国少年冠军——吕钦,他只比我年长一岁,后来成长为胡荣华的接班人。

我下一个重要的棋友将是一位数学家,那便是我的导师、山东大学校长潘承洞。潘老师不仅在皇冠上的明珠——哥德巴赫猜想研究方面两度领先世界,还擅长乒乓球、桥牌和象棋等游戏。在我成为他的研究生之初,在他患上不治之症以前,我们曾经对弈过许多回,结果我胜少负多,比例大概为四比六。虽然如此,我是他的学生中第一个获得对弈邀请的。

那以后,我对围棋和国际象棋也产生过浓厚的兴趣,但再也没有投入过精力,因而水平一直比较业余,其中围棋的对手包括小说家余华。我俩曾在北京朝阳区鲁迅文学院的宿舍楼里关起门来下了一整天,唯一的观众是他的室友莫言。那一年,余华三十岁,莫言三十五岁。而因为贪恋下国际象棋,我错过了与另一位小说家、老同学哈金的会面,那是在美国东南部亚特兰大市郊的一座私宅里。

多年以后,在美国常春藤名校布朗大学的校园里,哈金与我多次在马路边对饮,也曾聊起这段往事。2011年春天,莫言来杭州,我们相约在西子湖畔的一家酒吧见面,没想到,他依然记得二十年前我和余华的对弈,可以说是一份棋缘。翌年秋天,我旅行到了非洲的乞力马扎罗山脚下,从收音机里听到他获得诺贝尔奖的消息,遂给他发去了祝贺的短信。

20. 女 孩

> 终于有一天，一辆拖拉机驶入我的诗歌王国，而那个叫亚萍的女生，也幻化成为一名村姑。
>
> ——题记

1

在我的整个童年乃至少年时代，没有一个关系密切的女伴，这是一件让我永远感到遗憾的事情，甚至造成了我性格中的某种缺陷。在我家里，只有一个比我大十岁的哥哥未名，且我们从小不在一起生活。本来，我母亲还生养过一个姐姐，但在未名出生以前就夭折了。而如果姐姐在世，父母大概不会再要我，除非由于这个姐姐的存在，使得双亲的关系得以改善。

这种可能性是存在的，民间有种说法，女儿是父亲的小棉袄（小情人），他对妻子的要求可能会降低，至少会有更多的迁就。即便如此，由于姐姐比我早出生将近二十年，我们也很难成为玩伴，但有个姐姐我想还是大不一样的。而在我母亲的姐妹里面，与我们关系最亲密的四姨也生了两个儿子,而小舅虽然有两个女儿和我年纪相仿,却隔着一个无法跨越的海峡。事实上,那时我连表妹们的照片都没有见过。

当我开始记事,我和母亲住在委羽山的澄江中学,唯一的伙伴是我的邻居兼同学,就是目睹我在一个冬天跌入水井的男孩程功。而当我们迁移到王林施村,我已经过了和女孩子两小无猜的年龄,开始与女同学刻意保持距离。那会儿班上的男女同学相互之间几乎不说话,这就是为何我只记得敏文和冯姓同学的原因。而当我进入王林中学,情况却有所变化。

我初一时班上有一位女班长,她的名字叫慧华,是个性格稳重的高个女孩,坐在最末一排。那时由于营养不良,多数同学发育比较迟缓,尤其是我,记得上初中时还不到一米四,坐在教室的第二排。加上她又是班长,因此印象深刻。后来慧华上了金华一所中专,毕业后分配在黄岩粮食局,在北方上大学的我假期回乡有时会在大街上看见她,却发现其身材并不高。

也正因为我变化比较大,慧华已经认不出老同学了。虽然我在初一做过数学课代表,却与做班长的慧华没有多少交往,加上成年以后,并没有发现她对我有特别的吸引力。因此,我在最初的犹豫之后,与她擦肩而过了。虽然我感觉这样做是不对的,但一直没能改变过来。

除了慧华以外,班上还有一位女同学我始终记着,她叫徐亚萍。名字虽然比较大众化,却有不同凡响的气质,尤其那双明亮清澈的眼睛，宁静中带有一丝忧郁。亚萍母亲和我母亲一样，也是小学公办教员，却是在最偏僻的竹岭村。因为是同一个乡，开教师大会时两位母亲会碰到一起，她们之间的关系还不错。

听母亲讲，亚萍母亲也姓徐，可能是单亲家庭的缘故，女儿跟了母亲的姓。但我们同学一年之后，亚萍的母亲就调到外乡去了，很可能是另外一个县，连我母亲也不知道。从那以后，我再也没有见到过亚萍，也没有听到过她的任何消息。

亚萍之所以让我难以忘怀，是因为她既美丽优雅，又是班上的文艺委员。用现在的话讲，她是我们的"班花"。本来，像她这样吸引人的女孩我那时是不懂得如何交往的。即便有机会和她单独相处，也必定是羞怯得不知道说什么才好。

可是，在林彪摔死于蒙古国的温都尔汗两年以后，中国掀起了一场新的政治运动，那就是"批林批孔"。1974年春节前夕，很多工厂、部队和学校都组织起了"批林批孔"文艺宣传队，到农村到街头到工厂巡回演出。王林中学也不甘落后，而我可能因为是城镇户口，算是半个城里人，被招募进学校文艺宣传队，这样便与亚萍有了更多接触的机会。

2

其实，早在1973年夏天，毛泽东就亲自部署了一场新的政治运动。他在一次谈话中指出，林彪和国民党一样，都是"尊孔反法"的。他认为，法家在历史上是向前进的，儒家是开倒车的。同年年底发起的"反右倾回潮"运动，矛头暗指党内第二号人物周恩来。翌年初，毛泽东批准转发了由江青主持选编的《林彪与孔孟之道》，"批林批孔"运动正式拉开序幕。

在开展"批林批孔"运动的同时，一场称为"评法批儒"的舆论攻势也大张旗鼓地进行着。从文化上褒扬中国历史上主张严刑峻法的法家人物[①]，如管仲、吴起、商鞅、韩非、李斯等，同时批判儒家代表剥削阶级利益，批判他们逆历史潮流而动，尤其是孔子"孔老二"，一定要批倒批臭。

趁着放寒假，王林中学的文艺宣传队迅速排练好一批节目，每天晚上到不同的生产大队为乡亲们演出。具体节目我记不确切了，从有关文献里搜得一些看似眼熟的内容，列表如下：

  舞蹈：《北京有个金太阳》；
  器乐合奏：《东方红》；
  诗朗诵：《大海航行靠舵手》；
  锣鼓快板：《文化大革命就是好》；
  男声小合唱：《爹亲娘亲不如毛主席亲》；
  表演唱：《十不忘阶级斗争》；

---

① 法家是战国时期以法治为核心思想的重要学派，在公检法被砸烂的"文革"后期被奉为真理的化身，实属荒唐，其目的当然是为了树立个人权威。

《红色记忆:宣传队》,水墨画,孟祥平作

独舞:《哈达献给毛主席》;
对口词:《种田为革命》;
女声独唱:《唱支山歌给党听》;
语录歌曲:《革命不是请客吃饭》;
女声表演唱:《贫下中农一条心》;
快板书《抓革命、促生产》;
三句半:《破四旧、立四新》;
小戏:《忆苦会》。

因为年少无知,同学们与农民伯伯一样,对法家、儒家之类的分不大清楚,更不知道"批林批孔"是为了批周恩来，因此这方面的节目中学生很少演出。取而代之的是，歌唱伟大领袖毛主席，那样肯定不会犯错误。记得我那时参演的节目叫三句半，四位男生一起上台，我是表演最后半句的那个人。

说到三句半，其实在唐朝便有了，那时称作十七字诗，前三行每行各五字，最后一行两个字。三句半在"文革"时最为流行，但已经没有那么严格和押韵了，前三句并非五字不可，最后半句也不一定是两个字，可以是一个字或三个字。值得一提的是，后来我在东京担任俳句比赛的评委和颁奖嘉宾，才发现日本人的俳句也是十七字，只不过分成三行，每行分别是五、七、五字。

遗憾的是，我对自己表演过的内容一点都不记得。只记得每晚看演出的农民不少，结束时大家一起上台演唱《大海航行靠舵手》。此外，还对一则黄帅式的反潮流快板书有点印象。

批斗会：舌战某物理教师

"磁场是舞厅，
"正电子是男舞伴，
"负电子是女舞伴。"
"你，居心何在？"

"形象地说明物理知识，

"同性相斥,

"异性相吸。"

"呸！流氓！"

此处"舌战"两字应出自《三国演义》"诸葛亮舌战群儒"之典故，"文革"时期诸葛亮被认为是法家的代表人物，因此得到推崇。他是个"不倒翁"。

3

可以说，那两个星期的排练和演出是我童年时代最快乐的时光，因为每个人（尤其是孩子）都有在公众面前展示自己才艺的欲望，这也是今日中国卡拉OK和选秀节目盛行不衰的主要原因。由于我们以步代车，演出结束又比较晚了，生产大队除了用红枣汤慰劳我们以外，还提供住宿。当然了，那都是大通铺，有好几个晚上，宣传队的全体同学住在一个大房间里，中间用一道布帘把男女生隔开。

回想起来，那可是些迷人的夜晚，无论男生还是女生都不会马上睡着，而是熄了灯聊天。没有人撒娇，也没有人讲黄段子，那是一个纯真的年代，大家各自回忆自己的童年趣事，可谓难得的精神飨宴。平生第一次，我享受到了集体主义和夜生活的快乐。

随着时间的推移，那些个夜晚的谈话内容一概忘却了，我甚至不记得谈话的其他对象。或许，这是因为我太专注于那个叫亚萍的女同学的缘故。她是我们宣传队的顶梁柱,不仅能歌善舞,而且兼做报幕员。那时候没有电视机,因此不知道还有主持人这个角色,报幕员就等于是主持人了。

可以肯定的是,我与亚萍在黑暗中隔着布帘说过几句话。有一天晚上聊天结束以后,想到我和她竟躺在同一个房间里,兴奋得难以入眠。第二天早晨见到她时,表情仍有些不自然,脸红得不知道说什么才好。让我深感遗憾的是,我们从来没在同一个节目里演过戏,但每当她报幕时叫出我的名字,心里头有一种说不出来的感觉。

可是,那年暑假来临之前,亚萍便随着母亲工作的调动离开了王林中学,从此音讯全无。多年以后,我游历意大利的佛罗伦萨时,曾忽然冒出一个念头,假如亚萍多留一年或半载,她会否成为我的贝雅特里齐或劳拉①呢?而亚萍走后的第二年春天,我也随母亲离开了王林中学。

巧合的是,等到秋天来临,我升入江口中学高中部,班上的文艺委员竟然也是一位名叫亚萍的女同学,她不姓徐而姓符,两者仅有一个辅音字母之差。令人惊奇的是,高中的亚萍也能歌善舞、活泼可爱,是班上最吸引男生的女生之一。可是,随着"四人帮"的垮台,中学再不需要组织深入乡村的文艺宣传队了,从此我没有再上过舞台。

---

① 贝雅特里齐和劳拉分别是意大利诗人但丁和彼得拉克的缪斯,后者的诗全集被分成《劳拉在世所作》和《劳拉去世后所作》两部。

直到有一天我意外地成为诗人，屡屡在世界各地登台朗诵，并偶尔与管弦乐团合作演出。

那时，我们高中班上七十二位同学中，有近半数是女生，其中语文课代表叫高秀玲。不仅人长得像名字一样秀气，学习成绩也名列前茅。后来她上了大学，且毕业后留在杭州城，当上省外经贸厅的处长，成了对外友好界的省政协委员，我们不时会在一些公众场合相遇。可是那时候，因为家庭出身不好，她的性格也比较内向。两个地主家的后代，自然要避嫌不在一起说话，也因为如此，我没有感觉到她对我有吸引力。

在参加"批林批孔"文宣队整整十年以后，因为一个素昧平生的女孩的缘故，我在黄河南岸的济南写下了第一首诗《路灯下的少女》，起因于元旦前夕一个美丽的误会。那女孩亭亭玉立，在瑟瑟寒风中站在一棵梧桐树下，错把过路的我当成等待已久的男友了，故而毫不犹豫地扑进我的怀抱。她自然是失望而退了，而我当天夜里也辗转难眠。翌日早上醒来，口中念念有词，于是把它记录了下来。

一直以来，我试图回忆那年寒假和亚萍在一起时的演出，想写作一首纪念的诗，却未能成功。出现在我脑海深处里的一幕幕始终是我和同学们，从一个村庄徒步前往另一个村庄演出的情景。这一幕有时又与另一幕难以消退的记忆重合，那就是去杜岐乡赶集路上所见到的突突鸣响的拖拉机。终于有一天，一辆拖拉机驶入我的诗歌王国，而

农用的手扶拖拉机。作者摄于奈良

那个叫亚萍的女生,也幻化成为一名村姑(这首诗后来在法语世界受到青睐更是出乎我的意料)。

村姑在有篷盖的拖拉机里远去

我在乡村大路上行走
一辆拖拉机从身后驶过
我悠然回眸的瞬间
与村姑的目光遽然相遇

在迅即逝去的轰鸣声中

矩形的篷盖蓦然变大
它将路边的麦田挤缩到
我无限扩张的视域一隅

而她头上的围巾飘扬如一面旗帜
她那双硕大无朋的脚丫
从霍安·米罗的画笔下不断生长
一直到我伸手可触

1988，杭州

21. 父 亲

> 此后不久的一天,父亲突然来到了王林施村。那是我记事以来,第一次正面看见他。
>
> ——题记

1

我幼年时代对父亲的记忆荡然无存。据说父亲给我取名的那天,曾不无得意地向十岁的未名解释这个名字的由来,也就是《出生》一篇里所写的杜甫之诗《丽人行》开头那句,那时父亲正值壮年。这个记忆在未名的脑海里挥之不去,我不止一次地听他和人叙述。而"未名"这个名字,似乎与未名湖并无直接的联系,虽然他出生前一年,未名湖因为院系调整由燕京大学划归父亲的母校北京大学。

记得母亲曾告诉我,未名小时候她在文化馆工作,单位里多是年轻人,他们都喜欢跟未名玩,他也因此练就了一口标准的普通话。每当未名有了名字,还得征求大家的意见,结果屡屡被驳回,未能获得一致通过,反而有了小名"大家的"。直到他要上幼儿园,报名的时候必须填写名字,父亲灵机一动,为他取名未名。而我本人意识里对父亲的最初记忆,则是在十岁前后。

有一天,我被从鄂伦春族的加格达奇回黄岩探亲的子鹏哥接进县城里玩,刚好父亲走在我们前面。在子鹏哥的指点下,我远远地看到了一个陌生的背影,心头突然一阵缩紧,那应该是血缘关系的牵引。不巧的是,那天刚好遇上了集市,街上行人特别多,很快父亲便消失不见了。这个背影是如此模糊,以至于过了一些时日,连轮廓也不复存在了。

此后不久的一天早上,父亲突然来到了王林施村。那是我记事以来,第一次正面看见他。虽然穿着打扮还算精神,但毕竟已五十多岁了,早年的英俊不复存在。那是一个晴朗的星期天早上,具体季节我已经记不得了,父亲一路打听着找到施老太太的家,刚好我和母亲都在。寒暄了几句以后,母亲便打发我到外面去玩。好奇的邻居大妈和孩子们纷纷围拢到窗前,在那里东张西望,我却远远地躲开了。

那次我没叫父亲,母亲也没有要求我那样做,我只是冲他点点头,父亲没有留下来吃午饭,便匆匆回城里去了。我清晰地记得,那天我的心情忐忑不安。直到多年以后,父亲已经过世,有一次我从济南回家过暑假,母亲才告诉我,那次父亲来王林施村是和她谈离婚的事。虽说他们分居将近十年了,但母亲似乎对父亲还很有感情,她没有答应。或许,母亲是为了未名和我才那样。

母亲为人大度,一向独立自主,但在这件事上,和那个年代的其他中国妇女没什么两样。而只要母亲不同意,父亲想离婚就不成了，尤其他还是个"摘帽右派"。果然，父亲后来再也没提过此事，而我对他十几年来的生活了解甚少。等到我上大学以后，在未名的撮合下，他和母亲又生活在了一起。父亲病故以后，母亲每每说起父亲，仍称赞他是个好同志，无论作为一个领导、一个教师或一个农民、一个技工。在母亲眼里，父亲近乎完美，只是在个人问题上处理不当。

在母亲的心目中，总认为我有了母爱（尤其她是一个如此坚强的母亲）便拥有了一切，不再有别的需要了。而我竟然也从来不问她有关父亲的事，更不像有些故事或电影里描写的那样，哭天喊地地问母亲要父亲。看来一个人的习惯大多是后天养成的，从小没和父亲一起生活，自然对父亲也没什么依赖性。

在人类社会里，无论过去、现在或将来，无论中国还是外国，此类事情都经常发生。而从生理学或心理学的角度来看，每个孩子都有需要和想念父亲的时刻。写到这里，我突然对童年的自己产生了怜悯之心，再联想到自个儿一贯独来独往、不甚合群的个性，似乎多少可以自我谅解了。

2

回想之翼

当我忆及遥远的往昔
怀着兴味，听从幻想的劝告

> 一双因患冻疮而肿大的手
> 在白色的窗帘布后出现
> 一位死去很久的亲人的脸
> 一片淡紫色的幽远
> 被一个感觉的鼹鼠丘破坏
> 像一座石板地的旧式楼房
> 以此伤害了黑夜的眼睑
> 一把精心制作的扶手椅
> 和一个并不丰富的藏书架
> 回想之翼的两次扑动

多年以后,当我在太平洋彼岸的加利福尼亚,写下了这首悼念之诗,此时父亲去世已经十三个年头了。而离子鹏哥第一次带我去县中看望父亲,更是相隔了二十三年。这首诗里出现了父亲亲手制作的两件木质家具:藏书架和扶手椅。那时我已经明白,为何子鹏哥要带我去见父亲,他因为那次集市错过让我们父子相见而内疚。那是我记事以来第三次见到父亲,彼此说了不少话,也合了影,对确立我们父子关系尤为重要。

父亲"右派"摘帽以后,回到县中教了几年书,等到"文革"来临,他再次转变成体力劳动者。不过,这回父亲不是去牧场,而是去了工厂。他先是到八一车厂模具车间干了半年活儿,与子鹏哥的兄长成为工友,继而进了校办的模具工厂。父亲有一双灵巧的手,不仅擅长种田、养牛等农活，做起木工来也很快上路。即使对木匠来说，模具也是要求极高的一个工种，父亲中年以后才开始学做木工，很快成为厂里的技术骨干。可以说，他的动手能力为我辈所不及。

直到父亲去世四十多年以后，他当年的学生、已从浙江（杭州）大学生物系退休的阮积惠老师告诉我，他的高中同班有位姓沈的同学是黄岩头陀乡人。沈同学的爸爸是木匠，我父亲在黄中农场干活时，有时候会找他修理农具，久而久之便相熟了，正是沈木匠教会了我父亲木工技艺。

让父亲美名远扬的还有他的烹饪技术，这也是他在"文革"期间练就的本领，他与县里最出色的厨师、县委招待所的王启芳是好朋友。在此以前，无论做一校之长还是被迫下放的"右派"，他都没有这等闲情逸致。随着年岁的增长，他内心的孤独感愈加明显，做木工活和烹饪，或许能够有所减缓。与此同时，父爱的一面也更多地显示出来。在未名作为知识青年回访团成员即将返回黑龙江的头天晚上，他在家里设宴饯行，被邀请的还有未名的几位好友，包括子鹏哥在内。

那时候县城里没有煤气或天然气，甚至电炉也不准用，父亲只有一台煤油炉。就是凭着这样简陋的设施，父亲调理出一桌美味佳肴，我最喜欢吃的一道菜是用捣碎的荸荠和白糖做的，香脆可口。我不记得它的名字，反正此后再也没有品尝过。留存在我记忆里更多的是父亲紧握菜刀的那双手，尤其当他用力切从冰凉的水缸里捞出来的坚硬的年糕时。虽然时光流逝，那双因患冻疮而肿大的手仍历历在目。值得一提的是,就在那次难得的晚宴上,还发生了一件趣事,被在场的客人们牢牢地记住了。

那会儿,在座的几位后生都喝得有点高了,尤其一位叫风沙的未名同学(与未名同一公社插队),已经脸红耳赤了。另一位叫仙鹅的同学性格活跃,比子鹏爱讲笑话,那天也喝了不少,用一种拖腔的北方官话给大家逗乐。突然之间,我拿起酒瓶往风沙的空杯子里猛倒,这个举动让父亲略显尴尬,也让在场的客人大感意外,因为此前我一直安安静静地坐在旁边。风沙想移开酒杯已来不及了,几秒钟以后,大家才恍然大悟,继而哈哈大笑。

原来,拎在我手上的是一只空瓶。或许,那是我童年最开心的一刻。事实上,那也是我有生以来第一次参加这样的聚会。那会儿,"文革"已经临近尾声了。多年以后,因娶了战争遗孤移居日本的风沙邀请我在访美归国途中作客名古屋,多少也与那次晚宴和那只空酒瓶子的缘分有关。那是我许多次日本之行的头一回,风沙哥开车来东京成田机场接我,随后带我游览了富士山和芦之湖①。

3

成年以后我才得知,父亲的本名叫显福,其中"显"是

---

① 芦之湖,日本本州箱根旅游区的火山湖,背倚着富士山,水深七百多米,环湖长约十八公里。

辈分，是他们兄弟四人所共有的。2007年夏天，我赴昆明参加《新周刊》组织的文化活动期间，曾到西南联大纪念馆查阅过父亲入学注册的名字，果然也是蔡显福。解放以后，父亲觉得这个名字太过封建，自己把它改为海南。这与那座后来成为省名的岛屿无关，而是因为他自幼在东海的南田岛长大。父亲当然没有想到，在他去世四年以后，中国重返奥林匹克大家庭，第一次参加洛杉矶夏季奥运会启用的国名缩写便是CHN，这与父亲全名的首字母完全一致。

在那次对弈和象棋比赛以后，父亲对我便刮目相看了。之后我曾独自进城看望过他，对此母亲一直鼓励。等我参加完地区棋类运动会，从仙居回到黄岩，又一次住在父亲那里，那时我的高中毕业典礼已经开过。父亲告诉我，他已经为我准备了一套木匠工具，等我过完暑假，便教我学做木工，希望将来我能以此养家糊口。没想到的是，由于邓小平的复出，高考制度很快恢复了。

大人们都说我们运气好，赶上了好时光。事实也是如此，无论与父母相比，还是与未名相比，我都要更幸运。我后来想过，我平常做事毛手毛脚的，假如真跟父亲学做木工，恐怕也成不了一个好木匠。我还想过，我的好运是否得益于父亲的原名（显福）。说到个性，从近年来"黄中"学生回忆父亲的只言片语里我了解到，即使在反右以前，他也是比较沉稳的。据父亲当年的学生、大学毕业后又回"黄中"执教的符老师回忆，父亲留给她最难忘的印象是给全校师生做报告的场景。他站在台上，不带讲稿，背着双手，缓慢地在那里来回踱步,他讲得很动听,台下一片肃静。

在"文革"的最后几年,父亲已经离开模具工厂重返讲台了。他成为"黄中"英语教研组的一员,给几个班的高中生授课。这批学生中,有不少在高考恢复后上了大学,他们中有的成为我的同学或校友,还有的成了我的同事。而我却终究没有听过他的一次课,这已成了不可改变的事实。

据父亲晚年的几位学生回忆,他对那些基础较差(尤其是农村)的同学特别关心,经常给他们开小灶,让他们课后到他的寝室,逐一纠正他们英文音标的发音。因为房间太小,椅子不够,父亲特意为同学们准备了马扎。而在

1955年,父亲(后排右五)与"黄中"师生在一起

我的记忆里,那时父亲可以订阅《参考消息》了,他还经常收听"美国之音"的英语广播。在我报名参加高考以后,父亲帮我突击补习过英语,后来居然得了49分(录取时只作参考分),那足以让我在大学期间英语成绩一直在全年级名列前茅。

我还记得,父亲曾起草过一份万言书,一遍又一遍地修改誊抄,最后亲自到邮局挂号投寄,收件人是当时的教育部长刘西尧。父亲和我讲起过,他信里的主要内容是关于教育改革的建议,或许包括恢复高考的祈求,在那时似乎有些超前了,况且那不是一个部长所能决定的。虽然那位新四军出身的部长先生没有任何回复,但时局已经发生变化,父亲再也不会因此而获罪了。

遗憾的是,父亲空有未酬的壮志。不仅如此,在经历了二十多年的磨难和政治风波,盼望着重新投入工作的时刻,可怕的病魔已经悄悄地潜入他的身体。父亲是在我大二那年,他本人"右派"平反改进的当年,查出患有胃癌的。那时他已经年近花甲,恢复党籍,复又担任县中的第一副校长了。接下来自然是要住院、开刀、化疗,好在母亲已退休,在身边全力照料他。那时兄嫂也回家乡工作了,他们在各个方面都十分能干。

由于胃癌是相对比较容易医治的恶性肿瘤,且父亲的病发现得较早,因此他没有去杭州或上海。台州医院派出最有经验的外科医生为父亲主刀,刚好也是他早年的学生。可是,也正因为给老校长开刀,主刀医生过于紧张,结果手术没有处理干净，不久被迫进行了第二次手术，那会儿恐怕已经不是早期了。1980年寒假，我从济南回乡探亲，父亲已从医院里返回家中，他的胃被切除了四分之三，加上化疗，脸色蜡黄，身体非常虚弱。

显然，父亲有了不祥的预兆，他要求在他的卧室里搭一张小床，让我和他同住一室。那时父亲已搬到楼上的一个房间，这是我们父子俩最后的三个星期。可是，我那时年少无知，没有任何预感，天真地相信父亲能挺过这一关。因此，我既没有特别悲伤，也没有留意他说的话，甚至告别的时候也比较平静。心里想，既然医生让父亲回家，应该不会有问题，或许父亲只是想和我亲近一点。

六月初的一天上午，我正在上"数学分析"大课，课间休息的时候，家住济南的姜华同学交给我一封家书。熟悉的白底信封，上面有三道浅色的黄虚线，蓝墨水秀丽的笔迹，是母亲寄来的。我当即拆开来，才知父亲已于5月20日病故，追悼会也已开过了。

母亲之所以未召我回家与父亲诀别，是怕我太过悲痛，身心受到伤害。在上课铃声再度响起的时候，我趴在课桌上泪流满面。父亲被安葬在九峰公园附近方山脚下的一块坡地上，面朝着黄岩县城，那儿离地面有一百来米高，需要拨开许多荒草和荆棘才能到达。在母亲迁居杭州以后，那片荒草和墓碑也成了我对故乡的主要牵挂。

那年夏天，在母亲的盼咐和安排下，我并没有返回故乡，而是从济南坐火车到了北京，在小姑姑家里过了一个暑假。说到小姑,她本是家中老小,又是独女,是祖父的掌上明珠,也是蔡家最革命的一位成员。在《外婆》一节里已经讲到土改时她大义灭亲,向组织上揭发蔡家在南田岛上垦荒的土地,使得我们的家庭成分被划为地主。

虽然如此,父亲与小姑的关系仍很亲密,毕竟是血脉相连。不幸的是,姑父在唐山大地震那会儿便病故了。那是1976年夏天,这也为父亲在相隔多年以后返回京城和母校提供了理由。那时的北京城应是荒凉一片,远远不如父亲读大学的年代。

虽说父亲以一位诗人的诗句为我命名,也因为一位诗人的散文确立了我未来的专业和大学,但他恐怕不曾想

从父亲坟前俯瞰黄岩新城　作者摄

到,他那自小在乡村长大的小儿子会成为一名诗人,并游历了整个世界。而最初教会我准确说英文写英文的,正是他老人家。

2007年春节前夕,在父亲故去将近二十七年以后,由未名做主,将他的遗骸从黄岩移至富春江畔,与母亲合葬一处。那是一座依山而建、毗邻富阳东洲岛的公墓。从那以后,我便卸下了对故乡物质上的最后一丝牵挂。下葬时,有一个细节让我难以忘怀,纵然光阴流逝,血肉之躯腐化,但由于父亲是土葬,他的遗骸竟比火葬的母亲多出一倍。

22. 迁 移

> 大概正是因为童年时代迁移太过频繁，我工作以后没挪动过，一直居住在杭州。
>
> ——题记

1

1975年春节刚过，我和母亲便离开了生活四年的王林施村。在我的记忆里，母亲在有生之年从未返回过故地。而我自己则在新千年的某一个寒假，带女儿回到那个童年居住最久的村庄，多少有些超前地体验了唐代诗人宋之问①所描述的甜蜜而复杂的心情："近乡情更怯，不敢问来人。"不过，想到只回过一次老家的毛泽东也在一首七律《到韶山》（1959）②里写道：

---

① 宋之问（656—712），山西汾阳人，初唐诗人，一生出入官场，最后被唐玄宗李隆基赐死。
② 1966年6月，毛泽东也曾回韶山水滴洞住了十一天，但未见一个乡亲。据说他在洞里写了一首给江青的诗体家书《七律·有所思》，同时酝酿了"文化大革命"。

> 别梦依稀咒逝川,故园三十二年前。

我返回故地的时间也许是合适的,而且我只是悄然进入,悄然离开,只见到母亲的好友理发师一家。

因为"肖像事件",母亲作为"现行反革命分子"曾在县城大街上被批斗,如果我们继续待在王林,那我升高中的希望就会落空,王林中学的毕业生升入的高中部正好是澄江中学。多年以后我曾经分析过,母亲(和绝大多数家长一样)之所以为我的升学操心,并不是担心我失去学习知识的机会(那时候的学校实在没什么可学),而是担心我一旦失学之后无所事事。这种想法其实是出于一种习惯性的思维,也并非放之四海而皆准。

据我所知,在近代文明发祥地的欧洲,就有一些家长因为不喜欢学校的教育方式,或由于子女的身体孱弱,宁愿自己教育或聘请家庭教师,比如注重数学和语言训练的犹太式家庭教育,比如同为哲学家兼数学家的帕斯卡尔和罗素[①]。而在古代中国,历朝私学盛行,但在"文革"时期,却不曾听说有这方面的例子。

经过几番思量和联系之后,母亲决定再次改行。这回她放弃了教师的职位,但并不是重操旧业,做一名教务秘书或会计,而是到与王林一水之隔的江口,在江口中学做

[①] 罗素十八岁以前从未上学,家里为他聘请家庭教师;帕斯卡尔则一直由父亲亲自教育。

了一名出纳。江口中学虽然也没有知名度，但却有高中部，生源是附近几个乡的农民子弟。校长姓卢，就是后来成为我"伯乐"的那位棋友。他认识母亲多年，相信她的为人。因学校当时正在修建新校舍，有较大的资金进出，母亲除了做学校出纳以外，也兼基建项目的会计。这位卢校长听说我是个聪明的学生，因此为我的升学打了包票。在那个特殊的年代，这样的交易也不失为一种公平。

也因为如此，我很早就了解到会计与出纳之间的区别。简单地说就是，会计管账，出纳管钱。具体一点，所有资金流动的账目，比如每一笔支出和收入的原因，都要由会计做成账本，而出纳根据单据管理财务，资金的流向和多少要与账本吻合。所以会计和出纳不能一个人兼任，严格来说不能有亲密关系，最好不在一个办公室里。不然的话，如果会计和出纳狼狈为奸，没人监督，那就容易出事了。然而，卢校长却对母亲信任有加。据母亲晚年回忆，每次发工资时如果看到有我站在她身后，便大胆放心了。

虽然这次迁移比起上回从委羽山到王林施的迁移晚了四年，也就是说，我从七岁长到了十一岁，可是记忆反而变得更为模糊了。我不记得当时使用的搬家工具，如果是手推车的话，那应该是江口雇来的，因为王林施村一出门就是渡船。当然，也有可能绕道黄岩县城，那样的话，路就远了两倍。

只是从后来一直延续不断地填写的个人简历表里，我才确认那次搬迁是在初二的那个寒假。同样不记得的是，那次迁移有哪些乡邻前来送别,但至少有母亲最要好的两个朋友——敏文的母亲和理发师的妻子,后者养了四个女儿以后终于生下了一个宝贝儿子。最难过的应该是施老太太了,她失去了唯一的房客,由于她年事已高,我们恐怕不会再有机会见面了。

2

如果沿用巴黎人对塞纳河两岸的称谓(这个法则就像电磁学中的右手螺旋法则一样在西方通用),即以顺水方向判定河流左岸和右岸的话,那么王林是在永宁江的左岸,而江口是在右岸。当然,我这样分类并非是想与巴黎的小资产阶级发生联系。之所以称为江口或三江口,那是

山下廊村东官河上的铁桥　作者摄

小时候经常光顾的山下廊路廊依然还在　作者摄

因为乡政府所在地江口镇正好位于永宁江汇入灵江的地方。灵江上游流经那时的台州地区所在地——临海，出海处则是在如今的台州市府所在地——海门。可是，"文革"期间江口中学并非在江口镇，而是在一个叫山下廊的小山村里。

山下廊是在一座叫方山的大山脚下，我在回忆上一次迁移时曾提到过这座大山，县城东边的九峰公园就在它的一个山岙里头。它不愧叫"方"山，延伸到山下廊一带的时候，恰好转了九十度的大弯，坐落在村子的南面，因此没有影响到我们看日出日落。

山脚下有条十来米宽的河流，叫东官河，堪称连接县城和海门镇的水上要道，两地每天对开一班客轮。虽然时间比较长，但由于那时候这两个主要城镇之间的公路需绕道路桥，而永宁江上的客轮始发时间又随潮水变化，因此很多旅客选择乘坐这条内河航线。客轮一般由两艘船组成，前面一艘是载人动力船，后面一艘是拖轮，中间用绳子连接。遇到节假日客源充足的话，后面再加一艘。多年以后我才发现，东官河与连接樊川小学和县城的南官河不仅只差一个字，且两者交汇于县城，随后便注入永宁江。

山下廊村的民居沿着河流两岸修建，因此它不像一般村庄那样呈封闭状，而是开放的。这样一来，原先在我头脑里形成的村庄概念便被破坏了。不仅如此，江口中学的旧校舍是一个有围墙的大院落，老师宿舍都在里面。也就是说，我们不再有房东，不再有可以随意走动的邻居，也不再有设摊的棋友了。

后来我发现，山下廊村与王林施村的差别，正如我奶奶老家枫树脚塘和外婆老家樊岙的差别，这种地理上的开放性和封闭性的不同，也导致了村民个性的差别。相对来说，我父亲家族亲戚之间的人情关系，比母亲家族亲戚之间来得淡漠。

虽说比起王林施来，山下廊与县城之间的距离并没有缩短，但却有一个显著的差异。山下廊与县城之间没有江水阻隔，也就是说，即使在夜晚也可以通行无阻。这一点非常重要，在王林施，假如村民在夜里遇到不测，需要送县城医院进行抢救的话，那就必须从陆路绕道三十多里，因为天一黑摆渡就停止了，那时的永宁江只有流经县城时才建有一座大桥。

谢天谢地，这一地理上的优点或好处我和母亲一次也没有享受到。相反，山下廊让我失去了童年在王林施拥有的许多乐趣，比如在江边眺望小火轮、等待涨潮时刻、捕捉小红虾，等等。不过，山下廊也有着王林施最缺乏的东西，那就是电，我们终于又有了电灯，就像从前在委羽山村一样。

此外，山下廊还有一个好处。毕竟它是一所中学，校园外面有半个操场，场边竖立了一个篮球架，我们可以在那里打"半篮"。即使是放学以后，还有几个教工子弟可以一起玩，包括卢校长的儿子。操场的一边是农田，另一边有村民的房子。我对篮球的喜爱一直持续到今天，但那时我们是看不到NBA的，甚至没有听说过。算起来，那正好是张伯伦的年代，而与我同龄的迈克尔·乔丹也还是一个中学生。

除了操场，山下廊让我记忆深刻的地方是离学校不远处的那个路廊。所谓路廊是指建在路中央的房子，可谓一种简易的驿站，据说驿站的历史有三千年，想必路廊的历史更为久远。古时山高路远，乡民们在荒山野岭间建个亭子，供旅途劳顿的人歇脚，喝口凉茶，也可以避雨遮日。路廊里有时会有闲坐的老人，每与路人说着村野故事，听众中时有文人墨客，古人云："进三年书房，勿如坐一年路廊。"相传蒲松龄就是在路廊里给人供水听故事，写成了《聊斋志异》。

因为这间路廊就在方山脚下，我可以推测，它便是村名的来历，因此历史应该比较悠久。路廊就在河边，与客运码头近在咫尺,从前它应该是纤夫歇脚的地方。路廊旁边有一座桥梁,也是村里的交通要道。路廊里面有一家小卖部,那里不仅卖学习用品,也是我常被母亲差遣去买油盐酱醋的地方。

3

随着改革开放和技术时代的到来,经济和商业日益繁荣,各种工作岗位的竞争日趋激烈,人们更加频繁地改变工作地点。迁移或搬家成了一种十分常见的现象,这首先造就了一种新的有利可图的企业——搬家公司。其次,也带来了语言上的变化,比如普通话的推广、方言的淡化甚或口音的消失。可是,频繁的迁移也使得许多相知的人失去联系,造成情感上的困惑,青梅竹马的故事变成一种遥远的传说。

而在20世纪70年代的中国,情况并非如此,除了知识青年上山下乡和少数工农兵被推荐上大学以外,亿万人民几乎原地不动。以拥有百万人口的黄岩县为例,县府所在地的城关镇每天仅有一辆四十座的客车发往省城杭州。即便是这辆车里的旅客,也大多是外出公差或开会的政府机关工作人员。

相比之下,像我和母亲这样不断迁移的(虽然是在县内的小范围)属于极少数,这类少数人的迁移也是迫于无奈,并非是为了获得更好的待遇和收入。大概正是因为童年时代迁移太过频繁，我工作以后没有挪动过，一直居住在杭州。不过，我却幸运地每年获得远游的机会，或许，这是我童年去的地方太少的一种补偿。

如果把十二周岁看作童年和少年的分界点，那么我来到山下廊以后的第一个生日便是一个新的起点。长大以后我发现，虽然陆路交通通常以身高为标准来划分票价，航空公司（无论中国还是外国）却是以十二周岁作为儿童票和成人票的界限。与此同时，我留在母亲身边的时间只剩两年多了，这一点无论母亲还是我都没有意识或预见到。一如既往的生日，母亲给我做了一碗鸡蛋面，我唯一可以选择的是机器面或米面。

回想起来，除了年龄差异以外，童年和少年的最大区别在于，前者属于纯真年代，后者多少带有邪恶的品行。这个我本人就有体验，那首《橡皮》的诗歌描绘的是一种天真无邪的游戏，而接下来我要经历的事情就有些龌龊了。虽然那类行为属于可以原谅的青春期骚动，但仍然难以启齿。不过，假如一个少年从没做过龌龊的事情，他又如何能变得成熟稳重呢？

在而立之年即将到来之际，一个雨过天晴的午后，我曾写过一首《那些日子随着暮霭一起消失》的田园抒情诗，来缅怀我那永远逝去的王林施村的童年。诗中似乎看不出那个年代的一点痕迹，这份心灵的宁静和单纯来自何处，连我自己也搞不清，或许，它来自诗歌本身，来自那股无形的力量的源泉。

那些日子随着暮霭一起消失

那些日子随着暮霭一起消失
而记忆像青草一样漫漫生长
一个农夫,赶着一头健壮的水牛
耕耘在白云的田野上
他的女儿们如春天的小鸟
叽叽喳喳,从树巢上醒来

那些日子像植被一样保留下来
欢声笑语和种子四处撒播
一朵野花,带着泥土的芬芳
开在心灵的田埂上
它的伙伴们,三三两两
向西,追逐着风筝的小主人

那些日子和落日一样是浑圆的
炊烟如竹笋一般笔直向上
一轮淡淡的弯月,漂漾在蓝天上
孑然一身,迷失了方向
她的小小的情人,捉住了七只蝴蝶
又累又乏,困倒在绿草地上

1992,杭州

23. 四　姨

> 可能因为张学良的红颜知己赵四小姐的缘故，老四在我印象里是个不错的排行。
>
> ——题记

1

四姨是我母亲五姐妹中最漂亮、最有学识的一个，本来也应该是最幸福的。大姨和二姨我连照片都没见到过，她们是外公的原配夫人所生，如果活着，该有一百多岁了。母亲在姐妹中排行第三，也是外婆的长女。接下来便是四姨，她比母亲年轻四岁，如今也已年近九旬了，是母亲兄弟姐妹中硕果仅存的一位。可能因为张学良的红颜知己赵四小姐的缘故，老四在我印象里是个不错的排行。

前文提到，母亲读到小学四年级时，南田岛上有个送到大陆读书的女孩，回乡探亲时因为打扮时髦引得乡邻议论纷纷。外婆因此认为女孩子书读多了不是件好事，便让她终止了学业。这使我想起两千五百多年前的萨摩斯岛（比南田岛略大），古希腊数学家兼哲学家毕达哥拉斯的出生地。该岛位于地中海最东端的爱琴海,与亚洲大陆最西端的小亚细亚(今土耳其)近在咫尺,而南田岛与亚洲大陆最东端的中国沿海也相距不远。

当年毕达哥拉斯从埃及和巴比伦等地游学归来,披着长发,穿着裤子(古希腊人崇尚裸体),很让岛上的乡邻看不惯,尤其是不能接受他的言谈举止。这无疑是岛民的保守心态使然,他们不让自己的孩子就读毕达哥拉斯创办的半圆学校,他只好永远地离开了故乡。毕达哥拉斯后来移民到亚平宁半岛,在那里创办了一所学园,形成了著名的毕达哥拉斯学派,想必也在毁灭希腊的罗马人中间播撒了文明的种子。

幸运的是,轮到四姨读完小学时,南田岛的社会风气变得稍许开明,她因此得以继续升学,念完了初中。不过,也只是到此为止,岛上没有高中。可是,她年轻时是一个有强烈进取心的女性,等到20世纪50年代,四姨通过自学,以同等学力考入了南京大学历史系。那时候她在天台县做文教干部,相当于如今颇为吃香的公务员吧。之后,她成了五姐妹中唯一的大学生,也是唯一跨出省界的。四姨后来告诉我,她之所以选择历史这门专业,是受到了三姐夫,也就是我父亲的影响。可是,当她大学才读完了一半,我父亲就变成了"右派"。

多年以后,我携家带口,驱车到苏北小城江都看望四姨。当天晚上,妻子悄悄地对我说,如果四姨嫁给你父亲,可能是比较圆满的。她说得有道理,四姨不仅在形象和学识上超过母亲,更主要的是她的性格豁达、脾气温和,比起母亲来容易相处。除此以外,四姨还擅长画国画,并在晚年以此为乐。不过,姻缘的问题是不能这么简单推断的,尤其在那个特定的年代。据说在南田岛时,曾有人想撮合四姨和小叔,爷爷奶奶得知后没有同意,他担心两姐妹媳妇要是联合起来,做公婆的对付不了。

本来,四姨有许多机会选择男友,她在南大读书期间担任班长一职,社交面比较宽广。但四姨上大学以前工作过,年龄偏大,个人问题迫在眉睫,有点像如今戏称的"剩女"。最让四姨抬不起头的是,她的家庭出身是地主,而当过国民党兵的小哥又身在海外。在那个年代,绝大多数出身不好的年轻人都像四姨那样,不反抗也不质疑,毕竟中国只有一个遇罗克[①]。

那时候,在一个人的成长过程中,需要填写几十份甚或几百份含有家庭出身栏目的表格。可以想象,在"有成分论"的年代,如果一个少女出身不好,那么她在填写那张表格的时候就会不安,不愿意让同学或同伴看到,即便别人原先已经知道。久而久之,即使美丽聪明也会变得没有自信。四姨就是这样一个女孩,因此她想找一个根正苗红的男友,以便日后有棵大树做靠山。

[①] 遇罗克(1942—1970),北京人,资本家出身。"右派"的双亲让他失去上大学的机会。1968年,他因为发表了反驳"血统论"的文章《出身论》被捕,两年后被执行枪决。

遇罗克与他的《出身论》

2

姨父正好满足四姨的这个要求和条件,他出身贫农,本人还参加过新四军,算是一个老革命了(他上大学想必和今天的奥运冠军一样可以享受免试的待遇)。果然,姨父后来在历次政治运动中幸免于难,只遇到过一些小波折,那自然也与四姨的出身有关。虽然姨父比四姨年轻两岁,这对同班同学在大学期间还是确立了恋爱关系。毕业前夕,两人领了结婚证,四姨的一生就这么决定了。

小两口先是被分配到武汉一所中专教书,可是不到一年,因为姨父不习惯那里的生活,他们只好离开大城市,双双返回姨父的苏北老家,在长江边一座叫大桥的小镇(隶属江都县)做了中学老师。没想到的是,四姨在那里一住就是半个多世纪。

江都位于扬州城东,京杭大运河在城南汇入长江,因此那里也成为南水北调的起点。据说江都水利枢纽工程的引排能力在亚洲名列前茅,并因此成为扬州近郊的一个游览胜地。在历史上,江都和扬州密不可分,比起临安和杭州的关系更加复杂。

扬州或江都已有近两千五百年的历史,且与"九"有缘。先是隋开皇九年,改吴州为扬州,至唐武德九年,扬州州府移至江都县。自此,江都和扬州便你中有我、我中有你了。清雍正九年,江都县分为江都、甘泉两县。民国时期,又将江都、甘泉两县合并,称江都县。直至1949年,又设立了扬州市,原江都县划分为扬州市、江都县、邗江县,江都复归属扬州。

正如杭州有"东南形胜""三吴都会"的美名,扬州也有"淮左名都""富甲天下"之誉。不仅如此,扬州和杭州一样,也留下了历代诗人颂扬的名篇佳作,并让游人铭记于心。这一点并不容易,别的城市导游手册上也有古代文人墨客留下的文字,可是游人一般看过即忘。

以唐朝为例,那时的扬州是南方一颗璀璨的明珠,为中原一带乃至全国的文人雅士所向往。从李白的"故人西辞黄鹤楼,烟花三月下扬州"到杜牧的"二十四桥明月夜,玉人何处教吹箫",从徐凝[①]的"天下三分明月夜,二

[①] 徐凝,唐代诗人,浙江桐庐人,生卒年不详。曾得到杭州刺史白居易赏识,被邀同饮,尽醉而归。这句诗出自绝句《忆扬州》,而白居易描写杭州最有名的诗叫《忆江南》,大概不能算是一种巧合。

四姨

分无赖是扬州"到皮日休①的"谁道隋亡为此河,至今千里赖通波",这些脍炙人口的诗句大大提升了扬州的魅力和知名度。

这其中,李白和皮日休的诗分别写的是扬州城和大运河,而杜牧和徐凝的诗咏的是瘦西湖。说到扬州的"瘦西湖",不得不令人想起杭州的西湖。为瘦西湖起名的果然是一个杭州人,他叫汪沆,是清代康熙、乾隆年间的诗人,他的藏书在江南也颇有名气。汪沆无意于仕途,也与民国年间修建在西湖边的汪庄无关,他和当时杭州的许多文人墨客一样,经常出入于扬州(别忘了有"扬州八怪")。

在一次游览了扬州风光之后,汪沆信笔挥毫,写下了一首诗:"垂杨不断接残芜,雁齿红桥俨画图。也是销金一锅子,故应唤作瘦西湖!"从此,"瘦西湖"的大名便风行天下。可是,在我看来,扬州后来的衰落也多少因为此名。本来,瘦西湖颇具特色,但它的风景与杭州西湖尚难相比。

不过,在我的童年,扬州和江都的吸引力一点也不比杭州逊色,就因为四姨的缘故。四姨是我的第一个通信对象,我不记得童年还和谁通过信,给我寄过礼物的小舅通常由母亲单独写信联系,而四姨给母亲的信函中会夹带着她写给我的小段文字,有时甚至会是一张单独的便条。四

---

① 皮日休(约838—约883),唐末诗人,湖北襄阳人。曾中进士,后参加黄巢起义,失败后下落不明。

姨也是我的"春节老人",如果我写信问她要什么礼物,她保准会答应并做到,比如铅笔盒和书包,比如钢笔和乒乓球拍。

遗憾的是,在幼时随母亲去南田岛看望外婆之后,考上大学之前,我再也没有见过四姨。那不仅因为路途遥远,而且因某些可知或不可知的原因,即便外婆去世那会儿,四姨也没有回南田老家。这当然不能怪她,甚至连同在浙江的母亲也不敢前去探视或送别外婆,因为那是在"文革"最残酷的年代,她们自身难保,而外婆偏偏又是地主婆。我的堂姐告诉我,她父母(我的大伯和伯母)去世那会儿,她也不敢回家,怕地主的帽子转戴到她头上。

3

1979年元月,我大一的寒假来临。一天上午,太阳已升得很高,在挤了一整个夜晚没有爬上火车(辅导员因此挨了校系领导的批评)之后,十五岁的我终于在警察的帮助下,在济南车站登上一列南下的客车。那时火车非常拥挤,济南又是过路站,即便有了车票,如果没有足够的力气或帮手,还是挤不上去的。那年我没有回到故乡,而是在苏北小镇大桥过了春节,那是我记事以来,第一次见到四姨,以往照片上所见的情影荡然无存了。

此后的二十年间,我还曾四次造访四姨,后面三次,她家已经搬到江都县城,住在县广播电视大学的教师宿舍内。四姨经过多次返聘以后，终于从副教授岗位上退休了。姨父依旧爱唠叨，他的性格非常率真。因为娶了地主的闺女，姨父原本光明的仕途遇到挫折，退休时屈居广播电视大学副校长。他们育有两个儿子，化工学院毕业后回到父母身边的老二，正是当年和我一同去南田觐见外祖母的那位表弟。

"文革"结束以后，四姨也曾两次回到浙江，与我母亲团聚。姐妹俩似乎有说不完的话，我这才发现，原来母亲一直在她们姐妹中间起主导作用，虽然妹妹的学识远高于姐姐。这是由个性的差异所引起的，四姨性格比较随和，她的婚姻一直比较稳定，至少未出现过大的波折。记得有一次，我陪四姨去南田岛，见到了众多的亲戚，包括传说中的舅母。原来她是四姨的初中同学，四姨还是她和小舅的红娘呢。

当然，四姨必然领着我去参拜外公外婆的墓，那是在樊岙村后面的小山坡上。我在墓碑上看见并记下了外公外婆的名字——谭衡甫和王安人。还有舅公，他跟着我外婆一起从黄岩宁溪来到南田，终生未娶，舅公的墓与我大舅和舅母的墓都在外公外婆的墓后头。同时我也得知，爷爷奶奶在终老以前，返回了温岭老家。

也是在那次旅途中，四姨告诉我，外公的原配夫人留下的一子两女中，大姨、二姨和大舅与外婆年纪相差不大，她要处理家里的关系十分不易。外婆自己又育有一子三女，此外，她还要帮助外公打点生意。据说大姨的儿子是上海的八级钳工,有意娶"守寡"十多年的舅母,外婆却坚决不同意。

早在温州小姨出生时(那时外公尚在世),外婆已不堪忍受家庭的重负和精神压力了。她狠了狠心,把小姨闷在木桶里。没想到第二天揭开桶盖,发现小生命依然存活,无奈之下才将其抚养成人。虽然小姨年轻时颇有几分姿色,智商和生活能力却有些偏低,这是她的个人和家庭不幸的主要原因。

记得有一位中国作家说过这样的话,如果一个作家一生所写的文字有一句话能让读者记住,那么这个作家就算是一个成功的作家。我记住了这句话,但却忘记了这位作家的名字和作品。四姨不是一个作家,但她讲过一句让我不会忘记的话,她说:"女人年轻就是漂亮。"而根据我的观察,女人的美貌和青春是因为丈夫或情人珍惜或有要求才得以长久保持,也与她们的艺术理解力和善解人意与否有关。

让我深感不安和遗憾的是,四姨和母亲这对经历了八十多年风风雨雨仍相互关爱、始终保持密切书信往来的亲姐妹,却在暮年因为一件小事闹得不愉快,那时她们已无力修补关系了。我在感叹生命无常的同时,也曾想到过,这是逝去的时光留给她们最后的痛。

24. 母 亲

> 母亲也有自得其乐的时候,那便是写信和读信。即使到了晚年,她通信的对象仍有几十位。
>
> ——题记

1

现在我终于要提笔,单独写写母亲了,虽说前面的每篇文字里,她都是必然出场的人物。母亲给了我们每个人生命,那是谁都无法选择的。对我个人而言,母亲的特殊意义在于,我生命最初的十四年,都是和她老人家一起度过的。而且,只有母子俩在一起生活。那以后,直到她老人家以八十四岁高龄谢世,除了我出国和女儿处于哺乳期以外,我们或者在寒暑假,或者在周末得以相聚。或许是因为太过熟悉了,我在写她时并不觉得特别容易。相反,因为可以选择的素材太多,反而增加了难度。

我母亲姓谭,名玉珍,其中"玉"字是她们五姐妹共有的。我对母亲年轻时的样子一无所知,如果不是留下几张模糊的黑白照片,我甚至无法想象了。因为我一闭上眼睛，出现在脑海里的便是她晚年的形象。那双因为双耳失聪、行动迟缓而多疑的眼睛，在看见小孙女的那一刻突然充满了喜悦。

母亲年轻时穿过花衣裳吗？她是否梳过长辫子留过披肩发？是否喜欢与同事一起逛商店？是否像四姨一样吸引男人的目光？这些我都无法知晓了。我唯一有所耳闻的是她早年和同在院桥中学任教的二伯父显理关系比较亲近，但那是不可信的传闻。不过在江口中学，有一年春节期间，一位革委会成员向母亲献殷勤，却是我亲眼所见，那时她已经年过半百了。

二伯一直在院桥中学教书，直到退休以后，才被聘请到宁波师院（现宁波大学）外语系任教。五年以后他回到象山定塘，在做木工的堂兄凌森家安度晚年，不幸于1985年正月与父亲一样患胃癌去世，享年七十岁。虽说抗战期间在浙大读书的伯父曾被国民党政府借用充当美国军事顾问的翻译，但由于他对政治不感兴趣，相对平稳地度过了一生，仅在60年代被短暂下放至黄岩最西端的大寺基林场。我和二伯父的唯一一次见面是在"文革"后期，他出差黄岩时在他下榻的小旅店里，那次见面我很兴奋却已淡忘。

由于受教育程度和生活年代的限制，母亲对我们的党尤其是毛主席有着绝对的信任，即便发生了"肖像事件"，她被打成"反革命分子"以后，也没能有丝毫的改变。母亲一辈子都没交过入党申请书，那是因为她觉得，她离党员的标准距离太远。除了党的干部以外，母亲最相信的便是科学家,尤其像我的导师潘承洞先生那样德高望重、经常出现在电视屏幕或报纸上的院士。母亲晚年的卧室墙壁上挂着另一位院士王元先生[①]和两个孙女的合影,那是我用激光彩印机打出来的。

由于我小时候没有接触父亲或其他长辈,母亲对我有着压倒一切的影响力。举例来说,母亲一辈子省吃俭用,这一特点我基本上继承下来了;她让我尽量少吃零嘴,我对女儿也有类似的要求。又比如,在待人接物方面,我也像母亲那样,不愿意巴结权贵,不愿意妥协,喜欢打抱不平,甚至疾恶如仇。这样一来,我和母亲都领导不了别人。

另一方面,母亲心胸开阔,心地善良,乐意帮助别人,这方面我做得不如她好。说实话,我比母亲苛刻,且自视甚高,主张每个人应独立自强。这一点与母亲一直以我为傲不无关系,那也是她人生的一大支柱。我的好处也显而易见,知识面宽广,想象力丰富,同时勤奋努力,知错即改。这最后两条,也是母亲遗传给我的优点。

我读研究生期间,看到过这样一段话:"生命中最美好的岁月,就是能够确认自己遇到的问题是自己的事,而不归咎于母亲、环境、生态或政府,也了解命运系由自己控制之时。"我将其与大文豪歌德等的名言一起抄写在记事本上,

---

[①] 王元(1930—)、潘承洞(1934—1997),数学家,曾因哥德巴赫猜想研究与陈景润(1933—1996)合得国家自然科学一等奖(1982)。

它们几乎成了我的人生格言或座右铭。究其原因，我想是因为母亲对我的影响太大了，我需要在内心里予以抗拒并获得理论上的支持。因此当我看到这段文字，感觉如获至宝。顺便说一下，这段话出自与弗洛伊德同时代的英国医生埃利斯[①]之口。

2

随着时间的推移，母亲的年龄似乎不是逐年增加，而是突然产生了一个小小的飞跃，变成了外婆或奶奶。本来，母亲和我年纪相差整整四十岁，足可以相隔两代了，伴随着女性更年期的到来，更加大了这一差距。但是，母亲自己却不这么认为，相反，她不止一次颇为得意地和人说起，她把比她小五十七岁的孙子，也就是未名的儿子，当成自己的最后一个儿子来抚养。虽然如此，当母亲发怒或哭泣时，我会拍拍她的肩膀，把她当成一个返老还童的小孩哄着。那个时候，任何争执都会烟消云散，因为许多时候我们之间的血缘关系，比婚姻关系更为牢靠。

在我的记忆里，母亲不怎么爱读书，无论是文学艺术，还是政治经济。这一方面是因为她小时失学，另一方面是因为她多年受"左"倾思想的熏陶。母亲晚年从来没有从

[①] 哈维洛克·埃利斯（1859—1939），英国医生兼散文家，他的七卷本巨著《性心理学研究》被认为是人类性行为的第一部百科全书。

我的诗歌、散文里获得快乐,甚至那些装帧美丽封面印有我名字的中国或外国书籍也无法愉悦她。让她骄傲的唯有我的学识,确切地说是博士的学位和教授的头衔。

因为一生大部分时光寂寞孤独、精神虚空,母亲也不爱看电影,想必她无法容忍其中的浪漫镜头。电视剧相对来说好一些,不会过分渲染亲昵的场景,但她主要还是看天气预报和越剧。越剧可以说是悲情的艺术,这与她的诞生地有着充沛的雨水不无关系。母亲爱看报纸,但主要关心卫生保健栏目,这几乎成为一种灾难,她晚年的饮食严格按照报上的医嘱。比如说,因为痛风,母亲绝对不吃海鲜,哪怕一只小虾。嘌呤的概念深深刻在她的脑海里,她甚至对某些蔬菜和水果也有忌讳。

当然,母亲也有自得其乐的时候,那便是写信和读信,即便到了晚年,她通信的对象仍有几十位,且年龄跨度极大。从退休的高级领导干部到年轻的母亲,从与之同龄的侄儿到四姨的小孙女。在我看来,通信这个习惯或爱好多少推迟了她的衰老。母亲的思维清晰,绝不会把孙辈搞混,这一点是名牌大学毕业的四姨所不及的。

母亲没给我留下任何物质遗产,却留下了最宝贵的精神财富,那便是坚毅。她一生从事过的行业与我们居住过的村庄一样多,而以她小学四年的学历,做到这一点实属不易。她在政治生活尤其是个人情感上所遭遇到的挫折,足以摧毁一个人意志的最后防线,但她依然挺了过来。更值得她欣慰的是,她的坚毅也保护我安然并健康地度过前半生。

有一个例子可以说明这种坚毅是多么重要。我的堂兄光宇是我母亲晚年的通信对象之一,他只比我母亲小一轮,是个性格文弱的书生,他和我母亲一样经历了"文革"的苦难岁月,一个人把儿子丹青抚养大。高中毕业以后,比我小两岁的丹青(算起来是我的侄辈)考入了浙江(农业)大学。毕业后他返回台州(临海)工作,没想到的是,几年以后他突然精神错乱了,余生需要老父来照顾。在我看来,这可能是他童年的孤独症(敏文也一样)延后爆发所致。

3

母亲出生在民国十二年(1923),她在国民党统治下度过了童年和青少年时代,但似乎没有留下那个年代的痕迹或烙印。这一点至少说明,国民党政府的政治宣传和影响力比较薄弱。解放以后,尤其是在"文革"期间,虽然经历了种种不幸和磨难,母亲的政治信仰仍未有任何改变。她的身体一直比较健康,没有任何致命的疾病,甚至高血压等常见的老年病也没有降临到她身上。她的精神状态也不错,没有因为长年的孤独而郁郁寡欢。

可是,当母亲步入晚年尤其是暮年时,仍有一种无形的东西阻碍她获得宁静和幸福。母亲本可以在有"人间天堂"之称的杭州安度晚年,用老百姓的话说就是"享儿孙的福",但却没有。相反,由于未名和我的生活安排停当,

晚年的母亲在杭州未名家

无须她照料以后,她那颗紧张操劳了几十年的心突然松弛下来,开始回忆青年和中年时代所领受的种种寂寞和苦难,加上新环境带来的不利因素,她有了新的不安和焦虑,此时,她从前的坚毅已经消退。

即便是难得坐在西子湖畔的长椅上,她也没有心情欣赏风景,而只是忙顾着与孙儿们说话。可以这么说,母亲一生都未获得真正的幸福,在她双耳完全失聪之后,更是喜欢大声地质疑、批评和抱怨。只是到了生命的最后一个月,卧病已久的她才突然沉默了(可是眼睛仍如往常地盯着周围),这反而让我们吃了一惊。以至于最后,我们可以比较冷静地面对她的疾病和死亡。

我一直认为,母亲临终前的突然缄默是她老人家给予我们的最后安慰,她没有把更多的精神负担留给我们。在一首冠名《枯萎》的诗歌里，我用一种平静的语调，描绘了她肉体的衰败：

> 淡紫色的花朵
> 开放在她的小腿上
> 在她敞开的胸口
> 和背面的股部

这首诗写于2006年秋天我在枫叶王国加拿大的一次短促而难忘的旅途。尽管母亲既不理解也不赞赏我对诗歌和文学的喜爱，毕竟也不曾反对过，我期盼着她能在天堂读懂我的诗句。遗憾的是，我一直没有获得灵感，把我和母亲的一个共同记忆描绘出来。这个记忆是：在王林施村的那些个漫长的夏日，没有电扇、冰箱、空调或热水器，偶尔从门外的晒谷场上，会有一股凉爽惬意的风吹进，当地的人们把它叫穿堂风……

虽说母亲学识不高，对西方世界的历史和现状了解甚少，但她对那些为人类文明做出贡献的国家仍保持敬意。让我感到欣慰的是，每次告诉她我要出游了她总是十分开心，要我在小黑板上写下要去的国家名字，那本是她和孙女们交流思想或做数学练习的媒介。而每次我离开中国后，她都会写信告诉她的笔友，那块小黑板上的地名会原封不动地被她抄录在信函里。后来我发现，在我到访过的国家和城市中，法国和巴黎是最让她感兴趣的。但每次我回国去看望她，却从不加以询问。

  20世纪末，在母亲的听力尚未完全消失之前，我曾在巴黎街头给她打过电话。可能因为距离的遥远，她在话筒前面使出很大的力气，仿佛只有这样我才能听见。其实，做过广播员的母亲完全不必如此，即便到了暮年，她的吐词依然清晰，嗓音依然洪亮。在写作《枯萎》和母亲走后的第二年夏天，我又一次来到巴黎，这回我无法再给她老人家打电话了。可是，我却在夏尔·戴高乐机场的候机厅里捕捉到了灵感，写了一首悼念母亲的诗，题目只有一个字：门。

门

世界有两扇门
一扇为你敞开
另一扇已经合拢

我只能站在门外
想象你的面容
你的呼吸和嗓音
是否变得匀称了
你的心灵和梦
是否已获得宁静

如果你睁开双眼
你将会看见绿色
看见我来到巴黎
从前我曾在这里
在一座电话亭里
听到你爽朗的笑声

2007，巴黎

25. 疾　病

> 这是一种精神上的折磨，是悲哀受到抑制时的哭泣，患者日日夜夜忧心如焚，一生得不到解脱。
>
> ——皮埃尔·卡尔丰

1

虽说我的童年比较不幸，但也不能算大不幸。理由之一是，我的身体基本上健康，没得过严重的疾病，比如肝炎、肺炎、脑膜炎、支气管炎之类的。这些疾病在那个年代的儿童身上并不少见，而我甚至连阑尾炎也没得过。不过，我的器官也有得过炎症的，那便是鼻窦炎①，且是慢性的，这可能是某一次落水事故引起的。说起来，鼻窦炎不算什么大毛病，且我患的程度比较轻，丝毫无损于身体的其他部位或发育。可是，它却影响了我的语言表达，甚至性格。我小时候，一到大冬天，如果在户外略站久了，鼻

---

① 所谓鼻窦是指鼻腔周围的含气空腔，左右共四对：额窦、筛窦、上颌窦和蝶窦。鼻窦炎也因此可分单个、多个和全组发炎三种情况。

子就会堵塞。久而久之，说话口齿不是很清晰。

记得十七岁那年暑假，因为父亲去世了，我被小姑邀请到北京。那是我第一次来到首都，内心有一种莫名的喜悦。那时候大学生很少，甚至有了"天之骄子"的雅号。小姑的一位同事听说她家来了个很聪明的大学生侄儿，特意过来看望。结果呢，这位阿姨（她家有个宝贝女儿）颇为失望，因为她操一口流利的京腔，而我那时的南方口音比较重，加上本来就口齿不清，交流起来有困难。

其实，那是我初到京城，之前人际交往又比较少的缘故，随着年龄的增长和社会阅历的丰富，我和包括北京人在内的北方人交流不存在任何问题。话说回来，假如我那时口齿伶俐，而这位阿姨的女儿又讨人喜欢的话，或许能发展出一段故事，那样的话我后来的命运就要改变了，或许不会返回南方了。

说到发音，的确存在一个比较严重的问题，那就是外语学习。我在江口中学读高中的时候，学校里开设了英语课，但老师都是未上过大学的民办教师，结果我们连音标都没有学会，更不要说分清卷舌音了，所有的单词发音都用汉字注音。比如，我们会在comrade（同志）旁边注上"康姆莱特"，在revolution（革命）旁边注上"兰佛鲁迅"，在proletariat（无产阶级）旁边注上"普罗勒泰利亚"，等等。

那时的英语课本与语文和数学课本一样泛政治化，内容与日常生活严重脱节，上述三个单词出现的频率可是最高的了。我们的老师既没有上过大学，也没有受过专业训练。幸好高中毕业以后，在与父亲同住的那些日子里，他把我的发音纠正了一遍。我还发现，与外国人交流最重要的是说话的语调，发音的准确性倒属其次。

可是，鼻子的问题还是困扰了我，除了影响交流以外，还降低了我的表演才能，使我的性格变得内向。事实上，每个孩子天生都有表演的欲望，出生时的第一声哭喊便吸引了大人们的注意力。很快，他或她就发现，哭的音量越大，大人越是关注。这以后，唱歌跳舞取代了哭泣，幼儿园的小朋友，老师让唱就唱，让跳就跳。

如果一个孩子被老师招进某支合唱队或舞蹈队，那股高兴劲就甭提了，见谁都要报告。再后来，随着身体的不断发育，又多了一种表演方式，那就是体育运动。虽然患有慢性鼻窦炎，幸运的是，我曾被选进学校"批林批孔"文艺宣传队，演出三句半。可是，终究还是有些五音不全。

除了鼻窦炎，我小时候还得过面部甲状腺肿大，那一度使我感到难堪甚至恐惧。不过，经过邻居的指点，那只要抹点碘酒，吃些海带，脸肿就可以消退了。说到吃，我的消化功能一直很不错，这都亏了有一副好牙齿，也因此得以周游世界。不仅如此，我和未名的牙齿都非常整齐，在同龄人中间并不多见，这应该感谢母亲。她懂得牙科方面的许多知识，能很好地把握儿童拔牙和换牙的时机。

2

同样幸运的是,我母亲的身体也基本无恙。因此,虽然她吃过很多苦,受过很多冲击,婚姻也较为不幸,仍然活到了高龄。在院桥中学工作时有一次临近期末大考,她因为连续在钢板上刻写试卷,导致右眼视网膜剥离,那会儿我还处于襁褓之中。她在海门医院做了眼科手术,靠另一只眼睛过了下半辈子。那次手术非常成功,旁人居然分辨不出她几近失明的眼睛。而自打我有记忆以来,母亲只住过一次医院。那时我已在江口中学读高中,母亲被查出患有子宫肌瘤。这是妇女的常见病,尤其是到了她这个年龄。

手术在黄岩第一医院,也就是我出生的那家医院进行,那里有母亲早年认识的医生。在父亲被打成"右派"之前,母亲一直在县文化馆工作。她的人缘一向很好,且社交能力较强,有三位终生的好友在县城颇有社会地位。其中一位是百货公司经理,她的儿子晓明在黄岩中学读高中,是个班长,和我恰好同一年级。

母亲是个有想法的人,她竟然借着住院治疗的机会,让我跟晓明插班听课,名义上怕我落下功课,实际上是想让我和父亲多接触亲近。于是我在父亲的学校做了一个星期的旁听生。这一个星期里,吃饭睡觉都与父亲在一起。回想起来,那可谓母亲的"手术外交"。

母亲患子宫肌瘤的第二年,父亲也生了一场大病。他得的是支气管炎，且较为严重，并引发了哮喘。这种病是慢性的，遇到身体虚弱、天气潮湿时就会发作，那一次尤其严重。我不知道父亲几时开始患这个病，反正他那时住的石板地房屋肯定不利于健康。父亲没有住院（一来他是"摘帽右派"，二来可能住院也解决不了问题），我被招来照顾他。

俗话说，哮喘不算病，犯起来真要命。我目睹了一幕幕痛苦不堪的场景。每当哮喘发作时，父亲的呼吸非常急促，然后吐出很浓很浓的痰。有时，父亲不停地咳嗽，甚至整个晚上都无法睡觉。严重的时候，他被迫靠在那张自制的可以调节高度的扶手椅上。

每次父亲发病，我都感到害怕，尤其是在夜里。父亲房间里只有一张床，我睡里边，他睡外头，我和邻居常常在下半夜被他的咳嗽声惊醒。第二天早上起来，痰盂总是满满的。我要做的第一件事就是把它倒掉，冲洗干净。有了这样的经验，当我后来考上研究生，遇到导师生病，和师兄弟们轮流看护时，一点也不觉得紧张。那是在省级医院里，通宵有医生值班，而父亲和我是在一间石板地的小屋子里。幸好不久，雨季结束了。父亲的身体恢复如常，我也返回了山下廊村。

长大以后我才发现，有些伟大的诗人和作家幼年时患有哮喘病。例如，写作《追忆似水年华》的法国小说家马赛尔·普鲁斯特，浪迹天涯并在南美游荡了十八年的美国女诗人伊丽莎白·毕晓普。后者经常被家人请来的一位训练有素的护士折磨，被迫待在一个烟雾缭绕的房间里接受治疗，那会儿的她甚至不知道自己为何要来到这个世界上。还有开篇提到的切·格瓦拉①，他出生在湿润的潘帕斯草原上，又被父母放任在寒冷的天气里长时间地戏水，两岁时就成了一个哮喘病人。

格瓦拉的传记作家皮埃尔·卡尔丰认为，哮喘是一种精神上的折磨，是悲哀受到抑制时的哭泣，患者日日夜夜忧心如焚，一生得不到解脱。这样一来，他或她就成为一个很特殊的人。因为有了比旁人更多的时间沉思冥想，他们中一些资质较高的人便成为作家。

显而易见，切是一个具有特殊资质的人，除了参加革命以外，他也迷恋写作，不仅有诗集出版，还有短篇小说被收入古巴的中学语文教科书。尽管切最后没有成为一个伟大的作家，可是作为游击战争的理论家，他拥有的读者并不少于毛泽东。遗憾的是，我父亲的哮喘病来得晚了，错过了激发他灵感的最好时光，仅仅是被年少的我记在心头。

3

孤独之王

一只铁皮罐头在空地上

---

① "切"是个感叹词，在阿根廷是朋友或亲人间的招呼语。古巴人用这个绰号称呼格瓦拉，菲德尔·卡斯特罗说："这个名字后来出了名，成了一个象征。"

闪烁,金属的岛屿
在一片汪洋之中漂浮
远离了屋顶

一只海鸥飞越其上
它返回,衔着一根羽毛
犹如一次爱情
照亮了我的身体

　　20世纪90年代初,我在西子湖畔写下了这首诗,试图浓缩我整个童年的孤独。的确,相比前面提到的种种疾病,我童年的孤独是对我最大的威胁。在王林施时还好,我有许多同龄人可以一起玩耍。但在委羽山和山下廊,学校是一幢孤立的高楼,或被围墙包围起来,形成一个封闭的世界。幸好,那时我有三位比较要好的同学,被同学戏称为"四人帮",其中的谢适堂就是邀我去摘杨梅的那位。
　　有一次,我们趁去县城看电影之际,还与班长解冬林等三位同学一起进照相馆合影。总之,上课的时候,一切都很正常,校园里白天人口密度很大,到了晚上还有老师的灯光。即使是周末,也容易度过,因为那时只放一天半假,周六下午教师们还经常留下来进行政治学习,而到了周日下午或晚上,也陆续有老师返校。
　　可是,寒暑假就不同了,经常是偌大的校园只有我们母子两人,最多有一两个值班的老师或工友。而到了除夕那天，校园里必定不再有其他生灵了，除了偶尔飞临屋檐的几只燕子。没有电视机，也没有邮递员来，春节那个星期无疑是最难熬的。尤其我们到江口中学的第二年，新校舍竣工，我和母亲搬到三里外一处叫石板窟的田间，属于附近的山头金村。校园四周除了稻田，便是橘林池塘。

因为太过寂寞，等到秋天到来，有几个周末黄昏，我瞒着母亲，独自悄悄溜出大门，偷摘了一些橘子。那时橘子五毛钱可以买好几公斤，偷摘多少是为了排解内心的孤独，这可是我在王林施村从未干过的事。翌年初夏，谢适堂同学邀请我去他家承包的果园采摘杨梅，那种喜悦无与伦比。幸亏有了这样那样的消遣，否则，累积起来的孤独很容易导致抑郁症的产生吧？

在拙作《南方的博尔赫斯》里，我曾描述阿根廷女诗人皮扎尼克短暂的一生。三十六岁那年，她因为不堪长期失眠和抑郁症的困扰，服下了过量的司可巴比妥身亡。在"文革"期间，人们不知道有抑郁症这种疾病，更不可能接受心理医生或药物治疗。那时在大众心目中，生活在毛泽东时代的人无比幸福，甚至不需要发展经济，怎么可能孤独无援呢？不仅如此，将来我们还要把那些资本主义国家也给解放了，让全世界的人民不再生活在水深火热之中，那也曾是像我这类懵懂少年的理想。

26. 偷　窥

我看见了一个朦朦胧胧的胴体，那从未见过的灰暗的曲线呈现在眼前。

——题记

1

江口中学搬迁到新址后，我也刚好上了高中。新址在一个叫石板窟的田间，方圆一公里内没有一户村民，只有一座路廊，正好处在新旧校舍之间。与山下廊码头边靠近村舍的路廊不同，这是一个真正意义上的路廊，建于偏僻乡间，用来供过往行人避风、挡雨或休憩。黑瓦的平房，一条可走拖拉机的大路从屋檐下穿行而过，路的一边有几条木头的长凳，固定在廊柱之间。

这座路廊没有名字，里面住着一对老年夫妻和一个领养来的哑女。他们是我唯一的近邻了，但彼此从来没有说过话，甚至遇见了也不打招呼。我注意到，只要天气不是太冷，老两口都会放一些凉茶在方桌上，过往行人扔下一两分钱便可喝上一杯，但我从没有喝过他们的茶水。

有一个夏日，我独自走过那座路廊，遭遇到了意想不到的一幕。那个与我年龄相仿的哑女突然跑到过道里，在我面前脱光了衣服。惊愕之余，我这才发现，原来这个哑女还是一个傻子。那无疑是我第一次看见少女的胴体，虽然是在如此荒谬的情景下。不过，就在此前不久，我自己也已经做过荒唐可笑的事情，这得先从曹雪芹的《红楼梦》说起。

"文革"期间除了八部样板戏以外，还有被奉为"四大名著"的四部古典小说。《西游记》的小人书版本我在王林施村便陆续看过了，《水浒传》和《三国演义》的原著则是在山下廊看的，江中图书馆有借。相比之下，我更偏爱《水浒传》，可以说看过不下十遍。每次看到最后几章，梁山好汉被赶尽杀绝，我总会鼻子酸酸的，黯然泪下。而《三国演义》里的人物和政治斗争均较为复杂，在我那个年纪，尚无法把握。

说到"四大名著"，它的前身应该是"四大奇书"，最早提出的可能是明末清初的文学家冯梦龙，只不过那时有《西厢记》而无《西游记》，有《金瓶梅》而无《红楼梦》。至于另外两部，也并非雷打不动，比如清初文学批评家金圣叹所列的"六大奇书"里只收《水浒传》，另一部被他评点的小说是《西厢记》。而比金圣叹仅晚三年出生的李渔则重提冯梦龙的旧论，并把《三国演义》列为第一奇书，那不仅是按写作时间排列，恐怕与书商的利益也有关。

《红楼梦》的首次出版是在1791年（那年奥地利音乐

家莫扎特猝死），因此"四大名著"的说法最早也要到19世纪了。对此我们不必细究，反正到了毛泽东时代，老人家说了一句："生子当如仲谋，交友如鲁达①，信心如唐僧，读书就读四大名著。"这下可好，这四部小说被捧上了天，而《西厢记》和《金瓶梅》②则被打入冷宫。现在看来，《金瓶梅》把人性的丑陋尽情地加以揭示，让人联想到法国诗人、"现代主义文学之父"波德莱尔的代表作《恶之花》，后者的出版已是1857年了。

　　幸好，毛主席笔下留情，亿万人民还有一部爱情小说可看，那就是《红楼梦》。可是，在母亲看来，即便《红楼梦》这部小说也不适合我这样年龄的人阅读，弄得我也不好意思到图书馆借阅（或许那部小说原本就不借给学生）。不过，人是奇怪的动物，越是不让你看的书，你越想找来看。

　　有一天，我在一位语文老师的书架上，发现了这部四卷本的小说，软磨硬泡，悉数问他借回家里，还请他不要告诉我母亲。于是便有故事发生了。先是心中有了矛盾，既想一口气看个过瘾，又不想让母亲发现。唯一的办法就是把其中的三卷放在床底下，拿着另外一卷在被子下面悄悄地用手电照着看。

---

① 仲谋是孙权的字，鲁达即鲁智深。
② 《金瓶梅》是中国第一部由作家独立创作的长篇小说，约成书于明朝隆庆至万历年间，作者署名兰陵笑笑生。全书以《水浒传》中武松杀嫂的故事为引子展开，书名取自西门庆的三个女人潘金莲、李瓶儿和庞春梅。

2

　　说实话,《红楼梦》里的人物比《三国演义》还要错综复杂,光是贾姓单名的就有十几个,加上那时的我情窦未开,只能看一些皮毛故事。印象深刻的有,第五回写到宁国府梅花盛开,贾珍妻尤氏请荣国府的贾母等来赏玩。贾宝玉跟随前去,在尤氏儿媳秦可卿的卧房里睡午觉,结果梦游太虚幻境,见"金陵十二钗"图册,听演红楼梦曲,并与仙女可卿云雨,因梦遗而醒来,被他的丫环袭人发现,二人遂发生了关系。

　　这段故事让我看得心跳加速。说到尤氏的丈夫贾珍,可谓《红楼梦》里的浪荡公子典型。他和贾宝玉的关系其实蛮远的,他们的曾祖父才是亲兄弟。但把两人放在一起,恰好形成了有趣的反差和对比。与贾宝玉的单纯和痴情相反,贾珍的生活极度放纵,虽有一妻二妾,仍与儿媳秦可卿、妻妹尤二姐关系暧昧。

　　那时候我和母亲还住在山下廊,说来也巧,那段时间我刚开始加快发育,虽然还没有腋毛、胡须,却已长出阴毛。虽然还没有过遗精,但对女性的胸部和臀部已经有所关注。校园里有一个老戏台,我和母亲就住在戏台后面的台阶上方,那里过去是戏子们的后台,面积大约有四十平方米。其中的一半用木板隔了起来,装上了门,我和母亲住在里面。外面还有一个空间,除了拐弯的过道以外,还用三夹板隔出一个没有窗户的小房间,里面住着一位代课女教师。

山下廊村的戏台，也是我的中学校园。作者摄

那位女教师只有二十几岁，青春靓丽，模样挺周正的。她是在初中部，从来没给我上过课。女教师和我母亲相处很好，时常到我们家来借日用品，有时也与母亲和我聊天。可是，那会儿我已经是少年，不再是跟着母亲去县城参加政治学习，住在大教室的女教师宿舍里不知羞怯的那个懵懂小男孩了。尤其我已经偷偷看过《红楼梦》，知道一些包括遗精在内的男女之事了。

终于有一次，趁着全校老师们在开会，我摸了摸挂在外面过道上的一只胸罩，并把它贴在自己的脸颊上，甚至胆大地用嘴唇亲吻了一口。当天夜里，我翻来覆去睡不着觉，尤其听到外面熄灯以后拧毛巾和擦洗身体的声音。那会儿我已经和母亲分床，一个人睡在一张钢丝床上，因此才能够躲在被窝里用手电灯照着看书。第二天下午放学以后，乘着母亲和女教师还没回来，我悄悄地用手指将糊在墙壁上的旧报纸捅出一条缝，就在两块直立的木板之间，位置离地面不到一尺半。

当天晚上，我和母亲照例先上床睡觉，那位女教师备课比较迟。和头天晚上一样，我一直等到她熄灯还没睡着，而那时母亲的呼噜声已经响起。此后不久，我又听到了那窸窸窣窣的响声，便蹑手蹑脚地下床，走到那条缝隙旁边蹲下。借着窗外昏黄的街灯，我看见了一个朦朦胧胧的胴体，那从未见过的灰暗的曲线呈现在眼前。不一会儿，她穿上一件宽松的背心，除下内裤，我在她提腿弯腰的那一瞬间，看见了她的臀部。那是五岁那年在新岙村金橘家里以后，我第二次看见成熟女人的身体。

那天夜里，我并没有像原先想象那样梦遗，大概因为身体尚未足够发育。第二天放学回家，我发现那道捅破的缝隙已经被一张新报纸覆盖住了，心头不由一阵紧张。我不知道这是谁贴的，是母亲，还是那位女教师？是有所察觉，还是无意中看到？反正我不敢问母亲，更不敢问女教师，我也不敢再把那张报纸捅破。

那以后，每次遇到那位女教师，我总有些不安，表情不那么自然，眼睛却在偷偷地观察她。还好，女教师没有什么异样的反应，可我还是有些尴尬。好在不久以后，江中的新校舍启用，高中部全部搬离，我和母亲离开了那间屋子。

事过境迁，我没有再见到那位女教师，甚至想不起她的容貌和名字了。我从没有和其他人谈论此事，因此不知道有多少男孩有过类似的经历。如果有的话，或许他们偷窥的对象是自己的母亲或姐姐。可是，母亲比我年长四十岁，我唯一的姐姐又早夭亡。直到有一天，我读到法国大作家维克多·雨果的一则逸事，内心才比较释然了。

故事发生在雨果成名以后。有一次，巴黎一家剧院的女老板邀请他写一出新戏，他应允下来，可是却找不到灵感。于是，女老板想出一条妙计，把他安排在剧院的一间客房里，自己则住在隔壁，两个客房之间的墙壁有一道缝隙……果然，没过多久，雨果就把剧本写好了。多年以后，我在参观巴黎先贤祠时，不无遗憾地发现，与雨果同葬一室的是两个大男人，巴尔扎克和左拉。

3

讲完龌龊的偷窥，我现在该说说牌九了。虽然是在"文革"的禁锢岁月里，毕竟我生活在古老的中国，加上那时候没什么追求或理想，几千年的封建陋习在我和一部分同学身上得以延续，我们竟然染上了用纸牌赌博的坏习性。

先来聊聊扑克的历史。相传在楚汉相争时期，大将军韩信为了缓解士兵的乡愁，发明了一种纸牌游戏。因牌面呈长方形，好似树叶，又被称为"叶子戏"。12世纪的意大利人马可·波罗把这种纸牌游戏带回了欧洲，立刻引起了西方人的极大兴趣。一开始，它只是贵族们的奢侈品。随着造纸工艺的普及，加上玩法多样，又容易学，很快在民间流行开来。等到1840年鸦片战争打响时，印刷精美的扑克牌又传回了中国，那正是我们现在看到的扑克牌。

众所周知，扑克牌有四种花色，分别是黑桃、方块、梅花和红桃。可是，这些只是中国人的称呼，它们的含义在欧洲各国有所不同。比如黑桃，英国人认为是铲子，法国人认为是矛，德国人认为是树叶，而意大利人认为是宝剑。又如梅花，英国人看作三叶草，法国人看作丁香叶，德国人看作橡树果，而意大利人看作拐杖。

再来看这些花色的象征意义，每个国家也不尽相同，有的认为是古代占卜器皿上的图案，有的认为代表了四种职业，还有的认为代表了四个季节。相比之下，大、小王分别表示太阳和月亮，则比较一致。如此说来，剩下52张牌正好代表了一年里的星期数。而如果让大、小王合起来表示一点，则所有的牌加起来刚好是365点。

所谓牌九共有三十二张，除了大、小王以外，Q、J、9、5、2各两张，10、8、7、6、4各四张。基本玩法就是以点数大小分胜负。这个规则各地不同，甚至邻乡也不完全一样，但大同小异。一般是大、小王组合最大，叫至尊，接下来是两个Q，叫天牌；两个2，叫地牌；两个红8，叫人牌，两个红4，叫和牌，如此等等。不是一对的牌就

偷窥

比较它们和的个位数大小，即取模十同余。换句话说，用到了数论里同余的概念，后者在当时的中学数学课本里并不出现。

牌九通常分为两种，即大牌九与小牌九。大牌九是每人四张牌，分为大小两组，自由搭配，分别与庄家对牌，全胜全败为胜负，一胜一败为和局；小牌九是每人两张牌，胜负立现。由于干脆利落，小牌九流行较广。大牌九则需要运气和智慧，我认为更有趣。牌九与其他扑克游戏一样，一般是两到四个人一起玩，大家轮流坐庄。抓牌前，闲家先下赌注，庄家再开牌。

那时候在江口中学的男生里头，很流行玩牌九，不过不在学校，而是在山下廊村民家里。那些外乡的住宿生，他们一般租当地村民的房子，而本乡的同学，会在下课后先到同学的住处玩上几圈再回家。那时候每个人家里都很穷，因此每注只有一两毛钱，甚至几分钱。虽然如此，赌博的陋习还是埋下了种子。

长大以后，我发现故乡人好胜心特别强，赌博豪饮之风盛行，尤其到了春节期间。男人们很好面子，欠缺优雅的心态和对女性的尊敬，这与几千年的封闭环境有关——台州三面环山一面靠海。与此同时，故乡人富有进取心，在开放的年代经济面貌大为改观。

作为土生土长的台州人，我也沾染上部分不良习气。出国以后，我的足迹遍及世界，也包含了那几座闻名遐迩的赌城，比如拉斯维加斯、大西洋城、蒙特卡洛和澳门，

院桥镇春节聚赌的乡亲。作者摄

不过改玩二十一点①了。这种游戏使用大、小王以外的52张牌，目标是手中的牌点之和不超过21点而尽可能大。直到有一天，我结识了一位在卡西诺工作过多年的奥地利作家彼得，他向我披露了一些赌场内幕，才比较彻底地扼杀了赌性。

---

① 二十一点，即黑色杰克（Black Jack），1700年前后起源于法国，1931年传入美国内华达，1957年传入香港。原先需黑色J构成的两张二十一点赢得十倍赌资，现在不分颜色可得一半红利。

偷窥　265

27. 学　车

> 当人想要模仿行走时,他创造了与腿并不相像的轮子。
>
> ——阿波利奈尔

1

我在王林施村学会了游泳,而在山下廊村学会了骑车。在中国,与在世界上任何国家一样,会骑自行车的人比起会游泳的人来比例要高出许多。原因很简单,骑车比游泳容易学。可我为何却先学会游泳呢?原因也很简单,我学游泳是为了保护自己,王林施村三面临水(有时还会发大潮水),即使学会了骑车,也派不上大用场。而山下廊村就不同了,它有大路连通县城,学会了骑车,进城时间至少可以缩短一半以上。

我是在江口中学的那半个篮球场上学会的骑车,至于我从哪里借来学车用的自行车,又是谁教会了我,已经记不确切了。最有可能的是,江口中学校办工厂的工人师傅们利用工休时间帮助了我。那家工厂主要制作地球仪,销售给全国各地的中学。他们用石膏制造出地球模型，再从外地印刷厂买来印好的按经度裁剪开的地图，糊裱上去。

前一道工序是这样的，先用石膏烧制模型，再用粗细不同的砂纸轮换打磨，直到做出光滑圆润的球来。不难想象，车间里白色的灰尘满天飞，不利于身体健康，工人师傅都戴口罩。当然了，这些细小的颗粒也会飞入教室、宿舍和食堂，但那个年代人们尚无环保观念。后一道工序需要用特殊的粘胶，按经度三十度为一单位，一条条粘贴上去。这无疑需要耐心和细致，稍有偏差，便要返工，重新用砂布打磨掉，就像修补汽车的油漆那样。

自从我来到山下廊，发现校园里有这家地球仪制造厂以后，一有空便往厂里跑。本来，我在王林施村时便开始画外国政要的访华路线图，不久又开始画自己的旅行图，但我描摹的对象是平面的地图。现在可好，立体的真实的地球摆在面前，我自然是看不够了。比如，我终于发现，原来台州在地球的另一端是一个叫阿根廷的国度。多年以后，我做讲座时每每说及大诗人聂鲁达第一次出游的故事，都会向听众提这样一个问题：智利在地球仪的反面是哪里呢？

久而久之，校办工厂的工人叔叔阿姨也喜欢上了我。他们只管做地球仪，对那上面的国家和城市本来没什么兴趣。因为认识了我，有时为了逗乐，也会随意拿一个地名来考我。要是我答不出，他们会露出得意的笑容。他们中的任何一个都不曾想到，我长大以后，会游历这个地球仪上的半数国家,包括当初没有回答出来的地方。

说到这家校办工厂,它和我父亲工作的模具厂,还有"五七干校",都是毛泽东"五七指示"的产物。那是在1966年5月7日,他老人家看了军委总后勤部的一份《关于进一步搞好部队副业生产的报告》后,给林彪做的批示,要求全国各行各业都要办成"一个大学校"。"学政治、学军事、学文化,又能从事农副业生产,又能办一些中小工厂,生产自己需要的若干产品和与国家等价交换的产品";"学生也是这样,以学为主,兼学别样,即不但学文,也要学工、学农、学军,也要批判资产阶级。学制要缩短,教育要革命"。

这些指示中,"缩短学制"一条也使得我后来成为少年大学生有了可能,比起现在的孩子们来,我少读了三年书。可以说,"五七指示"成为"文化大革命"办学的方针,造成了教育制度和秩序的混乱。或许,这是"文革"前夕毛泽东对理想国的一次构想和展望。他心目中的美丽新世界,是以所谓人的全面发展、社会的封闭自足为特征的,那是政社一体化的农业文明的典范。

值得一提的是,"五七指示"原本是批复在广东汕头郊外一个叫牛田洋的生产基地的报告上的。三年以后的一个夏日,刚好是我小学一年级的暑假期间,一场十二级的台风在汕头登陆。为了保卫"五七指示"的发祥地,部队战士和大学生们排成人墙,试图"人定胜天",结果有五百五十三人葬身风暴和海浪。可是,如前文所言,"五七指示"对我个人来说还真有所收获。它节约了我的时间，或者说延长了我的生命。

2

自行车的发明是一项革命性的技术成果，虽然它的原理比起汽车和飞机来要简单得多，但却不是一两个人所能完成的。1874年，英国人罗松才为它装上链条和链轮，用后轮来推动前轮，那被认为是第一辆真正具有现代形式的自行车。十二年以后，罗松的同胞斯塔利从机械学和运动学的角度出发，为自行车设计了前叉、车闸和钢管制作的车架，并使前后轮大小相同，还首次使用了橡胶车轮。同时他还改进了生产自行车部件用的机床，因此被后人尊称为"自行车之父"。一年以后，爱尔兰兽医邓洛普从医治牛胃气膨胀的方法中获得启示，他发明了充气轮胎。

可是，在我看来，法国人西夫拉克才是对自行车贡献最大的人。他率先用木头制造了一辆自行车，没有车把、脚蹬和链条，外形像一匹木马。尤为重要的是，木马的脚下钉上两个可以转动的轮子。那是在1791年（《红楼梦》在同一年诞生），西夫拉克自己骑在低矮的坐垫上，两脚着地，向后用力蹬，使车子前进。bicycle的名字由此而来，bi在法文和英文里的意思都是"两"或"双"，而cycle即轮子。

难怪20世纪法国诗人、立体主义绘画批评家阿波利奈尔也为之感到骄傲,"当人想要模仿行走时,他创造了与腿并不相像的轮子"。也就是说,这不是一种单纯的仿制,而是一种机智的想象力。从现代数学中的非欧几何学观点来看,圆和直线原本就是一回事。因此,从设计的意义上讲,自行车的发明比汽车的发明更具创新力,后者只不过把两个轮子变成了四个轮子。

在古典名著《水浒传》里,有一个人物是我孩童时代所崇拜的,那便是神行太保戴宗。小说里描写,每次戴宗把类似接力棒一样的两根棍子绑在小腿上,便能行走如飞。现在看来,这个"发明"可以说是一种模仿,即用直线代替直线。许多个世纪过去了,仍没有被发明家实现,而1921年上演的捷克作家恰佩克[①]的剧本《万能机器人》却有所不同,如今机器人(robot)在这个世界上已经普遍存在了,恰佩克也因创造了"机器人"这个词语和形象闻名于世。

让心爱的女孩坐在前座上骑往乡村和田野,曾是许多男孩的梦想。正因为自行车的浪漫情调,我相信,靠石油驱动的汽车或许有一天会消失,但脚踏的自行车却不会。遗憾的是,虽然我学会了骑自行车,却没有钱买,只好偶尔借校办工厂的公车过过瘾。说来惭愧,在我获得博士学

[①] 卡雷尔·恰佩克(1890—1938),捷克科幻作家、童话寓言家,毕业于布拉格查理大学哲学系,曾四次获得国家文学奖。其作品富于想象力,被捷克人民称作"诗人"。

位以前,我都没有属于自己的自行车。我来杭州工作以后,终于骑上了自己的自行车,并在汽车时代到来之前,在西子湖畔享受了最后几年浪漫时光。

多年以后,我看了意大利人德·西卡导演的老电影《偷自行车的人》(1948),内心里涌动起一股莫名的欣喜。这部影片讲的是小人物的故事,发生在战后的罗马,没有情色,没有刀光剑影,也没有生离死别。安东尼丢了一辆自行车,面临失去刚做了一天的张贴广告工作的危险。这辆车是他妻子卖掉所有亚麻床单买来的!怎么办?家里有两个期盼着的儿子和嗷嗷待哺的女儿。

意大利电影《偷自行车的人》海报

学 车　271

于是乎,偌大的罗马城里,父子开始寻找那辆关乎他们生存的自行车,历经磨难,终于找到了小窃贼,却无法取回自行车。绝望的父亲决定铤而走险,安顿好儿子以后,他偷了一辆自行车,却很快被抓住。最终,哭泣的儿子引发了车主的同情心,车主放走了父亲,他掸落帽子上的灰尘,和儿子一起回家。饰演儿子布鲁诺的男孩非常惹人怜爱,翌年该片获得了奥斯卡最佳外语片奖。说实话,在山下廊,我也有过偷自行车的邪念,只是不敢实施而已。

3

学会骑自行车以后,我感觉世界的距离缩短了许多。在山下廊,我曾多次骑车到黄岩县城,或游玩或采购,甚至骑着它去看过父亲。虽然都是石子路,超越行人尤其是其他骑车人的感觉还真是不错。但最令我向往的却是大海,那只有到东边的海门镇才能看见,可路途比到西边的县城远了一倍以上。遗憾的是,我一直没有找到志同道合的伙伴,最终放弃了这个念头。其实,浙江沿海的海水大多是黄的,要到公海上才能看见蓝色的大海。

无论如何,对大海的向往一直是我童年的梦。这种向往可能源自我的小舅。作为海洋轮船的船长,他不间断地给母亲寄信,有时会夹几张照片。这其中,行驶在蔚蓝的大海上的集装箱轮船尤其让我感到兴奋,我甚至梦想着将来有一天到舅舅的船上做一名水手。那时我当然不会知道,像舅舅这样级别的海员是不专门属于某一艘船的。他听从招商局的调度，飞往某一座海港，从那里驾驶一艘满载的货船，驶往下一个目的地。大部分旅程，大副或二副会把握方向盘，只有在少数危险的水域才由他亲自操舵。

坦率地承认，我已忘记了江口中学多数老师的名字、相貌，但却牢牢记着校办工厂的厂长。此人姓徐，名法宝，原本是本校的语文老师（也可能是政治老师），家住江口镇，要是活着也应该有九十多岁了。徐厂长夏天爱穿西装短裤，戴宽檐的风凉草帽，自行车的钥匙常挂在腰带后面。现在回想起来，徐厂长之所以愿意借我自行车，恐怕不是因为我的地理知识丰富，而是因为我母亲的会计职业，他需要经常到她那里报账。只是他可能不知道，我母亲是从来不徇私情的。而只要来路正确、手续齐备，她是绝不会为难的。那时候的社会风气还真不错，徐厂长很少把公车骑回家。

现在我想说点自行车的趣事。1995年夏天，我第一次来到欧洲，在巴塞罗那参加了一个数论会议之后，沿着地中海滨旅行，最后搭乘一列高速火车，从尼斯来到巴黎。翌日下午，我乘地铁来到香榭丽舍大街，只见彩旗招展人山人海，一年一度的环法自行车赛即将到达终点——凯旋门。太巧了，三百六十五分之一的可能性让我给碰着了。我从未见过中国以外的大街上有那么多游人，麦当劳里面人头攒动，临街的位子全被占据，连路旁的悬铃木上也爬满了看热闹的少年，这是自行车带给人们的快乐，它不亚

学 车

于足球比赛和网球大满贯。

而在20世纪末的英国之旅中,我临时拥有了一辆属于自己的自行车。那是在剑桥,一座举世闻名的大学城,堪称自行车王国,停车处经常见到鲜花。只是骑行时必须格外小心,尤其在穿过剑河边绿荫浓浓的小道时,冷不丁会从旁边岔路上杀出一辆坐骑,与你擦肩而过,让你一时不知所措,忘了应该靠左行驶。①

新千年的一个夏日,我携家来到欧洲。在比利时的海滨城市奥斯坦德,我把一对五岁的女儿带到沙滩上,准备好相机,想拍下她们的惊喜一刻。因为在我的记忆中,这是她们第一次看见蓝色的大海。可是,让我颇为失望的是,她们并没有欣喜若狂,只是把这片海水看作一个硕大的泳池,快速地投入水中,如此而已。

回想起来,女儿们学会游泳一点也不费力气,只参加了一个星期的游泳班,姿势就比我优美标准多了。而要说到自行车,幼儿园阶段她们就自学会了。那是一辆四轮儿童车,后面三个轮子平行,但不同时着地,因为中间那个直径较大。她们先是让一大一小两个后轮着地,骑着骑着车子就垂立起来了,再也用不着旁边两只小轮了。世界的奇妙之处就在这里,每一代人都不会重复前辈。

---

① 早年欧洲骑士决斗时右手持武器,必须靠左行,并由英国人将此规则带到殖民地。法国在大革命前也靠左行,后来农夫为区分贵族,改靠右行,不久贵族为了自保也效仿之。拿破仑上台后,此规则传到世界各地。

28. 出　逃

> 一位女兵从驾驶座后面的位置上跳将下来。她戴着红五星的军帽,"啪"地向我敬了一个军礼。
>
> ——题记

1

拉练或野营,这本来是军人训练的一个重要环节。但在"文革"期间,学校响应毛主席号召,组织同学们学习工农兵,这个词的含义也被拓广了。我读高一的时候,江口中学组织了一次拉练活动,目的地是温岭县,准确地说,是温岭县的两所中学。温岭在黄岩以南,温州的乐清以北,在历史上也曾分属这两个县。明代始置县治,取名太平,直到1914年,因外省有三县同名,才改为现名。如今,温岭早已升级为市,并且是新千年第一缕曙光照耀到的地方。

就像如今的孩子们盼望春游或秋游到来一样,那时的我对拉练格外期待。只是学校借不到那么多帐篷,即使借到了,也没有汽车那样的运输工具,因此我们没有露营。那次我们轻装出发,投宿兄弟中学,还是通过早年在温岭任教过的一位许老师的关系。温岭是我们蔡家的祖居地，但因为我小时候与父亲家族的亲戚接触较少，因此从未去过。那次母亲也跟着我们一起出行，这对我来说是一件大好事，母亲答应，拉练结束后带我回爷爷老家。

回想起来，那次拉练是我有生以来走得最远的地方，但并非全程步行。由于江口乡的南面被方山阻隔，我们必须先向东走到海门，再从那里搭乘内河船到新河。这条路线上的地名大多不为我所知，而母亲可以说是如数家珍，尤其是靠近海门的时候。母亲在调任黄岩以前，曾在海门文化馆工作，那是在20世纪50年代初期，未名就是在海门出生的。后来因为父亲生了一场大病，她才调到黄岩文化馆，以便就近照顾父亲。

按照学校部署，每个班级编成一支队伍，相当于一个加强排吧。每个年级就是一个加强连，好像还扛着一面旗帜。这样一来，全校同学就组成了一个拉练营。我和母亲自然不能走在一起了，这反而使我未受那些地名和往事的侵扰，沉湎于一种想入非非的境界。很显然，我受到那些"文革"时期观看的战争影片的影响，比如前文提到的《南征北战》《奇袭》和《渡江侦察记》。但那会儿，我的脑海里并不是浮现出某一幅军事地图，或者吉普车和摩托车在盘山公路上追逐枪战，而是幻化出一幕神奇的景象。

在广阔的平原上，我和同学们迈着整齐的步伐走在大路上。突然之间，从后面赶上来一辆三轮摩托车。一位女兵从驾驶座后面的位置上跳将下来，她戴着红五星的军帽，

"啪"地向我敬了一个军礼:"报告师长!军长请您去一趟,军部有紧急会议。"我回答一声"知道了"以后,便坐上那辆摩托车走了。

这一系列的动作和语言,使我的同学们既惊讶又羡慕。原来这家伙是个穿便衣的首长呢。哈哈,这样的白日梦足够甜蜜的吧,当然也无法实现,我也不会告诉任何人,包括母亲。我一路走着,一路幻想,直到庄稼地逐渐从两旁消失,我们进入了海门郊区。

2

不知道这样的白日梦里,是否有出逃或逃亡的心理?反正多年以后,我饶有兴味地读完了波兰电影导演罗曼·波兰斯基的自传。之前我已经看过他拍的电影《苔丝》,对影片中描述的主人公安吉尔"出走"已有所感触。后来我来到巴黎,渴望乘坐"东方快车"去旅行。到那时为止所谓"东方快车"有这样两列,一列开往伊斯坦布尔,另一列开往莫斯科。

说到伊斯坦布尔,那是一座横跨欧亚两个大陆的城市,让我想起了有关比利时大侦探波洛的电影《东方快车谋杀案》(依据英国作家阿加莎·克里斯蒂的同名小说改编),而莫斯科则让我想起波兰电影导演波兰斯基。在波兰斯基那部出版于上世纪80年代的自传里,写到"冷战"时期他在禁锢的祖国感到压抑,试图逃往西方的种种方案。下面允许我一一道来。

波兰斯基的四套方案分别是：第一，从陆路徒步穿越捷克-奥地利边境；第二，从水路去东德再设法进入西柏林（那时尚未修筑柏林墙）；第三，从波罗的海划船去丹麦的博恩霍尔姆岛；第四，搭乘从莫斯科开往巴黎的东方快车。最后一一失败了，波兰斯基的同胞、著名导演瓦伊达却看中了他，让他在自己的一部影片中扮演一个小角色，从此波兰斯基步入了影坛。再后来，波兰斯基利用自己的蒙太奇技巧，在巴黎过上了奢华的生活。

这里我想扼要地描述波兰斯基最后一次出逃的计划。东方快车在波兰西南部的卡托维茨有一个停靠站，那里离他的故乡克拉科夫不远。这是一列崭新、漂亮的法国火车，每节的走廊中央有一个洗手间。洗手间内有比较低矮的吊顶，用以遮住各种难看的管道。波兰斯基有办法在波兰段进入车厢，但为了钻进并蜷缩在洗手间上方，需要有人帮助。作为一项叛国投敌的同谋罪，可能会被判处几年或十几年的有期徒刑，但波兰斯基却顺利找来两位朋友帮忙，足见他那时已具备导演的号召力。

一天，三个年轻人在华沙车站上了火车，还带着一瓶准备庆祝用的伏特加。没想到的是，三个人先是在撬开吊顶的螺丝时遇到了麻烦，浪费了许多时间。等到他们终于把顶盖打开，发现上面的确可以藏匿一个人，却又遇到了新麻烦。一来可能时间来不及了，在火车开到捷克斯洛伐克的国境线之前那两个朋友无法把卸下的螺丝重新拧上；

二是顶部已经被他们严重损坏，细心的边防警察看上一眼就会引起足够的怀疑。

没有人愿意冒这个险，于是只好放弃计划。那天晚上，三个人在返回卡托维茨的旅途中喝醉了酒。其实，巴黎本是波兰斯基的出生地。准确地说，他出生在一个侨居巴黎的波兰犹太人家里。但他童年时，家庭因为受到反犹太主义浪潮的迫害而返回波兰克拉科夫老家。"二战"期间，他的父母和叔叔等先后被德国人抓进集中营，虽然后来做画家的父亲幸免于难，但母亲却惨死在纳粹的毒气室里。在斯大林时期，波兰斯基同样感觉心情压抑，于是有了出逃前往巴黎的想法和行动。

遗憾的是，当我抵达巴黎时，两列"东方快车"都已经停开了。即便不这样，我乘坐的方向也与波兰斯基向往的恰好相反，且我持有的护照也难以穿越那么多国家。虽然后来，我有幸数度到访伊斯坦布尔，且曾游历过莫斯科和圣彼得堡，却只搭乘过短途火车。2002年夏天，我从布拉格乘火车去往华沙，满以为会经过卡托维茨，没想到火车却从偏离卡托维茨一百多公里的弗罗茨瓦夫呼啸而过。

我不知道，如果"文革"晚五年或十年结束，我们这代人会做出什么举动，这当然是一个非常有趣且值得探讨的假设。可我那时只是一个外省少年，即便"文革"延长十五年，我也只是一个外省青年。我的故乡台州也还没有开通一条铁路，并且远离国境线，除非偷偷搭乘远洋轮船？那又太冒险了吧？偷渡客的下场可不大好。因此这个

音乐家马思聪纪念邮票

问题要问住在京城里的年轻人,比如朦胧诗人,或星星画派的艺术家们,他们可是只比波兰斯基小十几岁,那里离蒙古边境也不算远。后来,果然有两位做到了,他们是音乐家马思聪①和知青傅索安②。

3

海门是一座依江濒海的深水良港,因为这一地理优

---

① 1967年1月,小提琴家兼作曲家、中央音乐学院院长马思聪(1912—1987)率全家从广东偷渡到香港,四天后转往美国。他是"文革"中唯一有勇气偷渡且获得成功的文化名人,他的学生马孝骏是大提琴家马友友的父亲。

② 傅索安(1949—1974),天津人。"文革"开始时她是高一学生,毛泽东在天安门城楼接见的第一批红卫兵之一。后作为知青下放,出逃苏联成为克格勃,曾到日本执行任务,并参与林彪坠机验尸。后因患肝癌割腕自杀。

势,后来它终于取代千年古城临海,成为台州市府的所在地(改称椒江区),也包括了椒江北岸的章安。长大以后我才了解到,章安的历史更为悠久,自东汉至唐朝一直是台州政治、经济的中心。《汉书》云:"北去辽宁,南及交趾(越南),贡献转运,皆从东瓯。"据专家考证,这里的东瓯即指章安,西汉初年为东瓯国①属地。虽说唐时郡府移至临海,章安仍是重要的港口。1130年正月,宋高宗赵构避难于章安,其遗址今犹在,李清照、文天祥等均曾来此凭吊。至于南岸的海门,要到清康熙年间解除"海禁"之后才得以迅速发展,开辟成为商埠。

可是,在"文革"期间,海门也与温州一样以武斗出名。从海门到新河的航程我已记不得了,两岸的风景并没有再触发我的想象或灵感。终于到达了新河中学("新中"),果然是一所老牌学校,树木葱郁,还留有明代建造的文笔塔和古城墙。新河中学面积不小于黄岩中学,据说还曾是省重点中学。

当晚我们住在"新中"的教室里,第二天与该校的同学们做了交流。原来新河还是宋代诗人戴复古的故乡,当代数论学家柯召也出生在此。多年以后,我在成都出席了四川大学为柯老举办的祝寿宴会,还和他用家乡话聊天。

---

① 东瓯国,越王勾践后裔东瓯王封地,在今温州、台州、丽水一带,约存五十四年。近年考古表明,东瓯国中心可能在台州,大溪镇北三公里处有东瓯国古城,其遗址已于2013年被列为全国重点文物保护单位。

而在新千年，我曾应邀做客"新中"，为全校老师做了一场讲座，看见以创始人授智法师命名的授智楼依然完好无损。

我现在愿意相信，出发前许老师他们一定做了精心准备，因为毕竟，江口中学是一所默默无闻的学校。第三天，我们又继续出发，走路前往下一个目的地——温岭中学。记得进城的路上我们看见了一座叫"石夫人"的山峰，传说她与我幼时去往新岙途中所见的山峰"石大人"之间有一段未了情。那次造访我有些记忆，似乎温岭中学是建在一座小山脚下，有清泉从山坡上沿着劈成两半的竹管往下汩汩流淌。那以后，我和同学们便分开了，他们和老师们一起踏上归途，我则随母亲去爷爷老家。那是城北横峰区的莞渭蔡乡（也作观渭蔡），离县城大约有十里地，有内河船只可以通达。

我父亲就出生在莞渭蔡，确切地说是西塘村。奶奶老家在莞渭陈，也属于莞渭蔡乡。他们在南田岛生活了二十多年，待儿女长大以后，双双返回老家，那是在1948年。我们见到了大伯父，他的成分和爷爷一样，是地主。还有留在家乡的堂兄光宇和光宙，光宇毕业于师范学校，已是一名中学语文老师，后来与我母亲一直保持通信。虽然早已与父亲分居，但母亲依然回婆家探亲。那应该是母亲最后一次回到莞渭蔡，对我来说却是第一次，也是童年唯一的一次。我对那座村庄仅有的记忆是一片片芦苇荡，河汊众多，不愧是泽国水乡。

多年以后，我应邀做客温岭市图书馆时，造访了已进入古稀之年的堂兄光宇。丹青在马路上等候,他居然还能认出我。光宇告诉我,莞是一种水上植物,而渭在古汉语里有河网之意。他还告诉我,因为莞渭蔡没有山丘,我们的祖父母和他的父母都下葬在三里外的楼旗。那里有远近闻名的惠众寺,是佛教的宝地。楼旗山或楼旗尖风光秀丽,如今是温岭的旅游胜地,在行政上属于温峤镇。温峤镇和温峤岭知名度都不高,但后者在历史上是海上名山,温州和温岭两市均得名于此。

随后光宇叫来光宙一家,一起陪我去楼旗山下扫墓,我终于见到了爷爷奶奶的长眠之地。墓碑上的文字清晰,爷爷叫蔡贵文(1884—1953),奶奶叫陈翠英(1886—1958)。说到爷爷,光宇仍然十分激动,说他不仅勤劳,且是个仁慈之人。光宇举了两个例子,一是从前老黄牛耕不动地以后,一般人家是把它给宰了或卖了,爷爷却养其终老;二是有个长工到成婚年龄后,帮他娶妻,并在自家土地上为他盖了新房。

告别莞渭蔡以后,我和母亲在归途中又一次经过海门,这回母亲决定停留一天,看望一些多年不见的老朋友,未免又要谈起我父亲。其中一位李伯伯也是"右派"校长(并非从水井里救出我的"右派"李伯伯),他似乎预感到,"文革"已经临近尾声了;另一位周伯伯爱写古体诗,在后来的二十多年间,他一如既往地写作,抄写并分寄给朋友。虽然母亲读不懂他的诗,但每次照样收到一份。通过这次拉练和旅行,母亲在我心目中高大了许多,虽然她念书不多，却非常会交朋友。

2014年秋天，正当温岭命名一百周年之际，我应邀参加了一年一度的东海诗歌节。有一天，诗人们搭乘一艘捕鱼的"诗歌船"到东海上，接受了大海的严峻考验。我同时发现，横峰已是城区的一个街道。临别之际，我被一位爱好文学的父母官带到有着五百多年历史的蔡家祠堂，见到了远房堂兄逸梅和年纪与我相仿的堂侄新荣。新荣是一家高科技企业的董事长，与浙大的纳米专家有合作。逸梅字公一，退休前是信用社社长，喜欢写古体诗，他对家史了如指掌，还送我一本《莞渭家史传略》，封面上印着那块象征着好风水的孤岩，正是它吸引了始祖。

原来，先祖蔡谟后裔在黄岩平田乡居住了六代以后，有一支迁居福建泉州，北宋书法家蔡襄便是其子孙（名扬海外的当代先锋艺术家蔡国强也是泉州人），如今蔡姓是泉州（也是台湾）第九大姓。而据家谱记载，十八世孙蔡午（奉午）一支迁居到大溪白山。又过了五代，告老还乡的宋代诗人蔡存平把家从白山迁到莞渭，成为莞渭始祖。其时莞渭和大溪均隶属黄岩，直到明朝弘历年间（1469），才划分出太平县，即后来的温岭县。存平的哥哥蔡镐[①]是武榜进士、朱熹的好友，《朱子大全集》里收有两首忆蔡镐的诗。在朱熹主政台州期间，命蔡镐和林鼎负责新河闸桥群，至

[①] 蔡镐（1143—1191），字正之，浙江黄岩（今温岭）白山乡人。武榜进士，曾为盐城武学教谕。后受宋孝宗委派出使金国，不幸"命下而卒"。

温岭大溪东瓯古城出土的双耳罐

温岭横峰的蔡家祠堂石碑

蔡镐修筑的新河闸桥群之麻糍闸

今仍有四座保存下来,2006年成为全国重点文物保护单位。

当我们回到山下廊,我发现自己的身体开始全面发育了,无论身高还是体重都在往上蹿。几乎突然之间,我从一个不参加体育活动的人,变成了全能运动员,跳跃、投掷和接力跑,每一个大项的比赛都没有落下,且连拿了两个全校冠军。20世纪80年代,我在西子湖畔回忆起少年时的那次拉练，尤其是徒步旅行所产生的幻觉或白日梦，做了自我解剖和分析，认为那与内心的某种缺失和愿望有关。那以后的某一天，我写下了一首诗——《愿望》。

愿　望

我想去很远很远的地方
那里的花开四季
村庄远离城市
大片大片的草坪铺展像云彩
我会有幢自己的房子
会有鸽子栖落在阳台上
一个天使般美丽的姑娘
爱上我又把我抛弃

很久以来我就有这个愿望了
很久以来我翘首企足的好时光
就要来临，很久以来
我一直等待着我的归来
我要娶温柔善良的妻子
并在此安居乐业

1988，杭州

29. 领　袖

> 追悼会开过以后,我仿佛有些清醒了。因为我已经知道了,"毛主席万岁"是一则神话。
>
> ——题记

1

转眼到了1976年,那是中华民族的一个关键性年份,也是领袖更迭的年份。前一年的4月5日,蒋介石在台北逝世,他活了八十八岁。记得《参考消息》发了一条短消息,标题是:"蒋介石死了。"之后,蒋经国继承了国民党总裁职位(后称为"主席")。在他任职"总统"的后期,开始了台湾民主化进程,经济建设也突飞猛进,因而深得民众拥护。我记得一幅1954年的旧照片,蒋经国在温岭县政府前留影,却是在大陈岛——浙江沿海多个县的国民党政府机关撤至该岛。

1976年年初,总理周恩来的逝世在大陆民众中间引发了悲痛和悼念。记得我是在早晨瑟瑟发抖的被窝里,听到有线广播中播放的哀乐,凝重的旋律通过扬声器时发

1954年，蒋经国在大陈岛

出吱吱嘎嘎的响声。那时中国的传媒非常落后，绝大部分地方没有电视。仅有的几份报纸也要隔日甚至隔两日才能送到山下廊这样的村庄，比如《人民日报》《浙江日报》《解放军报》和《光明日报》，每份报纸只有四个黑白版面。

可是，对于我们中学生来说，这条噩耗的震撼力不是特别强，因为周恩来的名字并未出现在教科书里。我甚至不知道"总理"这个职务的确切含义，它和主席的职位差距究竟有多大。说实话，周恩来之死给我造成的心理冲击，远不及林彪之死带来的震动，虽然那会儿我更加年少。不过，我们这一代人和老一辈都记得1月8日这个日子，那是周恩来的忌日。除了毛泽东的以外，似乎其他中共领导人的忌日都不被大众记得。那又是何种原因呢?

我相信,这是后来的一系列悼念和宣传所起的效果,也是周的风度和品格使然。在多数中国人的心目中,他的形象近乎完美。只是有一点让后人难以理解,在他十二岁离开故乡后,六十六年间(包括担任总理的二十七年)从没有回出生地江苏淮安一次,甚至一再阻止亲弟弟回乡给母亲扫墓。

对周恩来的特别悼念始于那年的清明节,北京的天安门广场发生了一系列事件,我们不断地从迟到的广播和报纸上获取错误的信息。我印象最深的是中央人民广播电台的那个播音员,他用一种居高临下的权威语调,描述了一个"理小平头的家伙"在广场上的所作所为。纵然时光流逝,我仍然没有忘记他的声音。"天安门事件"被平反以后,人们发现所谓"理小平头的家伙"是有目的的虚构。

随着夏天的到来,坏消息接连从北方传来,首先是朱德元帅的去世。其实,就在朱德死前五天,正好是党的生日,那天中共早期领导人张闻天[①](做过三年总书记)在出生地无锡病逝。如同病历卡上的名字"张普"一样,张闻天是个与世无争的理论家。他早年留学日本、美国,写过小说、话剧和散文,在遵义会议上力挺毛泽东,延安时期

[①] 张闻天(1900—1976),又名洛甫,江苏南汇人(今上海浦东新区)。中共早期领导人,去世时仅南京《新华日报》发布七十八字讣告,身份是中国科学院哲学社会科学部经济研究所特约研究员。

曾劝诫其迎娶江青,并促成"西安事变"的解决。后来因为在庐山会议上替彭德怀说了几句公道话,被卸了职,成了反党集团的二号头目。但因毛泽东说了他几句好话,晚年生活仍得到一些照顾。

朱德元帅(也是总司令、委员长)的大名早已出现在语文教科书中,却是一则与扁担有关的故事,想必那也是他的权力边缘化的一个象征。故事说的是工农红军井冈山时期,朱德争着挑粮上山,警卫员怕他累坏了,常常把他的扁担拿走。朱德心生一计,在扁担内侧写上"朱德的扁担"字样,于是便成了传奇。至于"文革"期间这条扁担换了主人,那一定是某些拍马溜须的人所为。

接着,便发生了唐山大地震,与2008年发生的汶川大地震一样,堪称是一个世纪一遇的天灾。那时我们已经有了一位新总理——华国锋,由他率团慰问救灾。但不知为何,那次既没有发动老百姓捐款,也没有接受老外的援助。值得一提的是,唐山大地震发生时,蒙特利尔奥运会正如火如荼地举行着,那次中国没有被邀请参加,国内媒体也未予以报道。

2

说到"领袖"这个词,按字面理解,应是指衣服上的领子和袖口。这两个部位常与皮肤直接接触摩擦,容易起毛破损,所以古人制作衣服时,领口和袖口都是单独用料,并镶以金边。总之，这两处地方既高贵又醒目。另外，古人穿衣服很讲究衣领与袖口的式样及大小，设计讲究的领口和袖口穿戴后给人一种堂堂正正的印象。

可是，在"文革"期间，"领袖"已不需要镶金边了，因为有了更好的防护手段——袖套和假领，还有夏天穿的牢固的卡其衬衫。众所周知，袖套是为了保护衣服的袖口，避免弄脏和磨损。在物质匮乏的年代，这东西非常实用和普遍，冬天还能起到保暖作用，母亲也给我做过几副。而假领只有时髦的青年人才用，且多是在商店购买的，之所以流行的原因在于，一般人家里衬衣很少，洗澡和换衣服都不那么勤快。

在古人看来，"领"和"袖"既突出醒目，又庄重严谨，具有表率的作用，"领袖"一词的延伸意义因此而来。据说"领袖"一词最早出自春秋时期晋文帝之口，用以表示对大臣魏舒的称赞。不难想象，在动乱年代，领袖一般只有在战斗时才会产生，而且往往是在决定性的战斗中产生。每个领袖都凝聚了他所在民族全体或部分人民的信念和梦想，使得大批军人愿意追随他的领导。他们能够鼓舞将士克服恐惧和各种困难，完成艰巨甚至不可能的任务。

在人类历史上，那些伟大的领袖们所取得的丰功伟绩带给后人的利益往往是难以估量的。当战争取得最后的胜利，领袖很容易转化成君臣或国家领导人。在和平年代里，领袖又能够把各种不同的意见凝聚成一个强有力的、统一的目标。一旦组织成功,他们的人民就能够自觉推动其社会朝着既定的目标前进。可是,这只是人们的理想,未必能够顺利实现。换句话说,领袖所倡导的事业有可能半途而废,也可能遇到重重险阻,甚至倒退。

最关键的是,领袖也是人,所以免不了生老病死。很多小说、历史书和电影、电视剧都描绘过君王的驾崩。对一个作家来说,那可能并不太费事,但对一个导演或制片来说,那一定是件令人伤脑筋的事情。至少,那要耗费人力、财力和时间,换句话说,要斥以巨资。即便如此,年轻一代的观众或读者也不会太在意,往往一瞄而过,因为毕竟,他们没有亲身经历。从这个意义上,我们可以说幸运地目睹了历史。

9月9日,"伟大领袖毛主席"在北京逝世。如果是阴历的话,那本该是个登高望远的日子。古人认为单数是阳,双数是阴,九可谓是最大的阳数了,9月9日也自然成了重阳节(如此说来,阳历的9月9应是三重阳)。在古代中国,"九"只有皇帝才相配。据说紫禁城的房子共有九千九百九十九间,北海有九龙壁,颐和园有十七孔桥(从中间的最高点到桥的两端都是九孔)。除了帝王以外,大概只有孔子享受这种待遇,山东曲阜的孔庙就由九座殿堂组成。

说实话,毛泽东之死对我的心理冲击巨大无比。因为此前,我们无数遍喊过或听过"毛主席万岁!万万岁!",怎么他老人家不满八十三岁就去世了呢?虽说封建皇帝没有一个长命百岁,但毛主席在我们心目中可不一样,他是"人民大救星""永远不落的红太阳",自然"万寿无疆"了。事实上,帝王将相在"文革"时统统被批倒批臭,消失在一切可以传播的媒介中,因此我没有听到过"陛下""朕""万岁爷",以为"万岁"这个词专属于毛主席一个人,他的死才让我们震惊。

3

毛泽东去世以后,全国各地每个单位都布置了灵堂,江口中学也不例外,校办工厂暂时停工,原本被用作地球仪车间的大礼堂被腾空清理出来,摆上了毛主席遗像和花篮。甚至每间教室也是如此,张贴在黑板之上的伟人像两侧挂起了挽联。九天以后,追悼大会在天安门广场隆重举行,党和国家领导人依次站立在城楼上,由"四人帮"里职务最高的王洪文主持,华国锋致悼词。汽笛长鸣,"哀乐"响彻全中国,据说现场参加追悼会的有一百五十万人。

我和全校师生一起,在大礼堂和天井里收听有线广播。没想到的是,北京追悼会后的一天,学校布置下来任务,要求次日下午各班再举行一次追悼会。教英语的班主任J老师决定,让我担任我们班追悼会的主持工作。这又一次出乎我的意料,因为我既不是班长,也不是副班长。不过以前听女同学私下里议论过,我是班上最拿得出手的男生。另一方面,连续一两个小时站在黑板前,不仅我没有做过,其他同学也没有做过，因此既忐忑不安又颇为兴奋。

到了那一天，我上身穿一件白衬衣，下身穿一条黑裤子，鞋子的颜色记不得了，反正那时我还没有皮鞋。时辰一到，在班主任和全班同学注视下，我走上讲台，庄严地宣布："伟大领袖毛主席追悼大会现在开始！"学校有线广播播放起"哀乐"，我带领大家向黑板上方的毛主席像三鞠躬。接下来，同学们轮流上来朗读自己写的悼念文章，我只需按事先列好的名单念名字就行了。

我隐约记得站在台上看台下的情景，同学们个个表情严肃，连续几个小时一动不动，甚至那些想上厕所的也不敢吱声或举手。看到这一幕，我一方面心情沉痛，另一方面也有点忍俊不禁。终于同学们发言结束，我宣布闭幕。那会儿"哀乐"没再响起，因为各班的结束时间不同。或许是那年听"哀乐"次数太多，且每次心情沉重，以至于多年以后听到，仍会想起1976年的情景。直到2015年7月12日，这首曲子的作者罗浪以95岁高龄谢世，才知是由一首北方民间吹打乐曲调改编，首次演奏于1945年的张家口。

追悼会开过以后，我仿佛有些清醒了。因为我已经知道了，"毛主席万岁"是一则神话。不过，我还要再等四年，才有机会来到天安门广场，亲睹"伟大领袖毛主席"的遗容。站在历史的高度，从四十多年后的今天出发，去看待那个永不再现的场面，再去比较封建王朝皇帝的葬礼，同样地规模宏大、气势恢宏。在这个意义上，我比较赞赏美利坚合众国的做法。

1994年秋天，与毛泽东有过历史性握手和会面的理查德·尼克松去世时，我刚好在加利福尼亚，在电视里目睹了葬礼的全过程。那场葬礼是在尼克松的故乡——加州小镇约巴林达举行的，就在以他的名字命名的图书馆的草坪上。到场的除了尼克松的亲属和生前友好、同事以外，还有在世的美国历任总统，总共只有一两百人，依然不失隆重，时任总统的克林顿和大主教格雷厄姆致辞。如果我没有记错的话，克林顿的悼词里提到了尼克松的首次访华。

　　接下来是1976年的谢幕戏，"四人帮"被打倒，或曰被粉碎。之前不到一年，康生[①]病逝，否则"四人帮"里应该没有姚文元，或者变成"五人帮"了。大诗人郭沫若有一首打油诗流传下来，题目是《水调歌头·粉碎四人帮》："大快人心事，揪出四人帮，政治流氓文痞，狗头军师张，还有精生白骨，自比则天武后……"不过那时我们才疏学浅，不识此诗好坏，但是能看懂。

　　无论如何，我们有了"英明领袖华主席"，天下本应该从此太平了，可是"文革"的余孽仍在作怪，全国各地又开展起揭批"四人帮"爪牙的政治运动。如同反右时一样，这场运动又有四处蔓延的倾向，连江口中学这样的小地方

[①] 康生（1898—1975），原名张宗可，字少卿。山东诸城大台乡（今属青岛黄岛区）人，曾任中共中央副主席。出生于书香人家，其艺术造诣被认为是中共领导人中最优秀者之一，尤长书法。

也要揪出一两个"爪牙"来。结果呢,我母亲作为曾经的"现行反革命分子",又被选中了,校内的黑板报上出现了揭批母亲的大字报,那可能是我的棋友兼"伯乐"卢校长首肯的。当然,如果真是这样,那他也一定是迫于无奈。幸好,上述危险的趋势被上头适时制止了。

母亲未受深究,反倒是我,一个小小的学习委员,受母亲的牵连,被班主任撤销了职务。记得那是一个冬日的早晨,那位不久前让我主持毛主席追悼会的J老师在一次晨读快结束时突然宣布:"因故撤销蔡天新同学的学习委员职务,由某某某同学接任。"这是"文革"期间我个人遭受到的最大打击。

我的高中母校新址,现已成为职业学校。作者摄

多年以后，已是浙江大学主校区医院院长的学弟杨仁志告诉我，1976年初冬的一天，他曾亲眼看见我母亲挂牌站在老校区的戏台上示众，尽管台下无人呼喊口号。幸运的是，那时高中部已在新校区上课，我不仅没有目睹那一幕，事后既无人相告，母亲在我面前也无任何的流露。杨学弟初中毕业后考入黄岩中学，成为难得的一位既熟悉我母亲，又做过我父亲学生的同乡。

我毕业后不久，江口中学的高中部便被取消了。再后来，初中部迁往江口镇（现在叫江口街道）。如今，我的母校已成为一所职业学校。多年以后，我曾经悄悄地走访母校遗址，发现校舍连同周围的田野和橘林已被夷为平地，建起了厂房或办公楼，成了经济开发区的一部分。而山下廊的旧校舍和那座戏台仍在，不过已变成一所小学。或许我们可以这么说，领袖的生与死，决定了几代人的命运。

30. 县　城

> 现在看来，县城生活对我来说，是从村庄到省城之间的一个必要过渡或驿站。
>
> ——题记

1

如果以黄岩城关为中心、二十公里为半径画一个圆，就可以把我人生最初十四年的生活全部划归进去了。不仅如此，还可以分得再细一点，院桥、樊川、委羽山在南面，新岙在西面，王林施和王林在北面，山下廊和山头金在东面，我居住过的七个村庄和一座镇恰好绕着黄岩县城转了一圈。这其中，院桥最大，是一座小镇，但我的记忆却最为淡漠。

1977年夏末秋初，在与母亲一起度过中学时代最后一个暑假以后，我终于要返回我的出生地——黄岩县城了。因为父亲半年以前就承诺过，他已准备好一套木匠工具，一旦我高中毕业，他就会亲自传授我将来赖以养家糊口的木工手艺。

这是我出发上大学之前最后一次迁移。与以往几次不同，这回是我一个人，没有母亲同行；不需要雇用农民伯伯和手推车，只需要带上换洗的衣服。甚至，也不需要走太多的路，从山下廊坐上内河客船到县城，再走上二十几分钟就可以抵达父亲任教的县中，不是西城罗家汇村的新"黄中"，而是前门在青年路、后门在双桂巷的那个老黄岩中学。这条航路以前我走过好几次，但这回两岸的景色似乎更美，内心也有了愉悦的感受。我将成为县城里的人，这个感觉还真不错。

父亲之所以想要教我木匠活，而不是他的专业历史或英语，我想一定是有他的道理的，因为后者当时不能用来养活自己。可是，等我真地来到了"黄中"，他又埋头于自己的教学工作，迟迟未向我展示他的木工技能。或许他在期待着什么，或许他只是找个借口让我到他身边。我因此得以悠闲地过日子，偶尔也做做勤杂工，就像从古到今一个学徒需要做的那样，烧开水、打饭菜、拖地板、倒痰盂，等等。

多数时候我们吃食堂，但有时晚餐或周末时，父亲也会亲自下厨，做几道小菜。那样的话，买酱油醋、收拾饭桌之类的活计自然也归我了。而到城西县城唯一的菜市场采购，则一般由他亲自出马。如同《水井》一文里所写到的，那会儿，我特别愿意被派遣到学校外面的那家小卖部。

父亲空下来的时候，很乐意把我介绍给他的邻居和同事。他们中有西南联大毕业的英语老师王克宬、复旦毕业的数学老师管昌侯、浙大毕业的物理老师马启义（他的同班同学中有我国第一位女数学博士徐瑞云）。或许有人会这么想，老蔡这个儿子像是捡来的。也有人听说了我的棋艺，包括长寿的王树德老师在内的两位数学老师主动向我发出邀请。

可我却没有再和父亲下过棋，双方都不曾有过提议。遇到父亲的学生们来访，他也会介绍我们认识，他们中有的已经毕业多年，更多的是在校生，他们的年纪与我相仿。这样的温情淡淡的，却是我难以忘怀的。除此以外，我还有很多空闲，就在黄岩城里东游西逛了。

有一次，我在主要大街青年路上走着，刚好遇到一支送葬的队伍，两旁围着许多看热闹的市民。我不由生出好奇心来，使劲钻到里面。不看不要紧，一看吓一跳。我发现，送葬队伍里居然有好几个不男不女的人。他们都很年轻，说男的吧，却穿着花衣裳，说女的吧，却剪着和男生一模一样的短发。终于，有一位了解内情的旁观者告诉我，她们都是从京城里来的女孩子。

原来，那位不幸早亡者是县人武部部长。他是山东人，解放战争时期的南下干部，两个弟弟在北京做大官，那几个丫头都是部长的侄女。即便如此，我还是十分惊奇和感叹，我以前可是从没有见过如此俊俏的女子，心想敢情女孩子都应该把头发剃掉才好看。由此看来，我对简练事物的好感很早就有了，应该是在数学和诗歌训练之前。它就像一把奥卡姆剃刀①，存在我的头脑上方，把所有华而不实的东西去掉。因而当后来我发现超现实主义艺术时，便与之一拍即合。

2

更为离奇的故事还在后头（也可能是在前头，即上一次我来"黄中"时遇见的）。有一天下午，我从大街上闲逛回来，走到"黄中"校门口时，恰好遇见一伙人急匆匆地往外走，还推着一辆平板车。车上躺着一个异常美丽的女子，口吐白沫。我不认识他们中间的任何人，却和几个小孩子一起，跟在后头看热闹。不到一刻钟，我们便一起赶到了第一医院。原来仅仅因为父母不同意她的恋爱，那女孩子就喝下了大半瓶敌敌畏。经过全力抢救无效，医生宣布了她的死亡。

我目送着那辆平板车进了太平间，心里徒然升起一丝怜香惜玉的感觉。这是在王林施村那次台风之后我看到的第二具尸体，心情竟然截然不同。第二天我才知道，那个自杀女孩的父母都是"黄中"老师，父亲还是学校领导，当天她父母都在外地。后来我和他们的小儿子，也就是那

---

① 奥卡姆剃刀，即"除非必要不得增加实体"，系由14世纪逻辑学家、圣方济各会修士"奥卡姆的威廉"提出。他在《箴言书注》写道：用较少的东西同样可以做好的事情。

位死去女孩的弟弟交上了朋友。我们的友情一直维持到同时考上大学,各奔东西后才慢慢淡化了。那次遭遇让我第一次知道,人世间真的有殉情的女子。多年后我被告知,她的父亲当年接替的正是我父亲的职位,我父亲也并非自愿成为"右派"。

现在看来,县城生活对我来说,是从村庄到省城之间的一个必要过渡或驿站。此前,我虽然来过县城很多次,但基本上都是匆匆路过,最长的一次才住了一个星期,就是母亲住院开刀那次,也是忙着奔波于学校和医院之间。这一回,我终于有机会在这里住下来,成为一个城里人了。但邻居们还是以一种特别的眼光来看待我,除非我做出令人刮目相看的成绩。当然,这是我后来分析的,那时的我尚且年少,考虑不了那么多。

相反,我对周围投来的目光总是予以亲切的回报。这是我出生的地方,在我填写过的众多表格里,籍贯栏里每回都写"黄岩"。虽然按那时的习惯,应该是温岭或象山,因为这两处才是蔡家祖居的地方。我继续着自我探索。有一天,我突然走进了县总工会的大院,在那里第一次看到电视机和里面播出的黑白图像。

虽然早在1929年,英国的BBC就开始试播电视,1936年正式开播,北京电视台(后改名CCTV)也在"大跃进"开始那年(1958)开播,可我当时的确没有听说过电视这个玩意儿。那次邂逅当然让我吃了一惊,但我已记不得具体的节目和画面,甚至也记不得到底是电视台的节目呢还是播放录像带。

总工会旁边有座石塔,高30多米,那是始建于东晋的庆善寺宝塔,小巷故名大寺巷。唐代天宝三年(744),鉴真和尚欲第四次东渡时曾来此小住,他本打算去章安雇船出海,却被黄岩县令劝阻。在县南禅林寺讲学数日以后,鉴真返回了扬州。而庆善寺东柏树巷有一段古称新罗坊,吴越国时便是朝鲜商人聚集地。

"黄中"校园边上有一条河流,通向我的母校樊川小学,也是我后来好多个夏天游泳的地方。可是,它的水流实在太凉太急了,从前有一位老师的孩子在河里游泳被淹。相比游泳,我玩得更多的是篮球。"黄中"有一个水泥球场,那是山下廊村那个半场泥地无法相比的。尤其在天气炎热的时候,出一身大汗再冲个凉水澡非常惬意,这个习惯我一直保持到中年,只不过后来改冲热水澡了。记得有一次吃晚饭时,我忍不住有些得意地告诉父亲,打篮球是我一天最快乐的时光。

说到打篮球,也有一件趣闻。那时黄岩城里已有灯光球场,就在我比赛象棋的体委大院里头。有一天晚上,县篮球队和驻台州部队进行一场友谊赛,我约了一个朋友去看。在昏黄的灯光下,有一个漂亮的进球让我永生难忘,主队有位个子不算高、理小平头的队员从中线开始运球,直到罚球线附近,然后连续两次转身180度,高高跃起把球直接送入筐内,赢得了全场观众的喝彩。

从此我记住了这个球员的名字。他后来考上省城的一

宁溪王氏始祖王从德

所大学,毕业后回到故乡,步步高升成了家乡的父母官。将近三十年以后,我应邀回黄岩参加橘花诗会。有一天,我和我的英文翻译、南非诗人罗伯特驱车到宁溪山里,探访外婆的老家王家店村,这才发现当年我崇拜的那个篮球队员与我外婆竟然是同族。遗憾的是,虽然王家店村与平田乡只隔着一个长潭水库①,那个水库也是我大学暑假里多次游过泳的,却一直不识南渡蔡氏的始祖蔡谟,更没有想到他在平田落户。

多年以后,我了解到宁溪王氏的始祖叫王从德②,约为870年进士,在杭州做过大理寺少卿,人称少卿公(相当于高院院长)。少卿公在晚唐曾是后来的吴越国开国国君钱镠的同事,也是一位农学家。907年,钱镠在杭州称王,

---

① 长潭水库,台州最大的水库,位于黄岩西部永宁江上游,建成于1960年。
② 王从德(847—926),字本心,山西祁县人。唐末农学家,登进士,官至杭州大理少卿,后为避"钱镠之聘",携家迁居宁溪。著有《农家事略》。

建立了吴越国，而少卿公却"不与共事"，带着全家隐居到了黄岩西部的宁溪。至今已有1100多年，历三十多代，明代还出过两位大学者。

3

在中国历史上，"县"可能是使用时间最久的行政区划单位了，至晚在周朝便已存在，一直沿用到今天。周时，县大于郡，或许是一种巧合，在今天的日本，县仍是最高一级的行政机构，郡在县之下，通常只管理几个町或村。而在中国，秦以后，县与郡便换了位置，县属于郡了。后汉以来，郡成为州的下级行政单位，形成了州、郡、县三级机构，与如今的省、市（自治州或地区）、县一致。但到了隋朝，郡又被废，县直隶于州。唐朝武则天改州为郡。到了明清，郡又变成了府。

在古汉语里，县有远、悬殊之意，原因恐怕在于，县比较大且县与京城的距离比较远。《汉书·高帝纪》里有"县隔千里"之说，此处"县隔"或"悬隔"意思是相隔很远或差别很大。虽说县官是父母官，但在民间传说和文学作品里，县官的形象通常比较糟糕，例如杜甫的诗句："县官急索租。"（《兵车行》）相比之下，作为农村居住点的村，给人的感觉向来比较温馨，出现在古诗里也显得尤为亲切。比如，"牧童遥指杏花村"（杜牧《清明》），"柳暗花明又一村"（陆游《游山西村》）。

究其原因，乡村里有清新的空气、淳朴的民风，诗人和艺术家一般生活在喧嚣的都市里，偶尔看见秀美的景色，容易触动灵感。可是，要说到创作这些作品的诗人或艺术家来，那还是县城或小城市长大的居多。比起省城或首都的孩子来，他们通常有着更多更大的抱负，而乡村孩子需要接纳的观念又太多了。仅以赵丹和赵无极这两位艺术家为例，他们在我眼里是20世纪中国最出色的演员和画家。从1921年至1933年，这两个从未谋面的赵家男孩均在长江边上的小城南通生活并接受教育。

前面说到黄岩的主要街道青年路，还真有一段历史掌故。它在清代叫道义巷，明代叫景贤巷，宋代叫景贤坊，路边还有一条中支河。清廷入主中原之初，推行野蛮的"剃发令"，黄岩一批士人不服，在景贤巷集体跳入中支河，以示抗衡。而在宋代，朱熹的门人林鼐就住在景贤坊，正是他和我的先人蔡镐修筑了清河闸桥群。可是到了1958年，黄岩城关青年突击队却填河扩路，将中支河填成了街道，与道义巷一起构成了如今的青年路。

幸好，与道义巷平行偏北，同样也是千年古巷的东禅巷还在，且那富有禅意的巷名也得以流传。此巷唐宋时便有，旧称丛桂坊，改现名可能与巷内建有东禅护国院有关。明《万历黄岩县志》记："东禅护国院初建于唐懿宗咸通二年（861），宋太平兴国五年重建。明初，这所寺院衰落得像座小庵。"巷的东头是东禅桥，从前桥下即有内河埠头，去南乡（院桥）及东南乡（路桥、金清、泽国）的内河船均泊于此。

位于东禅巷的林蔚故居

如开篇所言,民国初期,我外公(也许还有外公的父亲和爷爷)便是在东禅巷开南北货店。那时这里的当铺、银楼、酒酱坊和估衣铺(经营旧衣)等远近闻名,每逢集市,各地顾客商贩赶来,人来客往,十分热闹。近年来,东禅巷的"林蔚故居[①]"重又修缮开放,此宅建于1930年,是黄岩城内第一幢西式小洋房,主体建筑保存完好。这位曾经的民国上将故居现已列为文保单位。

再往北,过县前街有条曾铣巷,是为纪念明代抗蒙名将、三边总督曾铣。曾铣出生在黄岩,幼时落籍扬州,20岁考中进士,曾任山东和山西巡抚。后曾铣全家被权臣严

---

① 林蔚(1889—1955),字蔚文,浙江黄岩人。从家乡中学毕业后,考入南京陆军大学。符合蒋介石用人标准"黄(黄埔军校)、浙(浙江人)、陆(陆大)、一(第一军)"中的两条,曾任国防部次长。

嵩陷害怨杀，唯有儿子逃出，被人收养，结果被严嵩之子招为女婿。婚后夫人察得隐情，丈夫实言相告。京剧《盘夫索夫》演绎了这则故事，乃赵派代表剧目。

虽说故乡自古以来就比较富庶，有民谣为证："黄岩熟，台州足"，不过，却很少出现文化名人。朱熹老先生曾在黄岩播过种，也没有结出丰硕的果实。"黄中"的民国毕业生里，有五位后来成了中国科学院或工程院院士，都是科技专家，其中陈芳允和吴全德入读西南联大，前者是"两弹一星"功勋，后者是我樊川小学学长。

可能因为这个原因，多年以后，黄岩中学出资创办了一份纯文学杂志，叫《新叶文苑》，是半年刊，并邀请一位曾在"黄中"读过一年书的台州籍女作家题写了刊名，主编是章云龙老师（值得一提的是，两位名诗人何其芳、臧克家的夫人牟决鸣、郑曼分别是黄岩茅畬人和路桥人，她们是抗战时期奔赴延安和重庆的文艺女青年）。这样的努力当然值得鼓励，在当前多数综合性大学都停办纯文学刊物的情况下，尤为难得。我每期收到一册，但从发表的作品质量来看，与发刊的初衷和目标仍有差距。

那年国庆节，我回到了江口中学，母亲非常高兴，问长问短，尤其是父亲的一言一行。虽然我们只分别了一个月，却已是最长的一次。三天的节日过完以后，我又多停留了两天，之后，漫无目的地回到县城。原本打算继续我的探索和漫游，没想到的是，到了10月21日那一天，父亲突然兴奋地告诉我，大学恢复考试招生了。

31. 金　榜

父亲发现，徐迟提到的三位数学家中，唯有潘承洞是山东大学的一名讲师。

——题记

1

很久以后，我才了解到高考招生制度恢复的一些内幕。就在我参加地区象棋比赛回来，高中毕业典礼开过的那会儿，即1977年7月，20世纪的传奇人物——邓小平复出，担任第一副总理，主管教育和科技。不久，便在北京主持召开了一次小型科教工作座谈会。会前，教育部以"来不及改变"为由，仍然维持原先的工农兵推荐上大学，并把方案报送中央。

参加座谈会的大多是赫赫有名的大科学家，三天以后，职位最低也最没有包袱的武汉大学副教授查全性[1]忍不住

---

[1] 查全性（1925—2019），南京人，化学家，1978年任武汉大学教授，翌年任化学系主任，1980年当选中国科学院院士。

了,公开揭露推荐上大学的弊端,主张立即恢复高考,并建议来不及的话当年可推迟招生。这个意见正中邓小平的下怀,他要求教育部长刘西尧(家父"万言书"的收信人)立即把报送中央的报告追回来。

在这样的形势下,从8月中旬开始,教育部再次召开高等学校招生工作会议,结果历时一个多月(比1962年的"七千人大会"还久)仍没有结果。最大的障碍和阻力来自已故的伟大领袖毛主席,他老人家曾在1971年召开的《全国教育工作会议纪要》(以下简称《纪要》)上圈阅"同意"两字,并以"中央文件"的形式下发全国,"推荐上大学"的招生办法由此成为金科玉律。

其实,大部分与会代表都不支持《纪要》,却没人敢站出来反对。这里面应该有"两个凡是"思想在作怪。此时此刻,又有一个小人物起了关键作用,他就是人民日报社记者穆扬[①]。穆扬就教育部的会议展开调查,并将一些代表的意见写成一份内参。这份内参给了邓小平说话的机会,几经沉浮以后,他比任何时候都要老练沉着了。

邓大人不露声色地表示,这份材料讲了《纪要》产生的经过,很值得大家一看。原来,穆扬披露了《纪要》的定稿人是姚文元和张春桥。既然是"四人帮"所为,那推翻起来就不难了。即便如此,从9月20日教育部传达邓小平对内参的看法,到10月21日宣布高考恢复,还是花费了

[①] 穆扬(1926—   ),济南人,记者,原名杨竞武。

一个多月时间。父亲之所以迟迟没有传授木工技艺给我,想必是事先听到了风声,或是有了某种预感。

按照各大媒体公布的决定,恢复高考后的招生对象是:工人、农民、上山下乡和回乡知识青年、复员军人、干部、往届和应届高中毕业生。我正好属于最后一类,我还记得,父亲看到报纸上写着的"应届高中毕业生"这七个字时脸上兴奋的表情。决定还宣布,学生毕业后由国家统一分配。最后一条如今早已被废弃,但在当时却颇为诱人,它让学子和家长吃了一颗定心丸。决定同时还宣布,本年度的高考将于一个月后在全国范围内进行。

说到高考,容易让人想起古代的科举制度。这里的"科"与"科学"无关,而是因为采用分科取士的办法。而实际上,主要是文科,一年一试,考的是八股文。虽说明清时也设武科,三年一试,考骑射和举重等武艺,但影响不大。可以说,科举是古代读书人参加的人才选拔考试,不过那时选拔的结果是做官,与如今的公务员考试更为接近,而高考只是迈入大学的通行证。

魏晋以来,官员多从高门权贵的子弟中选拔,许多出身低微但德才兼备的青年被埋没。为改变这种局面,隋文帝用分科考试来选举人才,隋炀帝时正式设置进士科,考核参选者对时事的看法,最后按成绩任用人才,科举制度正式诞生,一直延续到清末。

2

在得到高考制度恢复的确切消息以后,我先是回了一趟江口中学,从母亲那里取来高中课本。后来,又多次往返,报名、取准考证等,因为那里是我的户口所在地和高中毕业学校。由于父亲一生所遭遇到的政治迫害和磨难,他希望我选择理科,认为那样会安全一些,未谙世事的我没有任何异议,母亲对此也没有反对。那一年不考英语,甚至不计参考成绩,因此父亲基本上没帮我什么忙,只是对政治考试的题目做了一些预测。当然,勤杂员的活计少了许多,父亲亲自下厨的次数也有所增加。

就这样,全凭自己按提纲看书复习做习题,一个多月以后,我冒着凛冽的寒风,在县城参加了第一次高考。具体日期记不得了。那次各省分开命题,时间也不统一。那年全国有五百七十多万考生,只录取二十七万人。因为是第一次,谁都没有把握,张榜公布参加体检政审考生名单那天,全城的青年男女都涌向那唯一的十字街头。毛笔黑字书写在大红纸上,名单是按考生所在的区和姓氏笔画排列,全县总共只有一百来名。

记得那已经是黄昏时分,我在一个不太引人注目的角落里找到自己的名字,这是因为蔡字笔画比较复杂。不管怎样,当时还真有传说中金榜题名的感觉。以至于我完全忘了,脚下站着的那块土地正是几年以前我目睹母亲被公开批斗的地方。

体检时我是一次过关，小小的鼻窦炎和一百多度的近视不会成为任何障碍。唯一遇到的尴尬场面是外科检查，所有的考生都脱得一丝不挂，而大房间里有女医生在场。那时黄岩没有空调，医院弄了一个烧煤炭的炉子给考生取暖。不难想象，轮到女考生入场时，她们的脸色一定更加难堪。但在那个年代，意见再大也不会说出来，因为在人们头脑的字典里，根本没有"抗议"这个词。能够走进那房间，已是千千万万人求之不得的荣耀，近乎一种恩赐了。

政审时每个人只需填写一份表格，所有的栏目我都非常熟悉了。可是，在填写家庭出身时我又没了自信，加上父亲的"摘帽右派"、舅舅的海外关系和曾经的"反革命分子"的母亲，很有些惴惴不安。那时仍然是"有成分论"，但"不唯成分论"，这句似是而非的话有着充分的灵活性。"政治表现"一栏由不得我来填，不知道我高中时代的班主任J老师或棋友卢校长会不会写上"学习委员职务被撤"字样。反正那年春节前后，我翘首以盼的"入学通知书"一直没有寄来。

等到元宵节后，我十五岁生日来临，那些幸运儿们陆续离开黄岩，上大学去了，我那残存的美梦也渐渐清醒了。好在父亲和母亲都没有任何的不快，相反，他们觉得我年纪小，再复习半年，应该能考出更好的成绩。尤其是父亲，他对我和对时局一样都比较有信心，或许他企盼着，我能考上他的母校——北京大学。

1977年的准考证

第二次高考是在1978年7月,那次英语可以选考了,且分数作为录取时的参考分,父亲临时教了我几个星期。我还到"黄中"的高复班听过几次,其中教数学的方从善老师是我县中的两位棋友之一,后来我选择山东大学数学系也与他有关。有一天,我和方老师一起在校园里蹲厕,那是一间只有六七平方米的小平房,放着四五只木制马桶。方老师正在捧读《中国青年报》上转载的一篇报告文学,诗人徐迟所写的《哥德巴赫猜想》,见到我进来,便绘声绘色地读给我听。

回家以后,我和父亲说起此事,他随即去找来那份报纸,读罢和我一样兴奋。细心的父亲发现,徐迟提到的三位数学家中,唯有潘承洞是山东大学的一名讲师(当年晋升为教授),陈景润和王元都在科学院做研究工作。于是我的志愿里便有了山东大学,没想到的是,后来我不仅被录取，还被选拔进了少年班（那时山东已先浙江开始中学生数学竞赛），继而成了潘承洞的研究生。

3

说到专业选择，当时没有太多考虑，不像今天的考生和家长那么费神。不过，自从小学以来，我的数学一向很好，考前的复习也比较有把握。从我后来的兴趣爱好和所作所为来看，如果当时选择数学以外的专业，我也是能够顺利完成的。说实话，如果有来生，我可能会选择别的专业，奇妙的世界有很多值得尝试，可我从没有后悔从事数学研究。数学犹如一座坚固的堡垒，给了我安全感，它既是一份有保障的职业，又使我的心灵免受过多的诱惑和激荡。此外，数学也给了我周游世界以最初的推动力，这种力量一直延续到今天。

没想到的是，第二次高考我的数学考砸了，栽在倒数第二题上，甚至没有时间做最后一题。那时题目较少，每题分数较多，结果只得了66分，这出乎所有认识我的人的意料。有时，一道数学题会改变一个人的人生轨迹。幸好，我一向不太感兴趣的物理和化学都得了95的高分，加上政治73分和语文65分，总分395分仍大大超出重点大学的录取线。

记得那次张榜后还可以改动志愿，但因为我不爱动手做实验，不太喜欢物理、化学或工科，依然选择了数学系。

那时生物学不大为人重视，计算机尚未独立成系，经济学只招文科生，金融学还没有在中国出现。至于我个人原先感兴趣的地理学，一般只设在师范院校里，且与我钟爱的地图基本上无关。

回想起来，第一次高考没有公布成绩，大家都不知道自己的分数，有很多人在填报志愿时高分低就。事到如今，这个秘密尚未揭开。第二次高考政审显然放宽了，让我激动不已的是，"家庭成分"栏已由地主改为干部了，这份喜悦堪比后来收到录取通知书。不过，仍有人饥不择校，他们心有余悸。有意思的是，我现在从事的两项事业——数学与写作，正好是高考成绩最差的两科，这从一个侧面说明了，一考定终身是多么的盲目。

时光流逝，高考恢复已经四十多年了，上大学变得越来越容易了，这项制度存在的合理性也遭到广泛的质疑，它造成的负面影响逐渐被大众认清。不可思议的是，新闻媒体一方面质疑高考的合理性；另一方面又竭力宣传各省区的所谓"状元"，甚至那些试图走向世界一流的大学也加入对他们的争抢，由此造成了自上而下对升学率盲目乃至可怕的追求。

在古代，因为新闻太少，科举制度的存在除了稳定社稷以外，还给老百姓提供了茶余饭后热议的话题，就如同现在的娱乐八卦、微博微信、网球大满贯一样。例如，清代小说家吴敬梓的长篇小说《儒林外史》第三回所描述的"范进中举"。自从有了科举，便在历法之外，制造了又一种生命循环往复的自然流动。如今,这样的需求已变得十分微弱,尤其因为国门持续敞开,外面的世界精彩纷呈,又何必如此关注那只能使少年沉郁、家长烦恼的高考及其一系列附庸呢?

在我看来,出现这一现象的一个重要原因在于人文主义和艺术教育的缺失。相当一部分家长还是像古代人那样认为:"万般皆下品,唯有读书高",而读书人则脑子里充塞着"学而优则仕""官本位"的思想。加上金钱和名利的诱惑(远不止古人所谓的"金榜题名"),造成了一种恶性循环,人们离宗教、艺术、诗歌、理想越来越远了……

32. 远　游

父母在，不远游，游必有方。

——孔子《论语·里仁》

1

1978年10月3日凌晨5时许，母亲用食指和中指的指背重重地敲响了我的房门。那是黄岩中学的一间教师宿舍，坐落在一幢砖瓦砌成的两层楼房里。那时候县城里很少有带厨房和卫生间的公寓，我们住在一组有五个房间的单元里，中间有一个十几平方米的公用客厅。确切地说，是公用厨房。没有卫生间，也没有水槽，一扇朝北的木门作为五户人家的共同出口。母亲住在隔壁，就是以前父亲住的那间屋子，我的那间是临时借来的。母亲为了送我上大学，特地从十几里外的江口中学来到县城。

等我洗漱完毕，母亲已做好早餐，泡饭加豆腐乳，还有炒鸡蛋。想必已惊动隔壁的三户人家，好在头一天晚上我已经和他们打过招呼，并相互道别。稍后，父亲也下楼来了，他住在隔壁那幢楼的二楼。由于我的到来，加上他不定期发作的支气管炎和哮喘病，半年以前，学校又分给他一间木地板的屋子，比原先的那间要大几平方米。那时候，离他"右派"平反还有一年，这不能不说是有关领导的一种关怀。在此以前，父亲一直住在楼下那间阴暗的石板地屋子里。

到了起程的时刻，天刚蒙蒙亮，父亲和母亲送我到车站。在我的记忆里，这是他俩第一次走到一起，虽然这段距离只有三百来米，我却感到很长很长，或许这是心里的一种愿望使然。出校门时，我们叫醒了门卫，然后向右走过一座石桥，我最后望了一眼桥下的南官河。这条湍急的河流是我夏天游泳的地方，有些勇敢的男孩就是从那桥上跳下，游进"黄中"校园的。如今，黄岩中学早已搬到西郊，这条河仍然在我的记忆里流淌。

到了车站，候车室里已经人声鼎沸，连大厅两侧也排满了叫卖茶叶蛋和橘子的小贩。墙壁上有两张公告牌，一张写着目的地城镇的名字和里程、票价，另一张写着发车时间和车次。那最上面的一行早已经被我熟记：杭州，三百二十四公里，七元八角。那时去杭州每天已有两辆班车，我坐的是六点钟出发的头班车。

轮到我们排队了，乘客们秩序井然，我提着一个旅行袋和一只没有滑轮的行李箱。电铃响了，音量比江口中学的上课铃还足呢。终于，汽车开动了，母亲没有流泪。在我的记忆里，她只在生气时回忆往事才会流泪。父亲站在稍远的地方向我招手，这是他第一次也是唯一一次为我送行,因为一年以后我回到故乡,他已经患上了不治之症。

虽然,早在两千五百多年前,孔老夫子就曾教导过"父母在,不远游",这句话广为流传,以至于我们无法分清,是孔子的语录,还是古老的习俗在先。反正,古时候的交通和通信都很不发达,常年在外的人,捎个信儿回家都困难,不管是经商还是求取功名,一旦做了他乡的孤魂野鬼,痛断心肠的是家乡的二老。而一旦二老有个不测,做儿女的即使得到消息,也未必能及时赶回家中。这样一来,孝敬父母的人就不远游了,慢慢地就墨守成规。

多年以后,我才知道,孔子这句话后面紧接着还有另外四个字,"游必有方"。意思是:如果要出远门,必须要有一定的方向和目的。也就是说,即使父母在,孔子也并不反对一个人在有了明确正当的目标时外出奋斗。事实上,盛行了一千三百多年的科举制度便使得千千万万的读书人离家远行,而那项制度是每个朝代的社稷大纲。对于如今的大学生和年轻人来说也是如此,只不过他们的交通工具比起从前大为改观了,因此远游也变得更为容易和快捷。

2

长大以后,我明白了一个道理:远游不仅是为了到达一个目的地,其游历过程本身也极富意味,有时甚至更为重要。这后面一条,孔老夫子可没有教诲过。自古以来,远游无论对于智者还是诗人来说都非常重要,那也是他们捕捉灵感、产生思想火花的源泉。在孔子去世一个半世纪以后，楚国的屈原写下了《远游》，并发出了"惟天地之无穷兮，哀人生之长勤"的人生感叹，此处的"勤"意思应该是勤苦。后来，他干脆让自己的身体在汨罗江上流淌。受屈原影响，唐代的陈子昂在《登幽州台歌》中写道："前不见古人，后不见来者。"

再来看看古希腊的那些智者。大约与孔子同时代的毕达哥拉斯曾在腓尼基、埃及和巴比伦一带漫游数十年，学习东方的智慧并悟出了许多道理。最后，他漂洋过海来到亚平宁半岛，在那里广收弟子，办起了一个秘密社团，这个社团就成为希腊哲学和数学的摇篮。有意思的是，毕达哥拉斯研究数学是"为了探求"，而"计算"一词的原意则是"摆布石子"。此外，毕达哥拉斯学派还发现了音程之间的整数比例关系，奠定了和声学的基础。

到了雅典时期，更是人才济济。柏拉图出身于显赫家庭，但在他的导师苏格拉底死后，即离开了雅典，开始了长达十多年的漫游，先后游历了小亚细亚、埃及、昔兰尼（今利比亚）、南意大利和西西里等地。返回雅典以后，柏拉图创办了一所颇似现代私立大学的学园，培养了一大批精英人才，包括大数学家欧几里得，这所学园居然奇迹般地存在了九百多年。柏拉图死后，他的弟子亚里士多德也开始了漫游，回到雅典同样办起了一所学府，取名吕园。

反观孔子，他是春秋时期鲁国人，一直忙于仕途和传道授业。三十多岁时因为国难，才逃到邻近的齐国，两年后返回鲁国。等到了五十五岁，孔子又在备受冷落的情况下离开鲁国。他带着一帮弟子周游列国，为的是能遇见赏识他的君王，却一路碰壁。直到六十八岁，他才在弟子劝说下回到鲁国。可以说，孔子一辈子脑子里所想的并非远游。幸亏他在追求功名的同时，做了不少学问，修《诗》《书》，定《礼》《乐》，序《周易》，作《春秋》。加上战国初期那部辑录孔子及弟子言论的《论语》[①]，他在不经意间奠定了伟大思想家和教育家的地位。

进入20世纪以来，随着交通工具的革新，人们的行动更加自由了。以英语诗人为例，庞德和艾略特从美国断然移居到欧洲，而奥登和迪兰·托马斯则频频从英国抵达美洲。在他们之后，休斯和普拉斯这对异国的金童玉女辗转于大西洋两岸，直到一方拧开一只煤气瓶。而伊丽莎白·毕晓普则不满足于这样平凡的线路，一次次地穿越赤道线去往南美，还把自己的诗集起名《北方，南方》。至于没有语言束缚的艺术家，更是自由自在地放逐自己的身体，被誉为20世纪"西班牙三杰"的毕加索、米罗和达利均在青年时代抵达巴黎。

这一切，当然不是懵懂少年的我所能知晓的。那时我既未读过一首现代诗歌，也未看过一幅现代绘画。我对数

---

① 1594年，意大利传教士利玛窦将《论语》译成拉丁文，随即又被转译为意、法、德、英、俄等文字，在欧洲广泛传播，孔子也成为在西方最为驰名的中国文化名人。

学的了解也仅限于中小学的教科书和油印的高辅材料，只知道"半圆上的圆周角是直角"（泰勒斯定理）和直角三角形的毕达哥拉斯定理（中国叫勾股定理[①]）。甚至，题记里的孔子名言也未曾听到完整版。仔细算起来，我踏上远行之路的那一天，离我写作第一首诗尚有五年零八十八天；而离我跨出国门开始真正的漫游，尚需要又一个十五年的光阴。

3

漫　游

我在五色的人海里漫游
林间溪流中飘零的一片草叶

一切都是水，一切都是水
时间自身的船体掉过头来

顺着它蜿蜒的航线而下
一座白柱子的宅第耸立在河岸

[①] "勾广三，股修四，径隅五"的陈述最早出现在公元前11世纪周公与大夫商高的对话中，故称"商高定理"，后来周公后人荣方和学者陈子给出了完整的定理，但毕达哥拉斯独立发现并率先给出了证明。

斑鸠的飞翔划破了天空的宁静
远处已是一片泛紫色的群山

　　多年以后,我曾乘火车在美利坚合众国的土地上漫游。当我来到加利福尼亚的旧金山湾时,写下了这首诗。的确,无目的地远游到了一个地方,就变成了漫游,那是一件无比美好的事情。在这首诗里,我虽然身处有"民族大熔炉"之称的美国(五色的人海),但流浪的线路却是一条河流(蜿蜒的航线),或许它就是故乡的南官河或东官河,而那座白柱子的宅第意味着什么呢?是曾经的一座旧居,还是通向未来的一个路廊?说实话,连我自己也难以分辨,也无须分辨。

　　太阳渐渐升了起来,露水很快消退了。秋天明媚的阳光照耀着浙东大地,这段如今只需开车三个小时的路途那会儿需要足足开上十二个小时。可我一点都不嫌它长,在抵达三门的高枧之前,这条路恰好是我幼年时随母亲去象山南田看望外婆走过的。虽然相隔了十五年,但道路两侧包括村舍和田野在内的景色没有变化。汽车离开天台以后,翻山越岭来到绍兴的新昌,我们在一座叫拔茅的小镇用午餐。几年以后,我忽然发现一个秘密,假如用两座县城的首字命名这段跨越行署(地区)的省道的话,那应该叫"天新公路"。

　　不到一刻钟,我们便过了越剧的发祥地——嵊县。下一个县是上虞,那是连接浙江两大名城杭州和宁波之间的

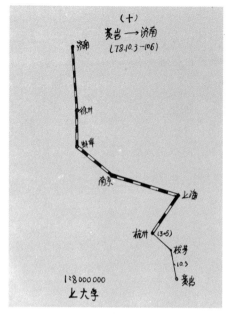

我手绘的上大学路线图

通道。"瞧,那是铁轨!""瞧,那是火车!"我生命中两个迷人的瞬间,竟然在几分钟的时间里一闪而过。多年以后我才知道,上虞是南朝诗人谢灵运的出生地,也是东山再起的东晋名相谢安晚年的隐居地。正是对这两位前辈的敬仰,李白青年和壮年时代两次来越(浙)东游历,写下了《梦游天姥吟留别》等名篇。而天姥山恰好在我适才经过的新昌,从天台绵延至嵊县的边界。

前面就是鲁迅的故乡绍兴了,那是教科书里多次出现过的地名,我的脑海里不由浮现出闰土、祥林嫂和阿Q的名字,而大禹陵、兰亭等古迹则不为那时的我所知。果然是名不虚传的水乡，一座座石板桥架在湖上。司机开足马力，全速前进。写到这里，我想安插最后一段逸闻，那是有关清代绍兴秀才李慈铭首次进京的故事。

1859年，即达尔文发表进化论、狄更斯出版《双城记》的那一年，二十九岁的李慈铭第一次进京。在李氏死后出版的《越缦堂日记》①里，描述了次年英军火烧圆明园的行径，并详细记载了他当年进京的具体行程，摘录如下：二月末出发，一日抵杭州，三日至嘉兴，六日到上海。盘桓约二十天后再度出发，第三日抵苏州，再过十日抵无锡，又过十日抵扬州。接下来，经淮安、渡黄河、过德州，抵京时恰好是五月中。一路上优哉游哉，果然李氏也是后来发力，不惑之年中了举人，而考上进士时，他已经年过半百了。

恍惚之间，我已经跨过钱塘江，那座千年古寺六和塔和《语文》书里提到过的蔡永祥纪念馆在左侧闪过。经过虎跑路，两旁高大整齐的树木映入眼帘，多年以后，我经常驱车路过这里，几乎每次都会忆起当年。再往前，美丽的西子湖近在咫尺。我将在省城停留两天，然后乘坐梦寐以求的火车，经过一连串遐迩闻名的城市——上海、苏州、无锡、南京……跨过长江……那会儿，我对自己的前途漠

---

① 李慈铭（1830—1894），晚清学者、作家。他的《越缦堂日记》记载了从咸丰到光绪四十年间朝野见闻和游历等，1920年由其忘年交的同乡蔡元培等助其出版。

不关心，压根儿没有考虑过将来，甚至不知道自动控制专业是做什么的。与此同时，过去的岁月也被搁置脑后，我仍然是一名不谙世事的少年，需要磨砺、机缘和奇遇，才能找寻到通向未来的道路。

还乡（代跋）

我五岁那年，开始在台州市黄岩县头陀镇的新畚小学上学。那会儿全校只有一位老师，他同时教五个年级，同学们都在一间教室里，后来我知道那叫复式班。记得那位老师姓林，我们一年级四个同学坐在左边前面两桌。每次他给我们讲十来分钟课本内容以后，便给我们布置作业，然后开始给二年级同学讲课了。四十多年以后，我重访新畚村，小学已经不复存在。我见到了林老师，他个子不高，是个老实木讷的本村人。

那时候我尚无法想象，同属头陀镇的平田乡会是我祖先居住的地方。因为自懂事以来，我就知道温岭横峰的莞渭蔡是我的祖居地。直到2014年秋天，我去温岭参加东海诗歌节，被横峰街道的梁海刚先生带到蔡氏家庙。我从一位远房堂兄那里获得一份珍贵的家谱，才知道祖先来自黄岩县平田乡。南渡的先人叫蔡谟，是东晋重臣。

2019年夏天，我随浙大同事们去福建省平潭岛休养，途经故乡台州，逗留了两日，应邀在台州图书馆和温岭妇女儿童中心做了两个讲座。后一个讲座结束后，温岭朗诵团（团长汤琴文）举办了我的专场诗歌朗诵会，我还第一次走访了向往已久的祖居地平田，那要感谢雅儒的平田老乡蒋志勇先生，他和我同在一个老乡群里，有一次聊起平田时得以相识。

那是一个晴朗的周六上午，志勇兄从黄岩城关驱车来到位于椒江的市图书馆。在我的讲座结束之后，我们便一起出发去黄岩。途中应黄岩诗友们的邀约，我们一同到长潭水库北岸的杨家庄享用了农家乐午餐。那以后，我随志勇兄及一位七旬老人蔡天福出发去平田，那是一段四十分钟的车程，路旁是美丽的青山绿水。见到天福的那一刻是我难以忘怀的。

自从我上中学以来，便知道自己名字"天新"的来历，源于我的生日和杜甫名诗《丽人行》的首句"三月三日天气新，长安水边多丽人"。加上家兄名"未名"，因此我认定父亲没有沿用家族的行名为我们取名。但我知道父亲原名"显福"是按"名行"取的，大伯、二伯和小叔分别叫显堂、显理和显顺。只是后来父亲觉得过于封建，才改名"海南"。

平田乡位于黄岩西部，原属头陀镇，1992年撤区并乡后，它便直属黄岩区。平田南接温州乐清，正是这个原因，先祖蔡谟才从温州携家人游览到此，并筑屋定居。我们来到平田乡平田村，四周果然是群山环抱，村边有座秀丽的山峰叫旗峰山，村民称灯盏山。村头立着一块木头的牌匾，上面写着"平田蔡的来历"：只因谟公在"清江里目睹环山带水之胜，乃筑室允藏"。

值得一提的是，平田乡西边的上垟乡上山周村是前北京大学法学院院长周炳琳先生祖居地，家父早年在西南联大和北大求学时，曾得到这位前辈乡贤的照顾。周先生是五四运动的亲历者，曾代表北大学生南下上海面见孙中山。抗日战争爆发之时，他任国民政府教育部常务次长，正是在他的建议之下，北大、清华、南开三校南迁长沙成立临时大学，后又迁昆明，成立西南联大。周夫人魏璧女士是长沙人，她是著名的周南女校"三杰"之一，熟悉长沙。长沙临时大学乃至西南联大的成立，与他们夫妇密不可分。

天福带我们来到平田村文化礼堂，那里已有天喜等另外三位"天"字辈蔡氏族人等候，还有从乡里赶来的王副乡长。寒暄过后，天福他们便搬出五六卷八开本的蔡氏宗谱，有的已被虫子咬得不成样子了。而平田蔡氏的"名行"和"字行"那页却清晰可认，其中名行"谟邵伯司恒熙……永显天朝"共四十八代，我们"天"是第四十七代。另有新增八个"程猷佐化彝鼎动昭"，换句话说，可以起名到第五十六代。而并列的"字行"也可以供选择，例如"世"与"天"同辈。

天福对家谱了如指掌，娓娓道来。五代有一支移居福建，北宋大书法家蔡襄是其后裔。六代曾遭强盗灭门之灾，幸亏蔡熙海入赘邻村幸免于难，他义无反顾地回到平田延

还乡（代跋）　331

续香火。九代出了大理寺少卿蔡复振（唐朝），前几年，村民们在旗峰山下发现了他的墓。十八代蔡奉午（宋朝）移居温岭，成为我们温岭蔡氏的先祖。二十二代有光禄大夫，二十四代有兵部侍郎，二十五代又有进士……四十八代有一位任四大名城副市长。随后，天福带我去祭拜九世祖，墓园焕然一新，是近年才由蔡氏族人捐资修复的。

天福退休前曾任头陀西侧的宁溪铅锌矿工会主席，正是他的努力改变了矿长原先的决定，在矿上工作的青年朱幼棣和管鹏飞参加了1978年的高考。朱幼棣后来与我同年入读山东大学中文系，毕业后成为新华社名记者，幼棣1984年首赴南极考察，著有《后望书》《大国医改》等，不幸英年早逝。而管鹏飞上的是浙江大学数学系，毕业后赴美留学，获得普林斯顿大学硕士和博士学位，现任加拿大皇家科学院院士、麦吉尔大学终身教授。

遗憾的是，平田村原本有两座祠堂，即蔡氏祠堂报本堂和纪念先祖蔡谟的恩感寺，不幸在"文革"期间被拆毁，做此决定的村革委会主任也是我们同辈族人，天福为此痛心不已。恩感寺系南宋淳祐三年（1243）重建，宰相杜范（黄岩出生的最高级别官员）亲自撰写《重建恩感寺记》。天福给了我一份拷贝，文章从蔡谟父亲蔡克说起，而蔡克爷爷蔡睦（曹魏尚书）的爷爷（一说为伯父）正是东汉名士、蔡文姬的父亲蔡邕。同样遗憾的是，先祖蔡谟之墓至今仍未找到。临行前，王副乡长和天福带我去看可能埋葬他的山头，据说那是一块风水宝地。我期待着不久的将来，借清明之际回乡省亲，祭奠先祖。

去年初秋，我趁到西安讲学之际，在友人陪同下驱车前往东郊的蓝田县蔡王庄村，拜谒了先辈蔡文姬墓冢。文姬名琰，博学多才，享有"中国古代四大才女"之誉，曾被俘虏远嫁匈奴十二年，纪念馆内有多种字体书写或镌刻她的代表作《悲愤诗》和《胡笳十八拍》。《三国演义》里有专门篇章描写曹操率军路过蓝田，前往探望文姬的情节。她的父亲、东汉大臣、文学家兼书法家蔡邕是曹操的恩师，也因此曹丞相后来用金璧将文姬从匈奴赎回。

暮秋时节，王副乡长给我发来图片。平田村村民在清理河塘淤泥时发现了三块墓碑的残存，一块是东晋永嘉郡守蔡邵的，上书"晋郡守蔡公邵墓"，另两块是唐朝大理寺少卿蔡复振和二十二世祖的。蔡复振是九世祖，网上有他的资料，而对二世祖、蔡谟之子蔡邵了解甚少。为此我询问了多位温州文友，被告知晋代无《永嘉府志》，但《四库全书》上有蔡邵的记载，他是晋穆帝（345—362）时期的永嘉太守。墓碑文字似乎也说明，平田乡在晋代属于永嘉郡而非临海（台州）郡。

由此可以进一步确认，蔡谟投奔长子蔡邵以后，他选择了在平田村安家定居。而蔡邵卸任永嘉太守以后，也来到平田安度晚年，从此蔡家在黄岩西部山中居住下来，迄今已逾一千六百多年，偶有子弟通过科举出仕或移居他乡，他们中间有一部分人告老还乡，九世祖蔡复振便是其中之一。"唐少卿"也是故乡的一个地名，蔡复振的夫人姓周，

还乡（代跋）

至于她是否是前文提及的周炳琳先生的先辈，我就不得而知了。

我想起几年前路过镇江时，曾登临长江边的北固山。山顶有北固楼和北固亭，因梁武帝萧衍的诗《登北固楼》、南宋将领辛弃疾的两首词《永遇乐》和《南乡子》，尤其是明代罗贯中的小说《三国演义》中对刘备甘露寺招亲和刘夫人孙尚香误以为夫君已死遂在北固山上祭奠并投江自尽的描述闻名遐迩，但北固山却是蔡谟任扬州刺史时首先筑楼的，当时是用来储备军事物质的，以备金兵南下时战斗之需。又一次，我在异乡触动了殷殷乡情。

再往上溯源，蔡谟是陈留郡考城县人，即今天的河南省民权县。陈留郡的地盘大约相当于现在的开封市，春秋时郑国有个地方叫留邑，后被陈国所得，故名陈留。古时它的地理位置十分显要，位于中原与齐鲁、吴越之间。汉朝最后一个皇帝刘协原为陈留王，而魏国最后一个皇帝曹奂后来被贬为陈留王。因此从某种意义上说，三国始于陈留也终于陈留。北宋时它为京畿之地，张择端的《清明上河图》画的既是汴州，也是陈留。因为有河南大学和诗云书社，我曾数次造访开封，可惜还从未去过民权。

最后，我必须要回过头来说说最初上小学的新岙村，尽管离开以后的半个世纪里，我只回去过一次，且停留不到两个小时。新近我偶然了解到，新岙原本叫圣岙。清光绪年间《黄岩县志》记载，圣岙是元末隐士秦思齐隐居地。秦氏生活的年代，恰逢乱世，他发现圣岙"地有山水之幽，林塘之美，而无尘嚣俗韵之喧"。村前有两座山峰，齐肩而立，犹似好友相聚，遂发出邀请，结果黄岩城里乃至省会杭州的友人纷纷来此，躲避战乱的岁月。这不由得让我——一个孜孜不倦的漫游者，对故地再生向往之情。

蔡天新
2020年春天，杭州城西

附　录

往事深远而奥妙
——答周美丽

周美丽：以下简称Z
蔡天新：以下简称C

Z：《毛时代的童年》[①]是你个人一部相当细腻的成长史，你怎么会想到或决定写这本书的？

C：2003年夏天，我偶然读到德国批评家瓦尔特·本雅明的《驼背小人——1900年前后柏林的童年》（上海文艺出版社），发现自己刚好处在作者写作此书的年龄——四十岁，便有了最初的冲动。今天的年轻人恐怕很少了解父辈童年生活的细节，尤其是"文革"期间的经历，通常他们只看到小说家或电影导演虚构、想象出来的景象。每当我和年轻的朋友说起儿时的故事，他们都听得饶有兴致，

[①] 本书初稿曾以"毛时代的童年"为题在《江南》连载，这篇访谈是答该杂志编辑周美丽（现居伦敦）的提问。

这其中也包括一些外国友人。后来，在2006年秋天母亲过世以后，也就是"文革"结束三十周年前后，我开始认真地写了起来。我希望，这本小书会帮助年轻读者了解过去，同时也能唤醒年长读者沉睡的记忆。

Z：一个人的童年往往会决定他或她的一生。你小时候跟随母亲，在七个村庄和一座小镇生活、上学，这一经历相当独特，它对你后来的人生究竟有多大的影响？

C：童年的影响会一直存在，它不会随时间的流逝而消减，有时还会趋于严重，甚至引发精神疾病（比如我书中写到的敏文和丹青）。我们每个人都会下意识地抵制童年的影响，我写作这本书，从某种意义上讲也可以说是为了获得一种解脱，或者说是情感的一次寄存。当然，事情远不是这么简单，加勒比海出生、长大的英国作家 V. S. 奈保尔说过："往事深远而奥妙。"在我看来，假如一个人的童年形单影只、乏善可陈，可以通过回忆和写作，使之得以充实丰盈，并获得百感交集的温暖。

Z：对一个作家来说，他的童年经历，是独一无二甚或珍贵弥足的写作素材，你觉得现在已经是把这段经历用文字的形式表现或利用起来的最佳时候了吗？

C：我明白这个问题背后的含义，你是写小说的，又是文学编辑，自然会优先考虑把童年经历编织成故事。（如此说来，我以后动笔写小说的概率也会越来越小了。）每个人的生命都只有一回，这是让我们大家感到无奈的自然现象。我不敢说现在已经是最佳时机了，但我有一个想法，如果能分阶段来回味人生，一定更为奇妙。其实，一个人写作不仅是为了赢得读者，更多的是为了某个自我。另一方面，我无法保证再过一些年，是否还有兴趣或精力来回忆这段遥远的往事。写过诗歌的人都知道，灵感常常稍纵即逝。因此，这一刻也可能是最后的契机了。

Z：你把这本书定名为"小回忆"，这是一个很有意思的标识。联想到几年以前，你出版过一本拉美回忆录《南方的博尔赫斯》和一本游记体的传记《与伊丽莎白同行》。我想问一下，你本人是否也喜欢阅读传记？

C：我大学时期最喜欢读的小说是四卷本的《约翰·克利斯朵夫》，那是法国作家罗曼·罗兰的个人成长史，现在我依然喜欢阅读科学家和艺术家的传记。不过我已经明白了，无论你是否把它写出来，往事永远萦绕在你心头，问题在于你是否愿意与大家分享。也就是说，往事可以分成两类，一类是可分享的，另一类是不可分享的。

Z：在《毛时代的童年》里，随处可见的，既有数学家的理性和逻辑思维，又有诗人的细腻和浪漫情怀。但在这部作品中，最主要的还是读到了你的忧伤和孤独。你认为，忧伤和孤独是一个人成长过程中无法回避的两个词语吗？它们在你的童年生活里占据了多大分量？

C：人生来即是孤独的。一般来说，他或她总是孤单来到世界上，又孤单地离去。同生死的现象只出现在多胞胎、灾难发生之时或殉情的情侣中间，前两种情形又是无法预测的。在汉语里，单人偏旁的字远多于双人偏旁的字（约为五倍）。比起其他人来说，我的童年尤为孤独。大学期间有一天晚上，班上有个男生提议，轮流讲述过去的苦难，最后大家一致公认，年纪最小的我童年最孤苦伶仃。至于忧伤，那得有了阅历和人文情怀以后才能体会到。无论孤独和忧伤，成为一种习惯以后就会是不同的感觉。

Z：这部书披露了你家族里的很多故事甚至隐私，有些还是疮疤式的。揭疮疤总是会痛的，在写作的过程中，你有没有过顾虑？譬如说，为尊者讳，为亲者讳，这是中国人在情感方面的一贯传统，可你似乎叛逆了这个传统，并没有避讳，冷冷地回忆，冷冷地写着，有时甚至置之度外。为什么你要这么去写，写你自己和你的那些亲人们，而不是换一种人们更能普遍认同的温暖的笔触？在这个写作过程中，你需要付出多大的勇气？

C：任何自传性的写作都会遇到你说的问题，如果不揭开这些伤疤，孤独或忧伤就不够真实，我觉得对一个作家来说，真诚与温暖的笔触同样重要，也同样可靠。另一方面，我本人在同辈中年龄最小，尤其在定居大陆的亲人中间，为尊的长辈大多已不在人世。依然存活的一位是我的前舅母，她已年过八旬，和现在的丈夫居住在我外婆的老家南田岛上。两位老人在《江南》杂志上读到《出生》和《外婆》两篇文字以后，心存感激地给我打来长途电话。在此以前，他们在我母亲的亲戚们面前，一直怀有某种羞愧感。还有一点，我母亲生前就喜欢回忆，尤其到了晚年，她在写给我舅舅和四姨的信函里总是无法回避往事，母亲喜欢谈论外祖父母、她的老家和自己的婚姻。这既帮助我确认了一些原本模糊不清的往事，又给予我鼓励。我想如果她老人家在天之灵有知，会含着热泪阅读此书的。说到勇气，我本人虽外表柔顺，却有着运动员的体格和爆发力。换句话说，我是一个坚毅、勇敢的人，这也是我能够一次次远行和坚持写作的主要原因之一。

Z：我相信多数读者和我一样，会惊叹于你的记忆力。以那样幼小的年龄，你是如何记住那么多细节的东西，譬如时间、地点、人名、事件甚至人物表情等等。为什么经过这么多年，它们都没有破碎或消逝？

C：呵呵，如果我记忆力不好，恐怕也不会那么早就念大学吧。十岁以后，我觉得自己与众不同的地方是，每次游历归来，都会按比例尺，认认真真、仔仔细细地画旅行图，那上面还记载着抵达的时间、地点和同行的人物。不过，有一处地方，也就是我最初读小学的村庄，一直被我错记成山头舟了，其实它的名字叫新峃，是个远离县城的小山村。我在台州和黄岩地图上找不到它，幸好现在是网络时代，村里出了一个勤劳致富的农民企业家，他的个人网站上留有联系方式,我于是打电话过去。原以为会是小青年,没想到却是年过花甲的老伯伯,他居然认识并记得我的父亲,甚至还见过小时候的我。这样一来,我终于搞清楚了这个村庄的位置所在。如果下次有机会回黄岩,我一定要去寻访四十年前的那个故地。

Z:你在《出逃》一文里写到波兰电影导演波兰斯基几次试图离开祖国,还有你在中学拉练途中所做的白日梦。在《橡皮》一文里你既写到童年的性启蒙和游戏,又写到英国教士普里斯特利的传奇人生和法国作家罗伯-格里耶的同名小说。这种对比很有意思,这类灵感来自诗歌,还是数学?

C:既来自诗歌,也来自数学。我在《诗的艺术》和《数字与玫瑰》里都曾提到,对于现代艺术家来说,通过对共同经验的描绘直接与大众对话已经是十分不好意思的事情了。这就迫使我们把模仿引向它的高级形式——机智。从欧氏几何到非欧几何,从线性代数到抽象代数,也都有从模仿到机智的过程。机智在于事物间相似的迅速联想,意想不到的正确构成机智,它是经过一番思索才获得的事物验证。集合论的创始人、俄国出生的丹麦裔德国数学家康托尔认为:"数学的本质在于它的充分自由。"显而易见,诗歌和艺术也是这样。

Z:在这部作品里,童年蔡天新的敏感细致和柔软的内心让人印象深刻。这种敏感和柔软，一定伴随着你的整个成长过程，并给你的写作源源不断地提供体悟和灵感，但在现实生活中，它给你带来过困惑吗？

C：敏感和柔软的确是诗人所需要的，即使它造成的诸多困惑，也是有益于写作的。我一直认为，假如一个作家和艺术家过于聪明，没有任何笨拙的地方，那他很难为我们奉献优秀的作品，对一个科学家来说也是如此。这是上帝公平的地方，它不会让一个人事事得意，也不会让一个人永远背运，只要他或她有足够的耐心和细心。至于在现实生活中，我早已学会了放弃。我认为放弃也是一种进步，是另一种占有。记得有一次在柏林，诗人西川问我，你是如何做到与那么多外国诗人保持联系的。我没有回答，其实他应该了解，中国文人之间的交往多以酒肉和相互之间的利害关系为基础，再穿插一些夸张的传闻和谣言。可是，只要你生活在中国，就不得不置身其中。相比之下，不同民族、国度之间人的交往较为轻松。

Z：以往你的文字总是天马行空，游弋于异国的旅行、科学与艺术之间，这次集中描写"文革"时期中国的南方乡村生活，是否有拓宽创作体裁的打算？

C：我的写作范围已经够宽了，有些文章还涉及哲学与历史、政治与语言学，加上翻译，从体裁上看，除了小说和戏剧以外，几乎遍及文学的每个领域。再考虑到我的专业是数学，必须有所节制了，最近我的写作重心就已偏向文理的融合。这就好比一个心态开放的年轻人，一开始结交了许多异性朋友，到一定的时候，他必须有所选择，考虑成家立业的大事了。当然，假如他或她处理得当，仍然可以和从前的朋友保持友谊。

Z：从这本书的写作风格来看，你把随笔与传记融为一体了。我读过你的一些随笔文章，也知道它们很受读者和编辑青睐。我想知道，是否随笔这种体裁对你特别得心应手？当你写完这本书以后，又有什么特别的感慨？

C：随笔是散文的现代形式，就如同自由诗之于旧体诗，因为驱除了华而不实的成分，更适合节奏日渐加快的生活和写作方式。当然，散文也有其所长，例如情感方面的抒发。可是，在读者提高了对艺术性的要求之后，我认为关于痛苦和狂喜的描述更应该通过小说或戏剧进行。比起散文来，随笔是一种更为质朴、宁静的文学形式，也更为我本人喜爱，我认为它的语言适合于传记的写作。写完这本书以后我忽然想到，为何我的童年如此孤单，后来的人生又相对比较顺利。当两者的距离拉开到极致，就有了一种喜剧的效果。眼看着就要成为一个木匠学徒，却突然时来运转。眼看着这辈子只能做一个数学工作者，却突然又开启天窗。再后来，世界像一头彩色的卷心菜，一层层剥开来被我瞧见。

Z：你的童年也有让我们羡慕的地方，比如功课很轻松,放学以后几乎没有作业,可以说读书没有任何压力,还有许多好玩的游戏。相比今天的孩子,你觉得哪一代人更幸运或不幸呢?

C:这个问题很有意思,老实说,假如让我再选择一次,我还是愿意回到从前,在"文革"期间度过童年。当然,必须有后来的对外开放作为前提条件。以小说家为例,余华、苏童和格非都与我年纪相仿,他(我)们只是感觉到而没有亲身经历"文革",我认为这对文学创作非常有利。比我们早出生的那一代人比较完整地经历了"文革"甚至反右、"大跃进",他们生命中许多精华的东西都被消耗或毁灭掉了,他们的心灵深处留下了难以磨灭的创伤和疤痕。而比我们年轻的一代,比如70年代出生的作家,或者像你这样的"80后",对"文革"或苦难没有任何感受。即便是从人生体验的角度出发,我们这一代人也是幸运的。至于今天的孩子,比如"90后",我觉得他们在享受优裕物质生活的同时也值得同情,这方面西方人对待未成年人的态度和教育方法值得我们借鉴。

Z:在那个荒凉贫瘠且看不到任何希望的年代,你是如何拥有和保存自己的梦想的?

C:在《电影》一文里我写到了对地图的发现,在《飞行》一文里则写到了如何开始绘制旅行图。没有任何人刻意引导,我的梦想通过自发绘制旅行图和获取地理知识得以延拓,随着年龄的增长,它没有消失、减弱,而是完好无损地保存下来。当然,那样的兴趣点并非每个孩子都能幸运地自我摸索到。

Z:当你环游了差不多整个世界以后,再回过头来,你怎样评价你那留在家乡不断迁徙的童年?还有,童年时的漂泊,与你后来的游走,是否有着某种精神上的契合?

C:我承认,如果后来没有机会漫游世界,我可能会缺乏勇气写这本书。每次从看似遥不可及的地方返回中国,回到西子湖边,我总有恍如隔世的感觉,那会儿童年一下子就变得清晰、悠远。那种感觉确实为我写作此书注入了活力,事实上,此书的后半部分是我在剑桥访学期间完成的。或许是童年缺乏出游的机会,我才会积蓄如此多的精气和灵感,完成一次次看似不可能的旅行。有一种力量始终支持和引领着我,无论是童年的漂泊,还是后来的游走。

Z:你告诉我打算把这本书题献给母亲,从小你就和她在一起生活,是否与父亲的关系相对疏远?在一些读者看来,你父亲的命运更加悲惨,他的一生令人惋惜。在相隔了那么多年时光以后,父亲在你脑海里是否已经渐渐淡忘?

C:我原先设想的扉页文字是这样的:"献给父亲、母亲,以及她和我在乡村度过的漫长虚空的时光。"后来考虑到韵律和文学性,以及我对乡村的无法割舍,省略了"父亲"两字。我和父亲共同生活只有一年,也就是上大学前的那一年，还有后来的一个暑假和一个寒假。他去世时不到六十岁，因此留在我的记忆里并不算老。最让我感到遗憾的是，我们全家都不知道他的生日，包括母亲和不久以前过世的小叔。我写过两首怀念父亲的诗，一首是《回想之翼》(见《父亲》一文)，另一首是《在大海之上》(已用于新作《我的大学》之《故国》篇)。